하루하루가 작별의 나날

Chaque jour est un adieu
by Alain Rémond
© Éditions du Seuil, 2000

Un jeune homme est passé
by Alain Rémond
© Éditions du Seuil, 2002

하루하루가 작별의 나날

1판 1쇄 발행 2015년 12월 27일 **1판 2쇄 발행** 2016년 4월 27일

지은이 알랭 레몽 **옮긴이** 김화영
펴낸이 김강유
편집 김은영 | **디자인** 이은혜

발행처 비채
주소 경기도 파주시 문발로 197(문발동) **우편번호** 10881
등록 1979년 5월 17일(제406-2003-036호)
주문 및 문의 전화 031)955-3200 **팩스** 031)955-3111
편집부 전화 02)3668-3290 **팩스** 02)745-4827 **전자우편** literature@gimmyoung.com
비채 카페 http://cafe.naver.com/vichebooks
트위터 @vichebook **페이스북** www.facebook.com/vichebook

ISBN 978-89-349-7239-6 04860 978-89-349-7218-1(세트) 책값은 뒤표지에 있습니다.

이 도서의 국립중앙도서관 출판시도서목록(CIP)은 서지정보유통지원시스템 홈페이지(http://seoji.
nl.go.kr)와 국가자료공동목록시스템(http://www.nl.go.kr/kolisnet)에서 이용하실 수 있습니다.
(CIP제어번호: CIP2015033184)

하루하루가 작별의 나날

CHAQUE JOUR
EST UN ADIEU &
UN JEUNE HOMME
EST PASSE

I

알랭 레몽_ 김화영 옮김

비채

어린 시절 말고는,
우리에게 무엇이 더 남아 있겠는가?

생존 페르스*의 〈찬가〉에서

* Saint-John Perse, 프랑스의 외교관이자 1960년 노벨문학상을 수상한 국민 시인

충분한 사랑이란 없다

딴 사람들이 살고 있구나, 우리 집에. 그렇게 생각하자 정말이지 견딜 수가 없었다. 나도 가끔 내가 살던 마을에 간다. 무표정한 얼굴로 아무렇게나 떠돌다가 온다. 그럴 때 느끼던 서사적인 슬픔이 이 책에서 느껴진다. 사람이 태어난 집에서 죽기가 쉬운 일은 아니다. 한때 우리 집이었던 곳에 누군가가 뻔뻔스럽게 살고 있는 것이다. 합법적인 절차를 거치고 나서 거기 사는 데도 알 수 없는, 옅은 분노가 치민다. 왜 나의 공간에 들어서 있는가 하는……. 감성은 터무니없다. 세상의 법칙을 따르길 거부한다. 괜히 심통이 나는 것이다.

중학교 2학년 때 유니온 영어 교과서에서 읽은 시가 떠오른다. 〈솔로몬 그런디의 생애〉. 솔로몬 그런디는 월요일에 태어났다. 화요일에 세례받고, 수요일에 결혼하고, 목요일에 병들고, 금요일에 더 나빠지고, 토요일에 죽는다. 일요일에 땅에 묻힌다. 이것이 솔로몬 그런디의 생애다. 이것이 전문이다. 나는 지금까지 천 번은 소리 내서 외웠을 것이다. 물론 혼자 있을 때, 쓸쓸히. 이것이 '그의 생애다'라는 문장으로 끝낼 때, 꼭 내가 죽는 순간을 내가 보는 듯한 서늘한 느낌이 들었다. 중학교 2학년 때도 그랬는데, 그 후로도 변함이 없다.

알랭 레몽의 《하루하루가 작별의 나날》에는 이 시에서 느꼈던 서사적인 슬픔이 그대로 살아 있다. 자신의 생애를, 죽음까지를 되도록이면 짧게, 이 책처럼, 이 시처럼 써보면 맘이 가라앉으면서 정리될 것이다. 허황된 욕심이 사라질지도 모른다.

소년이 알게 된 비밀 하나. 아버지와 어머니가 더는 사랑하지 않는다는 것. 그것이 어린이에게 충격이 되는구나 하고 충격받았다. 내가 어릴 때 우리 부모는 너무 지겹게 밀착된 생을 살아서 구역질을 느꼈다. 나는 그들과는 다르게 살고 싶었다. 나는 그때 개인적인 애정에 얽매여 인생을 탕진하는 인간들을 경멸했었다. 남녀 간의 사랑 말고 다른 것이 이 세상에는 없단 말인가 하면서 그들을 경멸했다. 그런데 이 책 속의 소년은 충격을 받는다. 나는 두고두고 생각할 일이 생긴 것이다.

소년은 또 말한다. 내가 사랑하지 못했던 우리 아버지. 이 세상에 '내가 충분히 사랑한 우리 아버지' 이렇게 쓸 수 있는 사람이 정말 존재할까. 아버지뿐만 아니다. '내가 충분히 사랑한 그대' 이런 말도 말이 안 되는 것이다. 맹세한다. 이 세상에는 충분한 사랑이란 없다. 누구나 사랑하는 한 자기의 사랑이 부족했다고 느낀다. 넘친다고 생각하는 자는 이미 사랑이 끝난 자라는 것을 의미한다.

인간들이여, 죽은 자 앞에서 지난날의 부족했던 사랑 따위를 말하지 말라. 자신이 인간임을 받아들여라. 부족함은 인간의 어쩔 수 없는 운명이다. 자기가 잘할 수 있는 일을 찾아서 철저히 미쳐버려라.

김점선(화가)

• 故김점선 화백이 2002년 10월 24일자 〈국민일보〉에 기고한 글을 재수록하였습니다.

CHAQUE JOUR
EST UN ADIEU
&
UN JEUNE
HOMME EST
PASSÉ

차
례

CHAQUE JOUR
EST UN ADIEU
&
UN JEUNE HOMME
EST PASSÉ

이 소설은 내게 일종의 자서전이었다. 부모님에 대한, 혹은 나 자신에 대한 이야기를 쓰는 순간마다 사그라졌던 유년 시절의 언어와 비밀이 생생히 되살아났다. 버려진 농장 부근이나, 더는 쓰이지 않는 창고에서 주로 영감을 얻었는데, 그곳에서 추억을 되살리는 단서를 찾는 것은 인생 곳곳에 흩어져 있던 삶의 의미를 돌아보는 작업이기도 했다. _**알랭 레몽**

CHAQUE
JOUR EST
UN ADIEU

하루하루가
작별의 나날

Chaque jour est un adieu

어제저녁, 이브가 트랑에 들렀다가 우리 집 앞을 지나왔 었다고 말했다. 그러면서 그 집에 지금은 누가 살고 있는지 아느냐고 물었다. 나로서는 전혀 아는 바 없는 일이다. 그 집이 언제 팔렸는지조차 잘 알지 못한다. 아마도 어머니가 돌아가시고 얼마 안 되어서였을 것 같다. 나는 그런 건 상 관하고 싶지도 않았다. 나는 눈과 귀를 꽉 막고 지냈다. 팔 든지 말든지 마음대로들 해요, 난 아무래도 좋으니. 나는 알 고 싶지 않아. 전혀 관심 없어. 집이라는 게 웬만해야 말이 지. 골목 두 개 사이에 틀어박혀 가지고 다른 두 집 사이에 꼭 끼어 있는 집. 터는 있느냐고? 조그만 마당 하나. 그것도 길 건너 저쪽에. 어찌나 보잘것없이 생겨먹었는지 벽지가 붙잡아주어서 간신히 지탱하는 집. 방들은 또 어떤가. 칸수를 늘리려고 쪼개고 또 쪼갠 공간들. 난방은 아예 안 되고. 이층. 그야말로 형편없는 집이다. 그러니 누구에게든 맘대로 팔라고요. 나하고 무슨 상관이람?

그렇다. 정말 그게 당시의 내 속마음이었다. 그런데도 이브가 그 얘기를 꺼내자 자다가 깬 것처럼 퍼뜩 내 머리에 떠오른 생각은 오직 한 가지뿐. 딴 사람들이 들어 살고 있구나, 우리 집에. 그렇게 생각하자 정말이지 견딜 수가 없었다. 얼마 동안이나 그 집이 우리 집이었지? 그 집으로 이사 갔을 때 나는 여섯 살이었다. 어머니가 돌아가셨을 때는 스물다섯 살이었고. 그렇게 따져보니 한 이십 년 살았던 것 같다. 그러니까 어머니가 돌아가신 지 이십오 년도 넘었다. 그렇대도 그 집은 **우리** 집이라고밖에 달리 말할 수가 없다. 그러니 불청객들은 나가라, 감히 어디라고! 꺼지란 말야! 그 집은 당신네 집이 아냐. 우리 집이란 말야. 그 집에 살면서 겪은 일들이 너무 많고 너무 지독하고 너무 찐해. 거기서 우린 너무나 행복했어. 그리고 때로는 여지없이 절망에 빠지기도 했지. 열 명이나 되는 우리 형제들 전부. 그리고 부모님들도. 지금 나는 트랑에서 멀리 떨어진 곳에 살고 있다. 오래전부터. 집에서 먼 곳에, 그 모든 것들에서 멀리 떨어진 곳에. 그러나 가끔 브르타뉴로 다시 돌아가 트랑을 지나기도 하고 거기서 발걸음을 멈추는 때도 있다. 떨리는 가슴으로 그 집 앞을 지나는 때도 있다. 모르는 체하며 슬며

시 창문 저쪽으로 눈길을 던져 그 안이 어떻게 되어 있는지 보고 싶을 때도 있다. 그러나 창 쪽으로 가까이 가려고 하면 꼭 화상이라도 입을 것만 같다. 처다볼 수가 없다. 정말이지 그럴 수가 없는 것이다.

이브는 나의 가장 오래된 친구다. 기숙학교에 다닐 때부터 알고 지내는 사이다. 내 나이 여섯 살 반, 나는 막 초등학교에 들어갔고 그는 2학년이었다. 어쩌다가 일 년이나 이 년쯤 서로 헤어져서 만나지 못하는 때도 가끔씩 있었다. 그러나 항상 다시 만나게 되었다. 결국 그는 브르타뉴로 돌아갔다. 나는 파리에 남았다. 트랑을, 그리고 우리 집 앞을 지나는 일이 점점 드물어졌다. 그래서 나는 이따금씩 해묵은 사진들을 들여다본다. 가령, 이 사진에는 어머니가 내 두 누이들과 부엌의 벽난로 앞에 앉아 있다. 모두들 웃고 있다. 저녁 식사를 끝낸 뒤다. 사진을 보고 있으면 나도 부엌으로 들어가 앉아서 그들이 주고받는 말에 귀를 기울이고만 싶어진다. 우리가 어떻게 그토록 행복할 수 있었던 것일까? 사진이란 건 믿을 수 없다는 것을 모르는 바 아니다. 마음만 먹으면 사진이 무슨 말이든지 다 하도록 만들 수 있으니까 말이다. 한 남자와 한 여자가 사진기 렌즈를 바라보면서 미소를 짓는다. 우리는 그들을 바라보면서 마음속으로 한바탕 사랑과 행복의 이야기를 지어낸다. 그런데 알고 보면 그들은 사진을 찍기 직전에 서로 싸우고 있었다. 알고 보면 그들은 서로 미워하고 있고 이제 곧 헤어지려고 한다. 그러나 사진을 찍기 때문에 그들은 미소를 짓는다. 그들은 거짓으로 그러고 있는 것이다. 사진처럼. 그런데 이 사진, 어머니와 나의 두 누이가 트랑의 집에서 찍은 이 사진은 거짓이 아니라는 것을 나는 알고 있다. 내가 그 순간을, 그리고 그와 유사한 많은 순간들을 실제로 살았으니까 말이다. 그 행복의 순간은 나를 미치게 한다. 아주 짧은 동안뿐, 더는 보고 있을 수가 없다. 그래서 나는 얼른 앨범을 덮어버린다. 그리고 얼른 생각을 딴 데로 돌리려고 애쓴다. 왜냐하면 그 행복과 동시에 거기에는 또한 너무나 많은 불행이 서려 있기 때문이다.

그러나 트랑의 집 얘기를 하기 전에 딴 집들 얘기를 좀 해야겠다. 우선 내가 태어난 모르탱의 집 얘기. 트랑은 브르타뉴에 있다. 몽 생 미셸의 바닷가 저 위쪽, 인구 몇백 명 정도의 마을이다. 모르탱은 다른 쪽, 그러니까 노르망디에 있다. 우리 부모님은 브르타뉴 출신으로 1930년대 말에 그곳으로 와서 자리를 잡았다. 농사꾼인 아버지가 그러했듯 그 또한 그곳에 일자리를 얻었다. 농장노동자 자리였다. 월급은 주는 둥 마는 둥 하면서 일은 죽도록 시켰다. 저임금에 착취당하는 것을 더는 견디지 못했던 그는 어느 날 도로보수 인부로 일자리를 옮겼다. 월말이 되면 적어도 월급은 받을 수 있었다. 정확히 말해서 오브리스라는 곳에 있는 모르탱의 집은 숲 가장자리의 들판 한가운데 있는 초라한 가옥이었다. 온 가족이 방 하나를 썼다. 당시 가족은 부모님과 여덟 형제, 모두 열 명이었다. 그 많은 식구들이 어떻게 견딜 수 있었을까? 도무지 생각이 나질 않는다. 그 집, 그러니까 모르탱의 집을 떠날 때 나는 겨우 생후 육 개월 된 갓난쟁이였다. 나중에 나는 다시 그 집을 찾아가 보았다. 정말 형편없는 집이었다. 지금은 들판뿐이다. 집을 밀어 없애버린 것이다. 그때의 사진이 딱 한 장 내게 남아 있다. 멀리서 찍은 것이다. 그걸 들여다보면서 그 여러 해 동안의 일상생활이 어떤 것이었는지를 하나하나 상상해보려고 애를 쓴다. 형제자매들에게 그때 얘기를 들려달라고 했다. 그들은 조각조각 난 지난날의 이야기들을 드문드문 들려주었다.

그러나 그들이 진정으로 이야기하고 싶은 것은 그게 아닌 딴것이었다. 전쟁 말이다. 모르탱에서 겪은 진짜 가족 이야기는 전쟁이다. 모든 것을 발칵 뒤집어놓은 1944년 6월과 8월 사이의 그 몇 주일. 그리하여 그 작고 보잘것없는 집에서 살았던 여러 해의 삶을 가족들의 기억 속에서 지워버린 그 몇 주일. 상륙작전. 숲에서 불쑥 튀어나온 미국 낙하산부대 제1진의 도착. 독일군의 무시무시한 반격, 미군을 밀어붙이면서 오라두르에서 올라오는 제3제국 나치스 친위대. 이쪽과 저쪽이 번갈아 빼앗았다가 결국은 초토의 백병전으로 결판이 난 모르탱 전투. 그리고 특히 그 장면. 식구들이 모두 다 집 밖의 마당에 나앉아 식사를 하던 중에

갑자기 하늘에 전투기들이 나타난다. 모두가 고개를 발딱 젖히고 하늘을 쳐다본다. 돌연 사방에서 폭탄이 터지기 시작하고 부모님, 형제자매들이 허겁지겁 집 뒤에 있는 참호 쪽으로 달려간다. 바로 그 순간, 폭탄 하나가 마당에 떨어져 터진다. 어머니의 몸에 파편 세 개가 날아와 박힌다. 아버지가 200미터도 채 안 되는 이웃 농가로 사람을 부르러 간다. 아버지는 엎드려 기어갈 수밖에 없다. 집이 바로 독일군과 미군 전선 사이에 있어서 폭탄 세례 다음에는 기관총 사격이 이어졌기 때문이다. 아버지는 거의 한 시간이 지나서야 그 200미터 남짓 되는 거리에 있는 이웃집으로 가서 문을 두드릴 수 있게 된다. 이웃집 사람들은 우리 집 식구가 모두 다 죽었다고 굳게 믿고 있었다. 그렇게 갈팡질팡하는 동안 태어난 지 몇 달밖에 되지 않은 누이 아녜스는 나무 밑에 있는 유모차 속에 담겨서 까맣게 잊혀진 채 버려져 있었다. 유모차 바로 위의 가지가 폭탄 파편을 맞고 딱 부러졌는데도 아녜스는 말짱했다. 이 일은 훗날 가족들의 전설 속에 기적이 되어 남는다. 며칠 후 미군들이 찾아와 문을 두드린다. 아예 끝장을 내기 위하여 돌 하나 남기지 않고 싹 쓸어버릴 계획이니 전 가족이 가능한 한 빨리, 가능한 한 멀리 떠나는 것이 좋겠다고 권한다. 그리하여 부모님은 즉시 여섯 명의 아이들을 걸리고 유모차를 밀며 브르타뉴 지방으로 가겠다고 노르망디의 머나먼 길을 나선다. 모르탱은 지옥이 되고 말았다. 그러나 길 위에서도 곳곳이 전쟁이다. 조그만 경고 신호만 있어도 산비탈에 가 숨어서 가슴 두근거리며 기다리지 않으면 안 된다. 어머니는 파편에 맞은 상처가 곪아서 미군 군의에게 치료를 받았다. 마침내 그들은 브르타뉴의 콩부르에 있는 친척 아주머니 댁에 도착한다. 때는 여름철, 7월이다. 농장에 오니 추수하는 날이어서 농장에 축제가 한창이다. 거기 사람들에게 전쟁은 까마득하게 먼 곳의 이야기다. 부모님과 형제자매는 자기들이 어떤 곳에서 왔는지, 무엇에 쫓겨서 이렇게 왔는지, 하마터면 어떤 일을 당할 뻔했는지 그 상황을 설명할 길이 없다.

전쟁이 끝나자 그들은 모르탱으로 돌아간다. 그곳을 떠나지 않고 남아 있었던 이들 가운데 많은 사람들이 죽었다. 마을은 거의 전부가 부서져버렸다. 그런데도 보잘것없는 우리 집은 들판 한가운데 전과 다름없이 서 있다. 가족들은 그곳에 다시 자리 잡는다. 일 년 뒤 형 자크가 태어난다. 그리고 일 년 뒤 내가 태어난다.

이것이 우리 집 전설 속에 전해지는 모르탱 시절의 이야기다. 몇 주일간의 악몽, 그리고 그 악몽을 겪고도 살아남은 진짜 기적. 그러나 해를 거듭해가면서 사후에 끊임없이 주고받는 그 이야기들이야말로 얼마나 멋들어진 서부영화인가! 형제들 중에서도 나이가 어린 축은 그 서사시를 방불케 하는 이야기를 듣고 또 들어도 싫증나지 않을 만큼 흥미진진해했고 그것을 직접 겪어보지 못한 것이 애석하기만 했다. 마치 우리 가족을 한데 뭉쳐주는 모든 힘이 바로 거기에서 나오기라도 하는 양 우리 사이에 그것은 진짜 고정관념 같은 것이 되고 말았다. 여러 해가 지난 뒤 우리는 모르탱으로 다시 찾아가 봤는데 그건 전투니 포탄이니 군인들이니 하는 모험의 모든 세세한 일들의 이야기를 바로 그 숲속의 현장에서 주고받기 위해서였다. 어머니는 포탄껍질과 기관총 탄알들을 주워 매일같이 정성스럽게 닦아 윤이 나게 해가지고 우리 집 찬장 위에 전시해놓았다. 청소년 시절 동안 줄곧 나는 그 포탄껍질과 기관총 탄알들이 찬장 위에 예술적으로 진열되어 반들반들 빛을 발하는 모습을 보며 지냈다. 우리는 혹시 모르탱 전투에 관한 기록을 몇 페이지쯤 찾아낼 수 있지나 않을까 해서 노르망디 전투에 대한 이야기가 실린 서적, 템플릿, 잡지 따위를 정신없이 읽어댔다. 그 다음에는 전쟁영화의 매혹. 포탄이 빗발치는 장면들 속에서 가족의 영웅적 전설을 영상으로 체험하고 싶었던 것이다. 거기, 갈가리 찢겨 초토로 변한 그 몇 제곱킬로미터 속에 우리의 삶이 있는 것이다. 우리는 거기서 죽지 않고 살아나온 것이다. 책 속에 한자리 차지한, 프랑스 해방이라는 대서사시의 영웅들! 어린 우리의 머릿속에서 윙윙대는 멋들어진 말, 멋들어진 표현들이 상상을 끝없이 자극한다. 또 하나의 전쟁, 1914-1918년의 전쟁과는 얼마나 큰 차이가 있는가. 어린 시절 동안 줄곧 나는 검은 옷을 입은 여인들, 할머니들, 아주머니들을 보았다. 참호 속에서 죽은, 혹은 전쟁의 후유증으로 죽은 남편들의 상을 영원히 치르고 있는 여인. 그 남편들에게 죽음을 가져다준 저 더러운 독가스. 무겁고 음산한 분위기. 틀 속에 넣어서 찬장 위에 걸어놓은 사진들, 가족들의 생명을 앗아간 재난의 추억. 우리가 겪은 전쟁, 나치스 친위대와 싸운 미군들의 전쟁은 숱한 이야기들과 모험들이 그득한 기막힌 보물창고였다. 형은 우리에게 집 가까운 숲에서 첫 번째 미군들이 나오는 것을 어떻게 보았는지 얘기해주곤 했다. 만화책 속에서 읽는 그 어떤 이야기보다도 그것이 더 화끈했고 더 흥미진진했다. 전쟁은 바로 우리 자신이었다.

1950년대 초, 우리가 브르타뉴의 트랑에 자리 잡았을 때 나는 바캉스를 이용하여 모르탱에 있는 대부님 댁으로 자주 찾아가곤 했다. 그 당시(나는 그때 일곱 살이나 여덟 살쯤 되었다) 나의 기억 속에는 반쯤 부서지고 반쯤 다시 세워진 이상한 마을의 모습이 남아 있다. 전 재산을 다 잃은 사람들이 임시로 거처할 수 있도록 대강 서둘러 지은 목조 바라크가 매우 많았다. 오직 해묵은 16세기적 교회만이 마을 한복판에 상한 데 하나 없이 고스란히 남아 있을 뿐이었다. 그건 물론 기적 덕분이었다. 그것은 마치 유령들처럼 내 기억 속에 약간 흐릿하게 남아서 움직이고 떨리는 흑백의 추억들이다. 모르탱을 벗어나 길에 나서면 들판 한가운데 내가 태어난 보잘것없는 작은 집이 다시 보이곤 했다. 그리고 나는 물론 여름방학 때마다 친구들과 다시 만나 전쟁놀이를 했다. 지금도 나는 가끔 노르망디나 코탕탱 지방을 지나가다가 미국 사람들이 똑같은 모델로 깡그리 새로 건설해놓은 그런 마을들, 도시들을 보면 유별난 매혹을 느낀다. 그리고 1944년 한여름 햇빛 속에서 죽은 저 영국 사람들, 캐나다 사람들, 미국 사람들의 하얀 십자가들과 공동묘지도마찬가지로 감회를 자아낸다. 오십 년도 더 지난 옛날, 그곳에서 일어난 일에서 매혹을 느끼다니 이건 아무래도 병은병인 것 같다. 이런 병은 치료를 받아야 되는 게 아닌지 모르겠다. 그러나 사정이 그런 걸 어쩌겠는가, 그것이 바로 우리의 이야기인 것을. 모르탱, 전쟁, 미군들, 그리고 나치스친위대, 우리는 그 속에서 태어난 것이다. 우리, 다시 말해서 우리 가족 말이다. 하나같이 약간씩 맛이 간 게 분명한우리 가족.

삼 년 뒤인 1947년, 우리는 이사한다. 모르탱의 단칸방에서 열 식구가 사는 생활은 이제 끝이다. 바야흐로 우리는 십여 킬로미터 떨어진 르 테이월로 이사와 자리 잡았다. 아버지가 경쟁시험에 합격하여 평범한 도로보수 인부에서 작업반장으로 승진한 것이다. 그리고 그때 막 르 테이월로 전근 발령을 받았다. 우리는 **전쟁 난민** 자격으로 할당받은 목조 바라크에 들어 살게 되었다. 방이 세 개나 되는 사치였다! 모르탱의 그 보잘것없는 집과 마찬가지로 그 바라크 역시 지금은 헐리고 없다. 그러나 이번에는 나 자신의 추억들이 있다. 유치원. 형 자크와 나는 등굣길에 늘 똑같은 나무에서 버찌를 따곤 했다. 쓰레기 버리는 곳으로 찾아가서 오물 구덩이를 뒤지던 일. 그게 얼마나 재미있었는지, 지금 생각하면 기가 막힌다. 몇 시간이고 그 쓰레기 구덩이 속을 뒤져서는 부서져 못 쓰게 된 인형, 낡은 쇠 통, 뭔가 용수철 달린 것, 너무나 마음에 드는 이상한 물건들을 잔뜩 찾아냈다. 어디엔가 쓸모가 있어 보이고 재생 가능해 보이면 무엇이든 주워 왔다. 우리가 이렇게 찾아낸 보물들을 바라크로 가지고 오면 이미 손재간이 대단한 앙리 형(그는 나중에 자동차 수리공이 되었다)이 그걸로 뭔가 새로운 물건을 만들어 놓는 것이었다. 그건 아주 조그마한 추억들, 코딱지만 한 추억들이다. 마을에서 2킬로미터나 떨어진 생 파트리스 교차로 근처 들판 한가운데 있는 바라크였다. 아주 똑바로 뻗은 길을 걸어서 우리는 학교에 갔고 일요일에는 미사를 드리러 갔다. 지금 내게는 아네스 누나, 형 자크 그리고 나 이렇게 넷이서 찍은 사진이 한 장 남아 있다(누가 찍었는지는 잘 생각나지 않는다). 모두가 단정하게 빗은 머리에 외출복을 잘 차려입고 미사를 드리러 가는 길이다. 나는 다섯 살쯤 먹은 것 같은데 두 개의 작은 술이 달린 털실 스웨터(어머니나 모니크 누나가 짠)를 입고 있다. 그 두 개의 술이 달린 차림이 얼마나 미련퉁이 같은지! 나는 가끔 아네스 누나의 자전거 짐받이에 올라타고 휙 한 바퀴 돌기도 했다. 마을에서 바라크까지는 내리막이어서 자전거는 곧장 빠른 속도로 내달았다. 생 파트리스 교차로를 지날 때면 아네스는 파랗게 겁에 질려서는 두 눈을 꼭 감은 채 가미카제식으로 돌진했다. 사고를 낸 적은 한 번도 없었다. 그게 바로 기적이 아니고 무엇이란 말인가?

형인 장은 르 테이월에서도 멀고 노르망디에서도 먼 기숙학교에 가 있었다. 방학이 되어 그가 집에 돌아올 때면 우리는 버스 정거장으로 나가서 그를 기다렸다. 꽁무니에 큼직한 스페어타이어를 매단 붉은색 버스였다. 플레르 가도를 지나온다고 해서 우리는 그 버스를 플레르 버스라고 불렀다. 나는 플레르가 세상 반대쪽 끝에 있는 곳인 줄 알았다. 아무리 생각해도 저녁나절 큰길에 나가 플레르 버스를 기다리고 마침내 그 버스가 도착하는 일은 르 테이월에서 보낸 내 어린 시절 중에서 가장 큰 사건들 중 하나였던 것 같다. 그때 이후 나는 언제나 기다리는 것을 좋아했다. 기차역에서건 공항에서건 지하철 정거장에서건. 어디서건 좋았다. 누구를 기다린다는 것은 행복이었다. 장은 아주 먼 곳에서, 그가 다니는 멘 에 루아르 중학교에서 오는 것이었다. 그곳은 나름대로의 의식과 관습을 지닌 신비스럽고 매혹적인 세계였다. 그는 그곳으로부터 몇 광년이나 떨어진 아득한 시골구석의 한심한 바라크 생활 속으로 말들을, 표현들을, 그 어떤 존재방식을 가지고 돌아왔다. 그가 플레르 버스에서 내릴 때면 그건 마치 엄청난 돌풍과도 같은 것이었고 거의 신비에 가까운 분위기를 자아내는 타관의 인상 같은 것이었다. 저기 저 먼 곳에는 다른 삶이 있었다. 나는

그 삶의 아주 작은 몇 가닥을 엿본 것이 고작이었다. 언젠
가는 나도 기숙학교에 갈 작정이었다.

그리고 또 르 테이월에서는 여동생 마들렌과 동생 베르
나르가 태어났다. 이리하여 우리 가족은 비로소 성원이 되
었다. 아버지와 어머니, 그리고 열 명이나 되는 아이들. 이
제 그야말로 **자녀 많은 가구**로 딱지가 붙게 될 참이었다.
게다가 사내 계집애 수가 균형을 맞추었으니(다섯 명씩) 여
기저기서 아! 오! 하는 감탄과 충격의 폭발음이 그치지 않
을 것이다. 자녀 많은 가구에다가 브르타뉴 출신이고 가톨
릭이다. 이만하면 진짜 그림엽서감이다. 이미 전쟁이 한창
일 때 우리 부모님은 프랑스 정부로부터 멋진 감사장을 받
는 영광을 누렸다. **자녀 많은 가구** 제도를 처음 창안해낸
페탱 원수가 서명한 감사장이었다. 그 다음에는 프랑스 서
부지역 상을 받았고 신문에 사진이 실렸다. 그리고 또 네
슬레 상. 이하 동문. 그때마다 행정부 및 종교계의 고위층
이 참석한 가운데 성대한 수여식과 회식과 연설이 있었다.
그렇지만 그냥 가만히 앉아 있기만 해도 그런 걸 주는 것
은 아니다. 학업성적이 뛰어나고 무엇보다도 품행이 방정
하지 않으면 안 되었다. 학교 교장선생님께 품행이 방정함
을 보증하는 증명서를 떼어달라고 말씀드렸을 때의 기억이
난다. 그런 걸 떼어달라고 요구하는 것은 부끄러웠다. 그러
나 그걸 받는 것은 자랑스러웠다. 대중의 교화를 위하여 언

론을 통해서 선보이는 자녀 많은 가구라면 당연히 흠잡을 데 없이 깨끗해야 했다. 그리고 부차적으로 공로에 값하는 일정액의 보상금이 나오는 것은 말할 것도 없다. 그 공로란 프랑스 인구 증가에 효과적으로 기여했다는 점이다. 베이비 붐, 그건 바로 우리였다. 그 돈에 대해서 우리는 부끄러워하지 않았다. 돈이 필요한 곳이 너무나도 많았으니 말이다. 자녀 많은 가구에 브르타뉴 출신에 그리고 가톨릭. 그리고 땡전 한 푼 없는 집안. 사정이 이러했다. 거기에 추가하여 줄줄이 붙어 있는 아저씨와 아주머니들, 사촌, 육촌, 팔촌들. 하나같이 농투성이들. 그렇지 않으면 외가 쪽은 더욱 기발해서 하나같이 돼지고기 장수였다.

그런데 바로 이 대목에서 수년간의 노르망디 시절을 지나 돌과 콩부르 지역으로의 대대적인 귀향 추세가 그래프상에 나타난다. 르 테이월 다음으로 아버지가 임명된 곳은 트랑이었다. 우리는 1952년 여름 어느 날 그곳에 도착했다. 이곳저곳이 찌그러진 형편없는 집은 벽지 덕분에 간신히 지탱하는 형국이었다. 그런데 그 집이 우리의 하나밖에 없는 진정한 왕국이 될 참이었다. 세세연년 영원토록 아멘.

그것이 내 첫 번째 이사의 기억이다. 물론 모르탱에서 르 테이욀로, 오두막에서 바라크로 이사할 때의 기억은 하나도 남은 것이 없다. 당시 나는 생후 여섯 달 된 갓난아이에 불과했으니까. 어쩌면 다소 조숙했을지는 모르지만 그래도……. 이사는 모험이다. 첫새벽에 잠이 깬다. 알지도 못하고 한번 본 일도 없는 풍경들을 거쳐 밟아본 적 없는 브르타뉴 지방 저 끝까지 뻗어간 신비스런 소로를 따라 트럭을 타고 달리는 여행. 기껏해야 70킬로미터. 그런데도 세상 끝이었다. 플렌 푸제르(군청 소재지)로 가는 길을 지나 트랑에 도착, 생 말로로 내뻗은 길가의 큰 네거리에서 차를 멈춘다. 네거리 바로 옆, 거의 구석탱이에 있는 집. 우리 집, 이제 다 왔다. 여기다. 밖에서 보면 좀 괴상한 몰골이다. 나중에 설명을 듣고 나서야 차츰 이해하게 되지만. 전엔 카페로 쓰던 집이었다는 것이다. 안으로 들어간다. 커다란 방 하나. 적어도 우리 눈에는 커다랗게 보였다는 말이다. 실제로는 그리 큰 방이 아니었다. 따지고 보면 전혀 크다고 할 수 없었다. 뒤쪽에는 창고. 아니 이럴 수가, 계단이 다 있네! 계단이 있는 집이라니! 두근거리는 가슴으로 계단을 밟고 올라간다. 이층에 방 두 개. 그리고 층계참, 거기서 문 뒤로 또 하나의 계단. 야 이건 잭팟이 아닌가, 땡잡은 거다. 그 두 번째의 어둡고 불안하고 신비한 계단 끝에는 다락방이 하나. 다른 방들과 마찬가지로 어둡고 불안하고 신비한 다락방은 우리 눈에 엄청나게 커 보였는데, 똑똑히 알 수는 없지만 움푹한 구석들이 있는 것 같고 대들보에는 마구, 가죽끈, 수레 끄는 말 목걸이 따위가 걸려 늘어져 있었다. 더듬더듬 앞으로 나간다. 하마터면 서까래에 머리를 부딪칠 뻔한다. 이상한 물건, 거미줄투성이의 괴상한 연장들이 발에 걸린다. 카페로 사용되었다는 설명과 마찬가지로 나중에서야 그 연유를 알게 된다. 전에 마차 끄는 말의 마구와 목걸이를 만드는 장인이 살던 집이라는 것이다. 은근히 겁을 주는 이 다락방, 아래층의 넓고 푸근한 방 위에 또 두 개의 층. 우리는 금방 알아차렸다. 장차 여기가 우리 어린아이들의 왕국이 될 것임을. 수많은 날들에 걸쳐 여기서 놀고 꿈꾸고 공작을 하고 머릿속에서 온갖 삶과 모험들을 지어내고 그 속에서 길을 잃고 그 속에서 달콤한 무서움을 맛보게 될 것이었다.

그 밖에 또 무엇이 있었던가. 이 집은 우리가 가진 모든 것인 동시에 별 볼 일 없는 것이었다. 수도시설이 없지만(따라서 욕실도 화장실도 없다) 우리는 당연하다고 생각한다. 한 번도 수돗물이 나오는 집에 살아본 일이 없었으니까. 전깃 줄은 완전히 썩어 있다. 그래서 모르탱에 있는 부모님 친구 분인 마르샹데 씨가 일부러 와서 손을 본다. 기적적으로 전기가 들어온다. 창고를 둘로 나누어서 아래층에 방을 하나 더 만들어야 한다. 사내애들의 방이 될 것이다. 위층에는 부모님이 쓰는 방과 여자애들의 방이다. 물론 난방장치는 없다. 그러나 그건 당연하다. 한 번도 난방이 있어본 적이 없으니까. 아래층 화덕이 난방장치다. 그래서 방에는 난방이 없다. 여자애들 방만 예외여서 작은 난로 하나를 들여놓을 예정이다. 그리고 각 방을 가리키는 이름을 생각해낸다. 아래층 큰 방(하여간 큰 방이라 치고……)은 **부엌방**이라고 부르기로 한다. 그리고 창고는 그냥 **방**. 왜 창고를 방이라고 불렀을까? 모를 일이다. 하여간 아주 편리한 이름이다. 가령 **어머니가 나보고 방에 가서 버터 좀 가져 오렴** 하시면 나는 그게 어디를 말하는지 안다. 방에 있는 것이다. 쉽다. 방문이 달린 작은 공간, 찬장이 있는 곳. 거기다가 식료품을 넣어둔다. 물론 냉장고만큼 편리하진 못하다. 그렇지만 냉장고라는 것, 세상에 그런 것이 있다는 걸 우리는 알지도 못한다. 방에는 두 개의 시드르 통도 있다. 그리고 자전거, 신발, 연장 들, 뭐라고 이름 붙여야 할지 알 수도 없는 개인용 세간들. 그리고 개. 개는 거기, 계단 밑 낡은 신발닦개 위에서 잔다. 부엌에는 식탁이 자리를 거의 다 차지하고 있다. 엄청 큰 식탁인데 한몫 단단히 한다. 방학이 되어 장이 돌아오면 열두 사람이 둘러앉으니까. 그것 말고는 아주 오래된 찬장 하나. 그 위에는 어머니가 매일같이 반들반들하게 닦아놓는 포탄껍질과 기관총 탄알들이 얹혀 있다. 의자들. 장의자 몇 개. 나무와 석탄을 때는 화덕. 벽난로 하나(어머니는 거기에다 쿠키를 굽는다). 그게 전부 다. 아 참, 한 가지더 있다. 어머니는 모든 난관을 무릅쓰고 30센티미터 남짓되게 벽을 따라 나 있는 밀랍 먹인 쪽마루를 한사코 닦고 문지른다. 그 밀랍 먹인 쪽마루는 어머니의 자존심이었다. 우리 식구는 협소하기 짝이 없는 공간에서 부대끼며 산다. 사실 형편없는 집일지도 모른다. 하지만 이 밀랍 먹인 쪽마루를 좀 보시라. 얼마나 멋진가, 얼마나 쌈빡한가. 더러운 흙이 묻은 신발짝을 거기 아무렇게나 던져놓았다간 난리가 난다. 당장 모진 욕을 먹는다. 밀랍 먹인 그 쪽마루는 어머니가 매일매일 거두는 승리였고 우리가 갖지 못한 모든 것과의 한바탕 싸움이었다. 그것은 신호였고 메시지였다. 사람은 자존심이 있어야 하는 거야, 어머니는 늘 그렇게 말씀하셨다. 자존심, 그렇다, 어머니에겐 자존심이 있었다. 어머니는 우리가 자존심을 갖기를 바랐다.

　아이들 수가 많고 침대 수는 제한되어 있으니 우리는 어쩔 수 없이 한 침대에서 여럿이 잤다. 필요하다면 머리와 다리를 엇갈리게 해서. 그러다 보니 밤늦게까지 이야기를 나누고 토론하는 일이 잦았다. 겨울철에는 벽돌을 뜨겁게 달구곤 했다. 저녁에 벽돌 여러 장을 부엌의 화덕 속에 넣어둔다. 벽돌이 뜨겁게 달구어지면 신문지에 싼다. 그리고 잠자리에 들기 좀 전에 벽돌들을 침대 속 저 발치에 묻어놓는다. 그동안에 침상이 더워지는 것이다. 시트 사이로 미끄러져 들어가면서 발가락으로 신문지에 싸인 벽돌을 더듬어 찾는다. 호호, 기분이 그만이다. 물론 시간이 지나면 결국 벽돌장이 식어버린다. 아침이 되면 몸이 얼어붙는 것 같다. 동상 걸리기 십상이다. 동상도 동상도 어쩌면 그리도 자주 걸렸는지! 큼지막한 대야에 물을 데워가지고 서로 돌아가면서 동상에 걸려 퉁퉁 부은 발가락을 그 속에 담그곤 했다. 그러면 좀 시원해졌다. 그래도 이만한 게 어딘가.

　그 후, 해가 거듭하면서 우리는 또 다른 방들을 들였다. 여자애들이 쓰는 방을 둘로 나누었다. 장이 자기 방을 가질 수 있도록 부모님 방에 칸막이를 쳤다. 그리고 장의 방을 다시 둘로 나누어 내게도 방이 생겼다. 내가 열다섯 살 되던 때였다. 처음으로 갖는 내 방이었다. 물론 침대 하나 들여놓을 자리가 전부였다. 그리고 장의 방(이 방은 나중에 베르나르의 방이 되었다)으로 들어가는 통로. 물론 창문은 없었다. 캄캄한 암실이었다. 그래도 아무 상관없었다. 저녁에만, 밤에만 쓰는 방이니까. 아네스의 방도 캄캄한 암실이었다. 내 방 바로 옆. 우리는 칸막이를 손가락으로 톡톡 두드려서 서로에게 비밀 메시지를 보냈다.

우리는 마을의 우물에 가서 물을 길어오곤 했다. 양손에 물통을 하나씩 들었다. 그리고 균형을 잡기 위하여 통테를 목에 걸었다. 그렇지 않으면 큰 물병들을 가지고 투케 씨네 펌프로 갔다. 직업이 석공인 그는 우리가 그 펌프에서 물을 긷는 것을 허락해주었다. 우리는 부엌에서 대야와 물병에 담아둔 물로 세수를 했다. 화장실은? 마당에 있는 오두막. 우리 집엔 실제로 마당이 있었으니까. 길 건너편에. 집 뒤로 난 플렌 푸제르 가도 말이다. 그냥 마당이었다. 모르탱의 들판이나 르 테이월의 화단하고는 다른 마당. 더군다나 집 앞쪽도 아닌, 항상 길 하나를 건너야 있는 집 뒤쪽 마당. 그래도 곧 습관이 되었다. 길 쪽에 담이 하나 있고 그 담에 난 작은 문, 그리로 나가기만 하면 신이 났다. 물론 별로 크지는 않고 뭐가 잔뜩 있어서 복잡하다. 마당 말이다. 변소로 쓰는 오두막 외에도 나무들(사과나무, 배나무, 엄청 큰 호두나무), 닭장, 토끼장, 빨랫줄, 땔나무 더미, 그리고 한쪽 구석에 차곡차곡 쌓아놓은 석재들. 그런 것이 왜 거기 와 있는지 알 수가 없었다. 그 밖의 남은 공간은 우리 아이들 몫이었다. 별것은 아니었지만 하루하루, 한 주일 두 주일, 수많은 세계와 수많은 모험들을 지어내기에 충분했다. 우리는 땅바닥에다가 아주 복잡한 길들로 이루어진 통로를 그렸다. 그 통로에는 우리의 꼬마자동차들이 다니는 네거리와 굽이 도는 모퉁이와 다리와 터널이 마련되었다. 암탉들이 벌레를 찾느라고 발을 빼들어서 그 모든 시설을 엉망으로 만들어놓곤 하면 우리는 고래고래 고함을 지르며 그 닭들을 우리 통로 밖으로 쫓아내고 나서 모든 것을 다시 원상 복구했다. 자 됐다. 그렇지 않으면 우리는 또 가게놀이를 했다. 저마다 잡화점, 빵집, 정육점, 자동차수리점 등 자기 가게를 열었다. 우리의 꿈의 가게를 만드는 데는 여러 시간 여러 날이 걸렸다. 그러고 나면 우리는 서로 다른 집에 가서 장보기를 했다. 채소가게에 가면 언제나 **미국배추**가 있었던 것이 기억난다. 질경이를 가지고 우리는 좀 이국적인 맛이 나라고 그런 이름을 붙였다. 그러나 가장 흥미진진한 것은 장보기가 아니라 우리 가게를 상상해내는 일이었다. 여기저기서 온갖 자질구레한 것들, 연장, 판자, 빈 병, 녹슨 깡통, 광고지 등 가게를 만드는 데 도움되는 것이면 무엇이든 다 주워다가 그 특색과 개성을 살려내는 일 말이다. 그렇지 않으면 땅바닥에다가 저마다 자기의 이상적인 집을 그렸다. 그리고 서로서로를 초대해 비교해보고 아이디어를 얻었다.

우리는 거기, 마당에서 수백만 시간의 때 묻지 않은 행복의 시간을 보냈다. 어머니는 닭과 토끼에게 먹이를 주려고 건너왔다가 우리가 무슨 놀이를 하는지 유심히 들여다보곤 했다. 우리는 어머니에게 구경을 시켜주었고 어머니는 우리에게 아이디어를 말해주었다. 나는 거기서 어머니와 함께, 어머니 덕분에, 햇빛과 놀고 햇빛을 길들이고 날씨를 즐기고 나뭇잎들의 유희를 음미하고 땅 위로 뻗어오는 그림자를 감상하는 것을 배웠다. 여기서 우리란 어린아이들이다. 그중에서도 가장 나이가 어린 축의 아이들 말이다. 아녜스, 자크, 마들렌, 베르나르, 그리고 나. 커버리고 나면 아이들은 더는 놀이를 하지 않는다. 아녜스는 어느 날 놀이하는 것을 그만두었다. 그리고 자크도. 어느 날 문득 놀이를 할 줄 모르게 되는 것이다. 비밀을 잊어버린다. 그것이 무얼 의미하는지, 그걸 어떻게 하는지 알 수 없게 되는 것이다. 온갖 삶들을 마음속으로 지어내고 그것을 굳게 믿는다. 그러다가 어느 날, 그게 끝나버린다. 그냥 그렇게 갑자기 딱 멈춰버린 것이다. 놀이의 상실, 놀이의 망각, 나는 그게 바로 일생 중 최악의 날이 아닌가 한다. 누구나 그런 날을 거치게 마련이다. 어느 날 내 차례가 되었다. 그렇지만 나는 마지막까지, 마지막 날까지, 마지막 순간까지 남김없이 즐겼다. 내가 기록을 세운 것이 아닌가 하는 생각도 든다. 가장 오랫동안 즐긴 것이다. 하늘이 내린 선물이다. 생생하게 기억난다. 어느 날 내 또래의 친구 하나가 나를 찾아서 마당으로 왔다가 내가 마들렌, 베르나르와 함께 놀고 있는 것을 보고는 내게 쏘아붙였다. **아니 그 나이에 아직도 이런 놀이를 하는 거야?** 그렇다. 나는 아직도 그런 놀이를 하고 있었다. 그리고 솔직히 나는 그런 놀이를 할 줄 모르게 된 그를 동정했다. 나중에, 그 울타리를, 그 경계를 넘어와버리면 끝이다. 다시 뒤로 돌아갈 수는 없는 것이다. 결코.

닭들과 토끼들에 대해서도 한마디 해야겠다. 암탉이란 놈은 멍청하다. 특히 땅바닥에다가 힘들여서 예쁘게 그려놓은 우리의 길들을 다 지워놓을 때 보면 그렇다. 그렇지만 닭을 키우는 즐거움을 어떻게 설명하면 좋을까? 그들의 느긋한 재주, 풀숲이나 땅바닥에 주둥이를 처박고 정신없이 골몰한 모습, 부리와 발의 놀림, 목구멍에서 나는 이상하고 작은 소리들, 눈을 반쯤 감거나 머리를 쳐들고 해를 바라보거나 깃을 털거나 먼지 구덩이 속에 퍼질러 엎드리는 모양을 들여다보고 있으면 마음이 여간 푸근하고 흐뭇한 것이 아니다. 암탉들이 마당에서 햇빛을 받으며 먼지 속에서 한가하게 에프라시고(이게 무슨 뜻인지 애써 알려고 할 것 없다. 사투리니까) 사는 모습을 보라. 그건 바로 세계와 합일된 상태로 사는 방식인 것이다. 그러니 달걀 얘기는 아예 꺼내지도 않겠다.

암탉에 비해서 토끼는 나름대로 큰 장점이 있다. 이놈들은 쓰다듬고 껴안아볼 수 있다. 보드랍고 따뜻하고 포근하

다. 암탉과 비교하여 그들에게 불편한 점이 있다면 그건 일
생 동안 토끼장 속에 갇혀 살아야 한다는 점이다. 그렇지만
괜찮다. 이놈들은 그것 때문에 그렇게까지 괴로워하는 것
같지는 않으니 말이다. 그들은 자나 깨나 생각에 잠긴 듯
한 표정으로 뭔가를 오물오물 씹고 지낸다. 눈을 깜빡거리
고 발로 귀 뒤를 긁고는 또 오물오물 씹는다. 우리 집에는
큰 놈, 중간치, 작은 놈 등 토끼가 우글우글했다. 제일 큰 일
거리는 먹을 것을 주는 일이다. 우선 사역을 나가지 않으면
안 되었다. 학교에 갔다가 돌아와서 저녁나절이면 큼직한
바구니를 들고 나선다. 길가의 언덕비탈을 따라가면서 풀
을 뜯는 것이다. 오래 걸리는 일이다. 정말이지 큼지막한 바
구니에 가득 차도록 풀을 뜯자면 시간이 얼마나 오래 걸리
는지 죽을 지경이다. 그렇지만 날씨가 좋을 때면 서늘한 저
녁나절, 풀과 언덕의 냄새가 어찌나 기분 좋은지 거의 고된
노동을 보상받는 기분이다. 보상이란 바로 토끼들에게 먹
을 것을 주는 걸 의미한다. 토끼장 문을 열면 이놈들은 모
두가 달려 나와서 철망 이쪽으로 주둥이를 내미는 것이었
다. 풀을 한 줌 가득 던져주면 서로 밀치며 달려든다. 우리
는 덩치가 작은 놈들도 큰 놈들과 마찬가지로 먹을 수 있도
록 주의했다. 이윽고 이놈들이 한입 가득 풀을 물고서 오물
오물 씹으며 턱을 놀려댈 때면 이빨 밑에서 뽀드득뽀드득
하는 소리가 났다. 토끼들은 만족스런 표정으로 우리를 쳐

다본다. 우리는 쓰다듬어주면서 그들이 먹는 모습을 오래도록 바라보다가 마침내 토끼장 문을 닫는다.

물론, 솔직히 말하자면, 그들이 먹는 모습을 바라보는 재미로만 토끼를 키우는 것은 아니다. 우리는 토끼를 잡아먹으려고 키우는 것이었다. 알맞게 컸다 싶으면 곧 냄비 속으로 직행. 어머니는 토끼의 귀를 붙잡고 부지깽이로 골통을 후려친다. 아주 직업적인 어머니는 어디 맛 좀 보라는 식이었다. 물론 우리는 마음이 슬펐다. 지독히 슬펐다고 말할 수도 있다. 그렇지만 삶이란 본래 그런 것이다. 또 다른 토끼들이 태어나니까. 그뿐이다. 게다가, 여러분은 아는지 모르겠지만, 토끼고기는 맛이 그만이다. 이런 못할 짓을 저지르고 나서 어머니는 토끼 가죽을 정성스럽게 벗긴 다음 나뭇가지에 뒤집어 걸어 말렸다. 그리고 마을로 수레를 끌고 정기적으로 찾아와 **토끼 가죽 사요, 토끼 가죽 사요** 하고 외쳐대며 돌아다니는 토끼 가죽 장수에게 가죽을 팔았다. 토끼 가죽이란 것은 별로 값이 나가지 않았다. 그러나 토끼 가죽을 한 장, 그리고 또 한 장, 이렇게 팔다 보면 나중에는……

이제는 잠시 휴식을 취할 필요가 있다. 너무 빨리 나간 것 같으니까. 트랑의 얘기를 해야겠다. 1952년 그 여름에 우리가 본격적으로 가구와 보따리를 들여놓은 그곳 말이다. 트랑. 주민 팔백 명, 돌에서 15킬로미터, 콩부르에서 15킬로미터, 몽 생 미셸에서 20킬로미터. 이 지상낙원을 어떻게 설명하지? 나도 안다. 그곳은 시골구석에 처박힌 궁벽한 곳, 사람들이 생 말로를 향해 전속력으로 달릴 뿐 거들떠보지도 않고 지나가버리는, 전혀 흥미로울 것이 없는 촌마을. 그래 맞다. 하지만 그 긴 세월 동안 나는 트랑에서 지상낙원같이 살았다. 그리고 이건 절대로 틀림없는 진실이다. 내 토끼들의 목을 걸고 맹세하겠다. 하긴, 처음 얼마 동안은 좀 어리둥절했던 것이 사실이다. 처음 학교에 갔던 날

운동장에 나와 쉬던 시간이 기억난다. 내 나이 여섯 살이었다. 어떤 녀석이 내게 다가오더니 이름이 뭐냐고 물었다. 나는 그에게 대답을 할 수가 없었다. 나는 돌아서서 마당 저 끝으로 달려갔다. 누가 나보고 이름이 뭐냐고 물은 것은 그게 처음이었다. 전에는 어디를 가나 사람들은 내가 누군지 알고 있었다. 그때서야 나는 문득 내가 딴 데서 왔다는 것을 깨달았다. 그 학교의 애들한테는 내가 이방인이란 것을 말이다. 10킬로미터 밖에서만 와도 벌써 이방인이다. 그런데 노르망디에서 온 사람이라니……. 하기야 우리가 남의 눈에 좀 띈다는 것도 인정해야 한다. 인구 팔백 명밖에 안 되는 트랑에서 식구가 열둘이나 되는 가족이 마을 한복판 네거리 가까이에 와 자리 잡았으니 남의 눈에 띄고 남의 눈에 띌 수밖에. 저거 웬 사람들이지? 어디서 온 사람들이야? 여기 친척이 있나? 우리는 벌써부터 대중적 효과를 자아낸 것이다. 저 많은 못 보던 애들이 길바닥으로 쏟아져 나오고, 여학교에 가고, 남학교에 가고, 일요일엔 교회에 가고 하니 이게 대체 무슨 일인가! 그리고 또 장은 저기 어딘가로 가서 기숙학교에 다닌다니 정말이지 아연실색할 노릇이다. 특히 장에 뒤이어 이번에는 마리 아니크가 아브랑슈 기숙학교에 들어갔다. 그리고 그 뒤에는 다른 애들이. 정말 웃기는 가족이다. 남들은 초등학교만 마치면 그만인데 거기서 그만두지 않고! 사람들은 우리를 감시했고 우리를 별난 사람들, 뭘 모르는 작자들로 보았다. 우리 집에는 노르망디에서(아니, 노르망디에서?) 친구들이, 콩부르와 그 인근에서(15킬로미터나 되는 데서?) 친척들이 찾아오곤 했으니 남들이 수군대는 건 당연한 일이었다. 다른 지방에서 사람들이 오고 그 때문에 사람들의 입에 오르내릴수록 우리 씨족은 어깃장을 놓았다. 항상 다 함께!였다. 남들하고 다르다고 느끼는 문제로 말할 것 같으면, 우리는 사실 그걸로 기분이 상하기는커녕 오히려 점점 더 차이가 나도록 노력하는 편이었다. 그게 재미가 있었다. 우리는 일종의 이국적 향기 같은 것을 풍기고 다니는 것이었다. 좋은 의미에서건 나쁜 의미에서건 상당수의 마을사람들에게 우리가 어느 면으로 널리 퍼지면 위험한 요소들을 한 곳에 모아두는 일종의 고름주머니 역할을 하고 있다는 것을 알게 되자 그게 오히려 멋있어 보였다. 우리는 그걸 좋아하고 있었다.

그리고 또 우리는 금세 트랑의 매력에 홀딱 빠져버렸다. 처음부터 분명히 짚고 넘어가는 바이지만 사실 트랑은 별난 것 남다른 것은 하나도 없는 마을이다. 별로 밉지 않게 생긴, 아니 꽤 괜찮은 편인 교회(브르타뉴에서 아름다운 교회라면 얼마든지 있다) 하나를 제외하면 트랑에는 정말 아무것도 없다. 마을 중앙을 가로지르는 길 하나. 이 큰길은 사실 생 말로에서 푸제르로 가는 국도다. 또 다른 길 하나. 노르망디 지방에서 렌까지 뻗어 있는 플렌 푸제르 가도다. 이

두 길이 교차하는 네거리, 우리는 거기서 산다. 교회 광장. 그 주변의 골목 두 개. 이렇게 되면 언제 이 마을 안으로 들어왔던가 싶은데 벌써 트랑 밖으로 벗어난 것이다.

가끔 기차를 타고 여행을 하다 보면 멀리 작은 마을들이, 손바닥만 한 촌락들이 보일 때가 있다. 그 집들을 보고 그곳에 사는 사람들을 상상해보다가 아니 이런 콧구멍만 한 곳에서 어떻게 사람이 살 수 있는 것일까 하는 의문을 품지 않을 수 없다. 얼마나 심심하고 숨 막힐까! 그러다가 곧 나 역시 그런 콧구멍만 한 데서, 궁벽한 촌에서 살았다는 것을 상기한다. 그리고 나는 그곳에서 한 번도 심심하거나 숨 막힌 적이 없었을 뿐 아니라 기적과 같은 여러 해를, 신기하기 짝이 없는 여러 해를 지냈다는 사실을 상기한다. 트랑에는 이 세상 전체가 송두리째 다 압축되어 있었다. 정말이지 송두리째.

우선 우리는 모두가 다 탐험가나 마찬가지였다. 우리 어린애들 말이다. 걸어서, 그리고 나중에는 자전거를 타고 돌아다녔다. 그리고 그보다 더 나중에는 모터 달린 자전거 솔렉스를 탔다. 하여간 우리 집에 자동차는 없었다. 그런 것은 한 번도 가져본 적이 없다. 아버지는 소형 오토바이를 타고 작업장에 다녔다. 다른 곳으로 멀리 갈 필요가 있을 때는 이웃집 사람의 덕을 보았다. 예를 들어서 정육점 주인은 가축시장에 갈 때 자기 트럭에 우리를 태워주었다. 그러니까 우리는 여기저기로 돌아다녀보기 시작한 것이다. 이 고장을 잘 모르니까 우리는 곧 가장 중요한 것이 무엇인지 알아냈다. 숲이었다. 마을에서 불과 몇 킬로미터 떨어진 곳에 빌카르티에 숲이 있었다. 광대한 너도밤나무의 대수림이었는데 그 한가운데에 연못이 있었다. 우리는 그 숲에 가고 오고 이리저리로 쏘다니고 하느라고 수백만 킬로미터를 걸었다. 우리는 어머니에게 **숲에 갔다 오겠어요**라고 말하곤 했다. 그러면 어머니는 아무 말 없이 우리를 보내주었다. 우리는 떼를 지어 걸어가서 그곳에서 오후 내내 걷고 놀이를 하고 수영을 하고 몽상에 잠기는 것이었다. 그곳으로 가다가 목이 마르면 퐁 페랭 냇가에서 발을 멈추고 거기 흐르는 달고도 차가운 물을 두 손 가득 담아 마시곤 했다. 우리는 빌라르무아 성으로 가는 소로를 따라 올라갔다. 거드름이 좀 지나친 지난 세기의 성에는 백작과 백작부인과 그 아이들이 살고 있었는데 자기들끼리도 서로 존댓말을 쓰는 것이 우리에겐 우습게만 여겨졌다. 우리는 성의 정원을 가로질러 갔다. 정원에는 거대하고 가운데가 움푹하게 파인 이상한 돌이 하나 있었다. 옛날 드루이드 교를 믿던 시절에 거기서 사람들을 제물로 바치곤 했다는 말이 있었다. 우리는 계속 걸어서 아베 마리아 농장 옆을 지나 첫 번째 연못, 그러니까 뤼피앵 연못을 끼고 돌면 너도밤나무 숲 아래 이끼 낀 꿈의 오솔길을 거쳐 숲에 이르렀다. 그리고 빌카르티에 연못이 나왔다. 그곳에는 물받이 판이 달린 물레방아가 하나 있었다. 간이식당으로 쓰이는 숲 속의 물레방아였다. 우리는 조금 더 가서 연못 반대쪽, 우리가 큰 수영장이라고 이름붙인 장소에 다다랐다. 모래가 깔린 작은 만으로, 우리가 자리 잡고 요깃거리를 꺼내놓는 우리의 땅이었다. 그 뒤는 거대한 숲. 물, 빛, 나무 속에 쏟아지는 햇빛, 이끼 냄새, 부드러운 그늘, 너도밤나무 아래로 모든 것이 다 컴컴해지면 저 깊숙한 안쪽으로 보일 듯 말 듯한 신비의 세계. 대부분 우리뿐, 숲과 연못으로 찾아오는 사람은 아무도 없었다 (지금은 세상이 많이 변해서 빌카르티에에서 페달보트를 빌려준다. 그리고 덤으로 숲도 그와 함께 망가뜨렸다). 사방에 엄청난 침묵. 우리의 놀이, 우리가 주고받는 말. 우리는 수영의 모든 것을 이 연못에서 배웠다. 바다도 멀지 않았다. 가장 가까운 해수욕장은 25킬로미터 떨어진 캉칼이었다. 그러나 우리는 바닷가 출신이 아니라 농촌 출신이다. 연못 물의 기분 좋은 냄새, 수련, 벌레들, 얼굴을 간질이는 너도밤나무 가지들, 광채를 발하는 햇빛, 그야말로 낙원이었다.

가끔, 우리가 노르망디 진지라고 이름 붙인 곳으로 우회하는 때도 있었다. 우리는 숲 한가운데서 이상한 유적지 하나를 발견했다. 요새의 경계를 나타내는 호가 파여 있고 이끼가 긴 그 밑으로 돌무더기가 쌓여 있었다. 조사 결과, 932년 브르타뉴의 왕 알랭 바르브토르트가 트랑에서 노르망디의 침략자를 물리쳐 쿠앵송 저쪽으로 영원히 내쫓았다는 사실을 알게 되었다. 그 유적이 남아 있다면 그건 바로 노르망디 진지였을 것이다. 우리는 성의 정원에 깎아 세운 드루이드 교의 돌을 보고 생각에 잠겼듯이 머릿속에 온갖 모험들이 들끓는 가운데 깊은 공상에 빠져들곤 했다. 별것 아닌 것에도 우리의 상상력은 쉽게 불이 붙었다. 우리는 많은 책을 읽고 무지하게 많은 그림책 속에 코를 처박으면서 숨겨놓은 보물, 지하 감옥, 탐정, 신비스러운 성주들, 능수능란하고 배짱 좋은 아이들이 가득 찬 세계 속에 살았다. 물론 그 능수능란하고 배짱 좋은 아이들은 우리와 쌍둥이처럼 닮은 아이들이었다. 그 세계 속에는 물론 전쟁, 연합군의 상륙작전, 나치스 친위대, 미군도 있다(모르탱을 상기하라!).

그러나 숲이 전부 다는 아니었다. 마을 주위의 들에는 묘한 장소들이 숱하게 많았다. 폐허가 되어 담쟁이덩굴, 엉겅퀴, 쐐기풀 세상으로 변한 성터(오트빌라르무아 성). 신비스러운 이름을 가진 농장들(작은 수도원, 큰 수도원 등). 우리는 틀림없이 옛 템플 기사단의 흔적을 발견할 수 있을 것으로 확신하며 가슴 두근거리며 그곳을 찾아가곤 했다. 잡목림 우거진 골짜기의 시내, 강가에 서 있는 물레방아, 버려진 채석장, 갖가지 벼랑들이 있는 큰 바위, 황톳길 저 끝에 엎드린 작은 부락들……. 수 킬로미터 일원에 서로 뒤엉킨 작은 길들의 세계, 그것은 그야말로 진짜 미로여서 우리는 마치 황금양털 기사단을 꿈꾸는 모험가들처럼 시간 가는 줄 모르고 그 속을 이리저리로 누비고 다녔다. 길을 잃고 지름길을 찾아 헤매기도 하고 깎아지른 산협 사이에 숨어 있는 오솔길을 만나기도 했다. 머리 위 저만큼 솟은 참나무, 밤나무의 우듬지들이 시커멓게 보이고 밀림의 냄새, 처녀림의 냄새를 풍겼다. 우리는 어떤 곳이 나오게 될지 알지도 못한 채 무턱대고 걸어갔다. 해가 거듭하면서 우리는 어디가 어디인지를 차츰 알 수 있게 되었고 몇몇 장소를 우리만 아는 비밀 기지, 보이지 않는 왕국으로 삼았다. 이렇게 하여 숲 속의 마구 뒤엉킨 바위들 사이로 흐르는 시내는 책 속에서처럼 **마법의 골짜기**라고 이름 지었다. 혹은 라 부삭 가도의 르 발이라는 곳에는 깊숙이 파인 저 안쪽에 덤불숲이 있었다. 길에서 보이지 않는 어떤 작은 오솔길을 따라가다가 나뭇가지들을 헤치고 깊숙이 들어가면 우리 말고는 아무도 아는 이가 없는 비밀의 임간지가 나오는 것이었다.

트랑은 마법의 고장, 온갖 길들을 따라 헤매고 다니는 한 무리 아이들인 우리의 꿈이 가득 서린, 오직 우리의 상상만이 지배하는 영토로 변했다. 마을 이름, 농가 이름 하나하나가 다 수수께끼요 숨은 메시지였다. 크루아 방, 크뤼앙드, 르 로셰 토크, 레 포탕스, 르 파 크뤼, 빌 피캉, 라 크루아 드 부아, 레 플라스, 라 빌라즈, 랑드 쇼브…… 우리는 신비에

도취하여 머릿속에 거센 바람을 담고 두 손을 호주머니에 찔러넣은 채 마치 꿈속에서인 양 수많은 이야기들을 지어 내곤 했다. 플렌 푸제르 가도의 지평선 저쪽에는 몽 생 미셸이 있었다. 날씨가 아주 청명한 날이면 아지랑이 때문에 그 수도원은 보일 듯 말 듯했다. 날씨가 사나워 바람이 불거나 비가 오거나 추운 날이면 그것이 해안선 저 위로 어찌나 선명하게 보이는지 손을 뻗으면 만져질 것만 같았다. 몽 생 미셸은 그것만으로도 하나의 왕국이요 다할 줄 모르는 몽상과 전설과 온갖 종류의 이야기들의 보고였다. 우리가 즐겨 보는 그림책 가운데 하나에는 〈모래톱의 요정〉이라는 연재가 있었는데 바로 여기 우리 눈앞의 몽 생 미셸에서 전개되는 이야기였다. 우리의 머릿속에서는 플렌 푸제르 가도 저쪽 안개 속에서 떨리고 있는, 눈에 보이는 몽 생 미셸과 우리의 가슴을 두근거리게 하는 지어낸 이야기 속의 신화적인 그 장소가 한데 뒤섞였다. 그러니 우리는 세상의 중심에 살고 있는 것이 아니고 무엇이란 말인가.

마을에서의 생활은, 하루하루의 생활은, 우선 학교였다. 브르타뉴 지방의 어디나 마찬가지로 트랑에는 물론 두 종류의 학교가 있었다. 공립학교와 사립학교가 그것이다. 당시에는 세속학교와 자유학교라고 불렀다. 아니면 마을 아이들 사이에서는 보다 더 평범하게 빨간 바지와 올빼미라고 했다. 나중에야 알게 된 일이지만, 모든 것이 대혁명 이후 정해진 그대로 변함이 없었다. 돌 지방에서는 반혁명운동에 가담한 방데 사람들과 오슈가 영도하는 공화파 군대 사이에 일대 전투가 벌어졌다. 그 결과는 백군에 대한 청군의 승리, 왕당파에 대한 공화파의 승리였다.

당시 지방의 여러 교구들은 각기 자기들의 진영을 선택하여 저마다 다른 길로 갈라졌다. 그 후 차츰차츰 정해진

색깔대로 굳어졌다. 트랑에서는 대혁명을 지지했다. 트랑은
좌파가 되었다. 그러나 두 권력체인 교회와 시청은 대충 균
형을 이루었다. 소교구장(브르타뉴 지방에는 신부가 아니라 소
교구장이 있었다)은 시장 못지않은 비중을 차지했다. 그 결
과 모든 것이 다 이중이었다. 학교뿐만 아니라 상점들까지
도 그랬다. 세속 정육점과 가톨릭 정육점, 세속 빵집과 가톨
릭 빵집, 세속 카페와 가톨릭 카페, 이런 식이었다. 그 둘을
잘 구별하여 서로 혼동하지 않는 것이 매우 중요했다. 빵집
을 바꾸었다가는 즉시 온 마을에 소문이 퍼졌다. 진영이 달
라진 것이니까 말이다. 당연히 그럴 수밖에. 우리 집은 가톨
릭이었다. 따라서 자유학교에 다녔다. 따라서 상점도 가톨
릭 상점과 거래했다. 명백하게 우파였던 것이다. 우리 모두
가 좌파가 되던 날, 마을에는 일대 혁명이 일어났다. 우리는
계속 가톨릭 상점에 드나들면서도(서로 너무 잘 아는 사이였
으니까) 또 세속 상점에도 드나들었다. 모두가 그런 식으로
뒤죽박죽되었다. 문명은 이렇게 해서 붕괴되는 것이다……

◇◇

　우리는 그러니까 자유학교 쪽이었다. 그러나 분명히 해
둘 게 있다. 학교는 남학교 여학교 두 가지 다 결코 섞을 수
있는 것이 아니다. 사내애들의 선생님은 신부님. 교구의 부

제였다. 아주 젊고 아이디어가 넘쳐나며 적극적인 교육관으로 널리 소문난 분이었다. 내 삶의 기회가 바로 그것이었다. 학교는 단일학급. 작은 아이들과 큰 아이들이 한데 섞여서 배웠다. 목표는 학업수료증이었다. 부제 선생님의 교육 방법은 두 가지. 그 하나는 큰 아이들이 작은 아이들을 가르친다는 것. 둘은 각자가 자기 리듬에 따라 공부한다는 것. 아침마다 선생님은 우리에게 카드를 나누어주었다. 그날 하루의 진도표였다. 그분은 범위와 표준점들을 제시해주었다. 그러고는 각자 알아서 하도록 했다. 물론 우리는 각자 능력껏 빨리 혹은 천천히 했다. 한 가지를 끝내면 다른 것을 했다. 큰 아이들은 작은 아이들을 도와주기도 하고 도서실에 가서 책을 집어오기도 하고 그림이 가득한 멋진 교과서를 들여다보며 프랑스 역사와 지리를 열심히 공부했다. 집에 가서 숙제를 하는 일은 한 번도 없다. 자유, 자율 바로 그것이었다. 그러는 동안 부제 선생님은 자기의 부업에 열중했다. 목공일이 그것이었다. 그분은 공작을, 나무 다듬는 일을 아주 좋아했다. 선생님은 교실 바로 옆에 작업장을 하나 마련해놓았다. 그래서 나무를 톱질하여 자르고 대패질을 하고 못을 박고 풀칠을 하느라고 우리가 공부하는 동안에도 기계 소리가 요란했고 톱밥 냄새가 났다. 이따금 선생님은 공부를 잘하고 있는지 보려고 건너와서 질문을 하거나 약간씩 도와주기도 했다. 그러고는 다시 돌아가 연장을 붙잡았다. 선생님은 교실의 모든 책상을 손으로 만들었다. 학생들이 자라감에 따라 체격에 맞게 높이를 조절할 수 있도록 아래쪽의 쐐기장치를 돌리게 만든 책상들이었다. 노는 시간이면 선생님은 우리와 축구를 했다. 혹은 철봉, 베레놀이, 술래잡기, 공놀이를 했다. 아니면 고무줄 프로펠러 장치가 달린 성냥개비 비행기를 만들어 날리기도 했는데 비행기는 공중에 떠서 한 삼십 초 동안 날다가 땅바닥에 처박히곤 했다. 그러면 우리는 다시 맞추어 붙여서 또 시작했다. 물론 부제 선생님이 엄격해질 때도 있었다. 그래서 빨래판처럼 넓적한 손바닥으로 엉덩이를 때리기도 했다. 얼마나 아팠는지. 가장 두려운 것은 많은 사람들 앞에서 창피를 당하는 일이었다. 절대로 울면 안 되었다. 부제 선생님은 좀 잔인한 데가 있었다. 완전한 인간이란 없으니까.

그런 것만 빼면 그건 정말이지 꿈같은 학교였다. 단일학급, 카드제 공부, 배우려는 욕심과 즐거움, 톱밥 냄새, 겨울이면 붕붕 소리를 내며 타는 난로, 너무 오랫동안 걸어왔기 때문에 서리와 눈을 함빡 뒤집어쓰고 학교에 도착하는 촌아이들(그들과 달리 우리는 큰 동네에 살았다). 우리는 회색 저고리에 보통 나막신(여자애들은 나무창을 댄 구두)이나 밑바닥 높은 나막신, 나무창에 고무테를 댄 반장화를 신었다. 덕분에 소설 《대장 몬느》를 읽으면서 나는 대번에 모든 것이 익숙한 세계라는 것을 알 수 있었다. 그것은 우리 학교였고 우리 마을이었고 내 이야기였고 나의 전설들이었다. 그 소설은 나의 세계였다.

◇◇

트랑의 마을 안에는 대장간이 하나 있었다. 우리는 이른 아침부터 모루를 두드리는 망치 소리에 잠이 깨곤 했다. 우리는 학교가 파하면 대장장이를 보러 갔다. 큼지막한 풀무, 화덕 속의 벌건 불꽃, 말굽 밑에 편자를 달 때 나는 뿔 타는 냄새, 고요하고 참을성 있고 착한 수레끌이 늙은 말, 눈을 덮는 머리털. 대장간에서는 몇 시간이고 떠나지 않고 머물러 있어도 지루하지 않았다. 그만큼 신기한 곳이었다. 농사짓는 사람들은 그곳에서 기다리는 동안 담배를 말아 피우며 이야기를 주고받았고 말을 쓰다듬었다. 그것은 적과 흑의 세계로 우리가 학교에서 읽는 책 속에서와 똑같이 우리네 할아버지 적부터 하나도 변한 것이 없었다. 마을에는 또 나막신 짓는 곳도 하나 있었는데 간이술집을 겸하는 곳이었다. 우리는 나막신 짓는 장인이 나무토막을 다듬어 모양을 그린 다음 그 속을 파내고 대패질을 하고 여러 가지 신기한 연장들을 가지고 뾰족한 코를 만든 다음 완성된 나막신 위에 장인의 사인이라고 할 수 있는 작은 장식들을 새기는 것을 구경했다. 작업장 앞에다가 그는 각기 크기가 다른 나막신과 나무창을 댄 구두들을 가지런히 늘어놓곤 했는데 그 새 신발에서 풍기는 냄새 때문에 그 신을 당장에 모두 다 신어보고 싶은 마음이 간절했다. 또 하나의 구경거리는 끈 꼬는 사람이었다. 우리는 그를 만날 기회가 아주 많았다. 어머니가 채전으로 가꾸기 위하여 빌린 바로 그 땅 한구석에 자리 잡고 있었기 때문이다. 우리는 무 밭의 김을 매고 풀을 뽑고 물을 주거나 완두콩을 따러 갔다가 장인이 끈을 꼬는 것을 구경하곤 했는데 그 방법이 어찌나 복잡하고 신비로운지 끝내 그 요령을 완전히 이해하지 못하고 말았다.

머리를 깎을 때면 우리는 목공소로 가곤 했다. 토요일 저녁이 되면 그는 직업을 바꾸어 사람들을 부엌에서 맞았다. 우리는 식탁 주위에 둘러앉아 자기 차례를 기다렸다. 목수는 자동이발기를 꺼내서는 아주 천천히, 침착하게 머리를 깎았다. 누런 종이로 궐련을 말아 입에 물고 피우기 때문에 담뱃재가 우리 목 위에 떨어지는 때도 있었다. 그는 남자들의 이발만 했다. 노인들은 아무거나 한 잔씩 마시며 담배를 피웠고 의견을 나누거나 마을의 온갖 소문들을 주고받으면서 집안일, 농사, 혹은 농장 울타리 같은 케케묵은 이야기들을 기억해냈다. 우리 어린애들은 옆에 앉아서 정신없이 귀를 기울였다. 절대로 서둘러서는 안 되었다. 우리는 캄캄한 저녁이 다 되어서야 뒷머리가 선선해진 것을 느끼며 목수 집 부엌을 나섰다. 목수의 전문은 귀 뒤와 목 언저리를 시원하게 높이 쳐내어 사발 엎어놓은 것같이 깎는 조발 스타일이었으니 말이다. 그런 모양으로 집에 돌아가면 다른 식구들이 우리를 놀려댔다. 그렇지만 걱정할 것이 없다. 그들도 차례가 되면 그런 모양이 될 테니까.

아침 일찍부터 도로인부들이 우리 아버지를 찾아왔다. 그들은 진행 중인 공사에 대해서 이야기를 주고받은 다음 소시지를 몇 점 나눠 먹고는 자전거나 오토바이를 타고 떠났다. 가끔 아스팔트 뿌리는 기계가 집 앞으로 올 때도 있었다. 그 매캐한 냄새가 어찌나 지독한지 목이 컥 하고 막히다가 머리까지 어지러웠다. 그러다가 그것은 곧 대장간의 뿔 타는 냄새처럼 익숙한 냄새로 변했다.

또 다른 한 가지 냄새는 뜨거운 물에 끓이는 돼지껍질 냄새였다. 우리 집 바로 옆에는 직영 도축장을 갖춘 고깃간이 있었다. 우리는 뻔질나게 그 집을 찾아가 마당에서 짐승 잡는 것을 구경했다. 물론 그건 장난이 아니었다. 그렇지만 자꾸 보면 습관이 되었다. 백정이 정말 견디지 못하는 것은 어린 양을 잡는 일이었다. 그는 어린 양을 죽일 때면 눈물을 흘렸다. 그러나 그 밖에 송아지, 돼지 같은 것은 으레 하는 일이었고 그는 또 자기가 하는 일을 구경시키면서 겁주는 것을 상당히 즐겼다.

그러나 푸줏간 마당은 또한 빨래라는 의식이 거행되는 곳이기도 했다. 어머니는 커다란 빨래 통에 시뻘건 불을 지

펴서 빨래를 삶곤 했는데 그 일을 마음 놓고 할 수 있는 곳
이 바로 거기 푸줏간 집 마당이었다. 그것은 꽤 많은 시간
이 걸리는 일이었다. 특히 침대시트가 그랬다. 빨래가 삶아
지면 사투리로 두에라고 부르는 빨래터로 가지고 가서 빨
아야 했다. 빨래를 잔뜩 담은 손수레를 밀고 걸어서 1킬로
미터. 그리고 다시 돌아오는 길 1킬로미터. 두에란 양철로
간단하게 바람막이를 해놓은 들판 한가운데의 웅덩이를 말
하는 것인데 어머니는 거기서 나무상자에 밀짚을 덮은 자
리에 쪼그리고 앉아서 비누칠을 하고 방망이로 빨래를 두
드리고 또 비누칠을 하여 헹구고 두드리고 헹구고 짜고 하
는 것이었다. 우리네 아름다운 시골의 오랜 전통인 그 옛날
식 빨래터는 매우 향수를 자아내는 멋진 그림일 것 같지만
어머니한테 그건 별로 꿈같은 것이 못 되었다. 비가 오나
바람이 부나 손수레를 밀고 두에로 가서 쪼그리고 앉아 비
누칠을 하고 문지르고 방망이를 두드린 다음 손수레를 밀
고 돌아와야 하는 것이었다. 방학 때면 우리도 어머니를 따
라가서 함께 한나절을 보냈다. 우리에게 그것은 또 하나의
모험을 더 보태는 기회였다. 빨래터 옆 들판에서 우리는 놀
이를 하고 책을 읽고 노닥거렸다. 어머니한테는 그것이 기
분 전환이었고 시간을 보내는 데 도움이 되었다. 때로 두에
에서 다른 빨래꾼 아낙들을 만나 이야기를 나누는 것이 그
랬듯이. 돌아올 때 우리는 번갈아가며 손수레를 밀었다. 그

러고 나서 어머니와 함께 마당에 빨래를 널었고 시트 뒤로 숨어서 숨바꼭질을 하노라면 거기서 풀과 나무와 마르세유산 비누냄새가 났다.

우리는 돈이 없었지만 가난하지는 않았다. 우리는 가난한 것이 무엇인지, 누가 가난뱅이인지 알고 있었다. 그들은 아무것도 가진 것이 없고 비참하게 사는 사람들이었다. 그런데 우리에게 가장 중요한 것은 하나도 부족하지 않았다. 단 한 가지, 월말이 가까워질수록 돈이 점점 적어진다는 것뿐이었다. 구멍가게나 고깃간에 가서 우리는 이렇게 말했다. **엄마가 내일 갚을 거예요.** 그건 일종의 암호로 그 말을 믿는 이는 아무도 없었다. 우리도 상점 주인도. 그건 가진 돈이 더는 없으니 외상을 달라는 뜻이었다. 월급이 나올 때까지 말이다. 다른 손님들 앞에서 **엄마가 내일 갚을 거예요**라고 말하는 것이 약간 창피하긴 했다. 그러나 그리 대단한 일은 아니었다. 정말이지 별것 아니었다. 퐁토르송에 있는 티에리네 옷가게에 들어선 어머니의 모습이 눈에 선하다. 개학 때가 되어 우리에게 새 옷을 해주어야 될 경우 그 집에서는 자녀 많은 가구에 대해서 할인을 해주곤 했다. 물론 우리는 최대한으로 옷을 물려가며 입었다. 자녀 많은 집안의 장점은 아이들이 커감에 따라 차례로 옷을 물려가며 입을 수 있다는 점이다. 물론 내 차례(다섯 형제 중 넷째)쯤이 되면 옷은 좀 헐고 색이 바래고 기운 데가 많게 마련이다.

유행이 지난 것은 말할 필요도 없지만. 그러나 그런 걸 문제 삼는 이는 아무도 없었다. 그렇지만 좋다. 그리고 또 누이 알리스가 학업수료증을 딴 다음 재봉 일을 배웠다. 한편 모니크는 뜨개질이 프로급이었다. 그 두 누이와 최대한 모든 것을 다 수선하시는 어머니 덕분에 평소에 입을 옷은 충분히 됐다. 다만 이따금씩 새 옷을 사야 하는 경우가 생겼다. 그럴 때면 어머니는 퐁토르송에 있는 티에리네 옷가게에 들어가서 손가락을 입에 댄 채 지갑 속의 사정을 고려하는 한편 내게 사 입혀야 할 윗도리를 바라보면서 깊은 생각에 잠긴다. 어머니는 점원과 이야기를 하고 값을 좀 깎아보려고 애를 쓰고 여러 번에 나누어 돈을 내도록 해달라고 부탁을 해보기도 하고 품질이 비슷하면서도 좀 덜 비싼 것은 없겠는지 알고 싶어 한다. 퐁토르송에 있는 티에리 상점 안에서 입에 손가락을 대고 서 있는 우리 어머니. 깊은 생각에 잠긴 우리 어머니.

◇◇

어느 날, 수도가 들어왔다. 기술자, 작업감독, 일꾼 등 일개 부대가 들이닥쳤다. 그들은 트랑 마을 곳곳에서 한 달 동안이나 구덩이를 파고 관을 설치하고 연결하는 작업을 계속했고 급수탑을 지었다. 우리는 공설운동장에서 그 사람들과 축구를 하곤 했다. 우리에게 그건 마치 다른 곳에서 불어오는 신선한 바람물살 같은 것이었다. 한결같이 유쾌하고 활기에 넘치는 젊은이들인 그 사람들은 이 마을 저 마을 다니면서 수도라는 기막힌 것을 가져다주고 있었으니 말이다. 그들과 더불어 트랑에는 돌연 새 시대가 도래했다. 우리는 현대적이 된 것이다. 이제 더는 궁벽한 곳에 처박힌 촌동네가 아닌 것이었다. 시커멓고 기다란 도관들이 차츰 마을 한복판으로 뻗어 들어옴에 따라 하루가 다르게 발전의 시대가 다가오고 있다는 것을 느낄 수 있었다. 그러던 어느 날 우리 집에 개수대가 설치되었다. 그리고 수도꼭지도. 꼭지를 돌리니 물이 흘러나오기 시작했다. 식구들이 차례로 꼭지를 돌렸다. 누구나 다 돌려보고 싶은 것이었다. 우스운 얘기지만, 이건 기적이었다. 진짜 기적이었다. 이제 더는 우물이나 펌프로 물을 길러 갈 필요가 없게 되었다. 신품의 하얀 수도꼭지, 반짝반짝 빛나는 그 수도꼭지, 거기서 물이 원하는 대로 쏟아져 나왔다. 몇 날 며칠 동안 나는 자고 깨어 부엌에 들어갈 때마다 꿈인지 생신지 알 수가 없었다. 물론 찬물뿐이었다. 여전히 샤워시설이나 욕실은 없었다. 수세식 화장실도 없었다. 항상 부엌에서 씻었다. 그러나 이건 전혀 딴 얘기였다.

우리 아이들이 대대적으로 때를 벗기는 것은 토요일 저녁이었다. 어머니가 화덕에다 물을 데워가지고 빨래 통에 부어주면 우리는 차례대로 그 안으로 풍덩! 뛰어들었다. 그래도 병풍을 쳐서 가려놓긴 했다. 토요일 저녁이면 흔히 그랬듯이 이웃 사람들이나 이 아이 저 아이의 친구가 들어올 경우를 생각해서 말이다. 토요일 저녁에 사람들이 찾아오면 모두들 식탁에 둘러앉아 떠들어댔다. 재미있는 이야기, 웃음, 목공소에서 금방 머리를 깎고 돌아온 사람 놀려먹기, 마시라고 내놓은 시드르 몇 잔, 커피……. 무엇보다도 웃어대는 소리……. 토요일 저녁은 축제였다. 온 집안 식구들과 친구들. 생각난다. 어느 날 저녁, 어떤 작자가 노크도 하지 않고 들어와 인사를 하고는 떡 하니 탁자에 앉더니 포도주 한 잔을 청했다. 어머니가 포도주를 갖다주자 그 작자는 쭉 들이켠 다음 수염을 쓱 문지르고 나서 지갑을 꺼내더니 **얼마죠?** 하고 물었다. 그는 우리가 트랑으로 이사 들기 전 옛날에 그랬듯이 우리 집이 여전히 카페라고 생각한 것이었다. 여러 해 동안 집 앞으로 지나친 적이 없었던 것이다. 그런데도 달라진 것을 느끼지 못했다. 문을 밀고 들어서 보니 사람들이 잔뜩 들어앉아 있기에 포도주를 한잔 청했다는 것이었다. 어머니는 그 사람을 한 번도 본 적이 없었지만 아무것도 묻지 않고 대접했다. 트랑의 우리 집은 그런 데였다. 문을 밀고 들어서면 제집인 것이다.

그러나 진짜 축제는 객지에 나가 지내던 이 아이 혹은 저 아이가 집으로 돌아올 때였다. 앙리는 열네 살에 학업수료증을 따고 나서 라 부삭에 있는 자동차수리소의 견습공으로 취직했다. 아침저녁 자전거를 타고 6킬로미터를 오고 갔다. 그리고 몇 년이 지나자 콩부르에서 수리전문기사가 되었다. 그는 거기에서 숙소를 구해 지냈고 토요일 저녁이 되어야 집으로 돌아왔다. 마리 아니크, 그리고 그다음으로 아네스는 아브랑슈의 기숙학교에 가 있었다. 그래서 보름에 한 번씩 집으로 돌아왔다. 한편 장은 방학이 되어야 돌아왔다. 그후, 이번에는 자크가 디낭에 있는 기숙학교로 갔다. 이 아이 저 아이가 차례로 집에 돌아올 때면 집 안이 얼마나 떠들썩했던지! 그들은 모두가 하나같이 할 이야기가 무진장이었다. 기숙사 이야기, 악질 선생들 이야기, 야단법석인 아이들. 그들은 수업시간이나 기숙사 안에서의 규칙과 관계가 있는 이상한 용어들을 섞어가며 떠들어댔다. 나이가 어린 축인 우리는 입을 헤벌리고 들었다. 신나는 구경을 하는 것이었다. 온갖 모험과 음모와 반전과 비밀들이 가득한 도회지 기숙사의 저 신비한 생활에 비겨볼 때 우리 학교의 노는 시간에 벌어지는 자질구레한 이야기나 트랑의 최근 소문들 따위야 정말이지 너무나 보잘것없는 것이었다. 이제 머지않아 내 차례가 온다는 것을 나는 잘 알고 있었다. 그래서 조바심이 났다. 나는 누나들과 형들을 흉내 내어 그들과 같은 투로 말을 해보려고 애쓰면서 기숙사에 들어간 내 자신을 상상해보았다. 그러나 나는 자크 형이 나를 따로 불러서 이런 말을 했던 것을 기억한다. **넌 지금 여기 트랑에서 사는 네가 얼마나 행복한지를 몰라서 그래. 기숙사는 너무 우울해…….**

그동안 우선 나는 복사 노릇을 했다. 그 역시 얼마나 동경했던 일이었던가! 온 마을 사람들이 보는 가운데 붉은 법의 위에 흰색 겉옷을 입고 교회의 성가대석에 나서서 줄 향로와 성수채를 조작하고, 모든 몸짓과 모든 의식절차를 몸으로 다 외워가지고 그 위대하고 성스러운 발레에 참가하는 대 미사의 프로가 된다는 것은……. 사실 미사, 리드 오르간을 연주하는 카페 겸 잡화점의 딸 마리 앙주 무통, 그리고 그녀 옆에 서서 그 기막힌 테너 목소리로 노래하는 구두수선공 아망 부세와 더불어 집전하는 일요일 11시 미사, 저 위의 설교단에서 소교구장이 하는 설교, 그리고 천사축사, 무릎 꿇기, 성호 긋기, 제의, 피어오르는 향연 등 그 모든 전례, 그런 것은 트랑에서 구경할 수 있는 것들 중 그 무엇과도 비길 수 없을 만큼 특별한 대 스펙터클이라고 하지 않을 수 없었다. 아이들은 앞쪽에, 여자들은 뒤쪽에, 남자들은 부제단 쪽 측면에, 백작, 백작부인 그리고 그 자녀들은 맨 앞쪽 칸막이 된 특별석에. 밀초와 광 내는 가루약 냄새, 일요일의 성장한 외출복, 화장과 매만진 머리의 효과, 목청껏 부르는 찬가 소리와 색유리를 통해서 비쳐드는 햇빛, 아아, 그 얼마나 대단한 축제였던가, 그 얼마나 신명 나는 축제였던가……. 성당에 다니지 않는 반골들은 그 앞 카페에서 기다리다가 미사가 끝난 다음 성당 광장에서 다른 사람들과 합류하여 동네의 소문을 귀동냥하고 이 사람 저 사람 소식을 듣고 몇 가지 우스갯소리를 내뱉는 것이었다.

우리 어린아이들에겐 그게 어찌나 멋져 보였는지 집에서 놀 때도 우리가 가장 좋아하는 것은 바로 미사놀이였다. 신부님 역할은 자크 아니면 나였다. 우리는 낡은 커튼을 몸에 감아서 제의로 삼았고 필요한 몸짓은 익히 잘 알고 있었으므로 대충 알고 있는 라틴어를 적당히 중얼거렸다. 설교는 자크가 도맡았다. 그는 지옥의 고통, 악마, 악마의 갈퀴와 뜨거운 불을 묘사하는 데는 타의 추종을 불허하는 수준이어서 설교단상의 소교구장을 능가했다. 아녜스는 카페 겸 잡화점의 딸로 리드 오르간을 연주하는 마리 앙주 무통의 역을 맡았다. 마들렌은 성가대, 베르나르는 복사 노릇을 했다.

결국 어느 날 그 놀이가 진짜가 되었다. 여러 번의 시험과 연습을 거쳐서 내가 복사로 임명된 것이었다. 위험 부담을 줄이기 위하여 교구 사제는 내 최초의 직업적 시연의 무대를 일요일 아침 8시 미사 때로 정했다. 나는 좀 기분이 상했다. 성대한 의식절차가 따르고, 무엇보다도 수많은 청중이 운집한 큰 미사만 못했던 것이다. 그렇지만 좋다. 드디어 나는 붉은 법복 위에 흰 겉옷을 입고 성가대석에 입장하여 고귀한 성배를 든 소교구장 앞에서 두 손을 모으고 자신에 넘치는 눈길로 걸어갔다. 처음에는 만사가 완벽하게 진행되었다. 나는 사력을 다해서 연습했고 모든 것을 외워서 알고 있었던 것이다. 적어도 복사로 일하는 동안 가장 중대한 그 순간, 다시 말해서 제단 밑에 무릎을 꿇고 나서 큼지막한 보면대 위에서 큼지막한 기도서를 사도서한과 성복음 중 한쪽으로 바꾸는 순간까지는 그랬다. 나는 기도서와 보면대를 굳세게 거머쥐고 자랑스러운 얼굴로 참석자들을 바라보며 제단의 계단을 걸어 내려갔다. 그런데 거기서, 아이고 맙소사, 나는 그만 법복 자락을 밟고 균형을 잃어버리는 바람에 땅바닥에서 몸을 추스르는 순간 성가대석 저 너머 좌석의 맨 앞줄(천만다행으로 그 줄에 앉은 사람이 별로 많지 않았으니 망정이지 11시 큰 미사 때였다면 얼마나 큰 망신일 뻔했는가?)로 큼지막한 기도서와 큼지막한 보면대를 내동댕이쳐 버렸다. 법복 못지않게 빨개진 나만 빼고 모든 사람들이 재미있다는 듯이 웃어댔다. 이 요란한 데뷔에도 나는 그 후 모범적인 복사가 되었다. 특히 내가 좋아하는 순간은 백열하는 숯불 위로 향가루를 붓고 색유리 쪽으로 향연이 피어오르는 모습을 바라보며 취할 듯한 향냄새를 맡는 순간, 아주 적당한 만큼만 향로를 움직일 때 주일날의 그 거대한 침묵 속에서 팔랑팔랑하며 흔들리는 향로 소리를 들을 때였다.

그러나 신나는 것이 일요일의 향로와 미사뿐은 아니었

다. 가끔 학교에 가기 전 이른 아침에 교구 사제님 말씀마따나 **하느님을 모시고 갈** 일이 생기는 때가 있었다. 알아듣기 쉽게 표현해서, 죽어가는 사람을 위한 병자성사 말이다. 그럴 때면 우리 두 사람은 차가운 새벽에 도보로 길을 떠났다. 교구 사제님은 성체기와 성유를 들고 가고, 나는 그의 앞에서 우리가 하느님을 모시고 간다는 것을 만인에게 알리기 위하여 불을 켠 등을 쳐들고 앞장서서 걸었다. 사람들은 우리를 보면 걸음을 멈추고 성호를 긋곤 했다. 어떤 때는 궁벽한 농가에까지 진창길을 오랫동안 걸어서 갔고 가족들은 우리를 맞아들여서 죽어가는 사람이 누워 있는 방으로 안내했다. 날은 춥고 분위기는 쓸쓸하고 고약한데 바싹 마른 죽어가는 사람이 광인같이 퀭한 눈길로 우리를 쳐다보고 있었다. 나는 무섭고 추웠다. 나는 밖으로 뛰쳐나가 들판을 달음박질치며 고래고래 고함을 지르고만 싶었다. 이것 놔요, 난 이제 겨우 여덟 살이란 말예요. 난 죽고 싶지 않아요!

◇◇

이윽고 이번에는 내가 기숙학교에 들어갔다. 나는 생 말로에 가서 장학생 시험을 쳤다. 열 살 반 되던 때였다. 그리고 개학 때인 10월에 나는 디낭에서 자크와 다시 만났다.

흥분을 감출 수가 없었다. 이번에는 내가 엄청난 모험을 할 차례가 된 것이었다! 그러나 자크가 한 말이 맞았다. 첫날 저녁부터 써늘한 철제 침대들이 늘어놓인 그 커다란 기숙사에서 나는 앞이 캄캄해지는 우울증에 빠져버렸다. 트랑의 부엌방에서 가족들과 함께 따뜻한 곳에서 편안하고 느긋하게 책이나 읽지 왜 여기로 왔던가? 자크를 빼고는 아무도 아는 사람이 없고 오직 우리를 감시하면서 이튿날 새벽이 되면 손바닥으로 탁탁 쳐서 우리를 깨울 옆방의 자습감독뿐인 이 썰렁한 곳에 와서 내가 대체 무얼 하고 있단 말인가? 하느님, 제발 이게 꿈이기를, 그냥 한갓 악몽이기를 비나이다. 그리하여 잠이 깨면 트랑에 있는 우리 집이기를, 다시 마당으로 나가 놀 수 있게 되기를, 닭과 토끼와 다시 만나게 되기를, 베르나르와 마들렌과 함께 농가로 우유를 가지러 가고, 숲 속으로 빌카르티에 연못가로 산책하러 갈 수 있게 되기를 빌어 마지않나이다……. 그러나 하느님은 들은 척 만 척이었다. 하느님은 그것 말고도 바쁘신 분이었다. 아침마다 잠이 깨면 여지없이 기숙사였다. 나는 형들처럼 기숙학생이 되는 것이 소원이었는데, 바로 그 일을 이룬 것이다.

더군다나 거기는 토요일 저녁이면 집으로 돌아가게 해주는 식의 얼치기 기숙사가 아니었다. 방학 때가 되지 않으면 집으로 돌아가지 못했다. 트랑도, 집도, 가족도 보지 못한 채 보내는 여러 달 동안의 생활이란! 물론 긍정적인 면이 있다면 그건 마침내 집에 돌아오게 될 때 그야말로 축제라는 점이었다. 그 순간을 그토록 기다렸고 그토록 열망했으니 말이다. 그러나 우선 트랑에 도착하는 일이 장난이 아니었다. 자크와 나는 돌까지 기차를 타고 갔다. 그다음은 알아서 해결하지 않으면 안 되었다. 돌에서 트랑까지 15킬로미터. 가방을 들고서. 그래서 우리는 히치하이킹을 했다. 그럭저럭 잘 되기도 했고 잘 안 되기도 했다. 어떨 때는 돌이나라 부삭을 벗어나는 길가에서 몇 시간이고 기다렸다. 약이 올라서 발을 동동 굴렸다. 트랑에 돌아가서 할 일이 그토록 많은데 남은 날이 별로 많지 않은데 그 모든 귀중한 시간을 길에서 허송하다니. 집에 도착하면 즉시 다른 식구들을 보고나서 우리의 구석진 오솔길들을 찾아서, 은밀한 장소들과 신비스런 마을들을 찾아서 밖으로 내달았다. 우리는 책을 읽었고 그림책에서 미처 읽지 못해 뒤처졌던 부분들을 따라잡았다. 우리는 숲으로, 빌카르티에 연못가로 찾아갔다. 그러고 나면 반대로 거슬러가는 귀로가 시작되었다. 다시 기차를 타야 하는 것이었다. 면허증을 딴 앙리가 2마력짜리 소형차로 우리를 돌 역까지 데려다주었다. 17시 51분, B홈 2번선, 디낭행 기차. 일생 동안 나는 그걸 머릿속에 넣어가지고 있었다. 절대로 잊지 못할 것이다. 17시 51분, B홈 2번선. 다시 돌아온 기숙사. 다시 돌아온 우울.

그러나 날이면 날마다, 밤이면 밤마다 나를 괴롭혔던 그것에 비긴다면 그 정도의 우울쯤이야 무엇이겠는가? 이제 그 이야기를 하지 않을 수 없다. 모든 것에는 대가가 있게 마련. 트랑에서의 행복, 내가 마지막 한 방울까지 다 마셨던 그 행복은 거짓이었다. 그 행복의 내부에는 그보다 더 큰 불행이 도사리고 있었다. 그런데 과연 이야기를 이어나가는 데 필요한 적절한 말을 찾아낼 수 있을지 그 지상낙원의 지옥을 말할 수 있을지 자신이 없다. 나는 우리가 트랑에 이사 와서 자리 잡은 지 얼마 되지 않은 어느 날 두 가지 사실을 알아차리게 되었다. 아버지와 어머니가 더는 서로 사랑하지 않는다는 것과 아버지가 술을 마신다는 사실이 그것이었다. 그것은 사랑의 죽음이었다. 그것은 작동 중인 죽음이었다.

나는 이제부터 조심스러운 걸음으로 나아가려고 한다. 지금 심연의 가장자리를 아슬아슬하게 걷고 있는 것이다. 나는 정확하게 언제였는지는 모르겠으나 지금부터 아주 오래전에 쓴 다음과 같은 몇 줄의 글을 내 서류들 속에서 찾아냈다. 그때 나는 그 이야기를 글로 옮겨보려고 노력했으나 오늘까지 한 번도 제대로 완결하지 못했다.

그러니까 저녁때였고 우리는 그가 이제 집으로 돌아온다는 것을 알고 있었다. 식탁 주위에는 침묵. 신경질적인 웃음. 소형 오토바이 소리. 그리고 내 머릿속에는 천둥 번개. 그는 취해 있었다. 아니면 그런 척하고 있었다. 의자를 거칠게 당기고 자리에 앉더니 수프를 달라고 했다. 그러고는 모든 것이 시작되었다.

모든 것이. 매일매일의 끔찍한 일이. 부모님 사이에 무슨 일이 있었는지 나는 모른다. 끝내 알지 못할 것이다. 나로서는 설명할 능력이 없다. 그리고 싶지도 않다. 어느 쪽이 옳고 어느 쪽이 그른지를 나는 알고 싶지 않았다. 그들 사이에 더는 사랑이 없어졌기 때문에 아버지는 술을 마셨던 것일까? 아니면 아버지가 술을 마셨기 때문에 사랑이 죽어버린 것일까? 어린아이는 이런 의문들을 품지 못한다. 내 눈에 보이는 것은, 내가 겪는 것은 그들 사이에 가로놓인 그

벽이었고 우리 모두가 굴러떨어지게 될 그 구렁텅이였다. 저녁마다 아버지가 집으로 돌아오면 전쟁이 다시 시작되었다. 그들 사이에 오가는 고함, 욕설, 때로는 주먹질, 우리는 무서움 때문에 몸이 싸늘하게 식는 것을 느꼈다. 캄캄한 악몽의 밑바닥으로 떨어져 내리는 것 같았다. 어린 우리가 무슨 말을 할 수 있으며 무엇을 할 수 있겠는가? 부모님을 사로잡고 있는 그 미움, 그 절망과 어떻게 싸울 수 있겠는가? 어떻게 하면 그것이 없어지고 모든 것이 다시 전처럼 된단 말인가? 누가 잃어버린 낙원의 열쇠를 지니고 있으며 누가 요술방망이를 가지고 있는 것일까? 저녁이면 저녁마다, 밤이면 밤마다, 나는 집이나 기숙사의 침대 속에 홀로 누워서 마치 무슨 주문인 양 다음과 같은 기도를 되풀이했고 또 그 기도를 믿고 싶었다. **하느님 부디 우리 부모님이 서로 사이 좋게 되도록 해주십시오.** 어둠 속에서 허공 속에서 나는 그 보잘것없는 몇 마디에 매달리며 용기를 얻으려고 노력했다. 그러나 아무런 소용이 없었다. 여전히 전쟁은 계속되었고 여전히 미움은 끝나지 않았다.

그래서 우리는 계속 살아가기 위하여, 스스로를 지키기 위하여, 어린 우리의 행복 속에 들어앉아 꽁꽁 문을 닫아걸었다. 우리의 온갖 의식들, 놀이들, 그 마법의 세계 속에. 그것은 잊어버리기 위한, 아닌 척하기 위한 한낱 비눗방울에 불과한 것이었다. 이것은 오늘에 와서 내가 속으로 혼자 해보는 말이다. 우리의 머릿속은 어떤 식으로 돌아가고 있었던가를, 어떻게 어린 시절이 마치 이혼한 부부라도 되는 것처럼 그렇게 두 쪽으로 나누어져 있을 수 있는지 이해하기 위해서 말이다. 한편으로는 미칠 듯한 행복을 이기지 못하며 매일 매순간을 그윽하게 음미하는데, 다른 한편으로는 저녁마다 세상이 와르르 무너져 내린다. 모두가 다 함께 뜨거운 가족애 속에서 진하게 살고 있는 바로 그때, 가정의 심장부는 모든 것이 타버린 재에 불과하다. 그 모든 것은 대체 얼마 동안이나 지탱할 수 있는 것일까? 우리 각자는 어떤 대가를 치러야 하는 것일까?

　내가 열 살 반이 되어 기숙학교로 떠나기 직전, 나의 엄숙한 첫 영성체 날, 나는 심연의 구렁텅이를 아슬아슬하게 스쳐 지나갔다. 축제날이었고 태양이 밝게 빛나고 있었다. 사방에서 찾아온 아저씨 아주머니들, 모르탱에서 오신 대부, 내 누이 알리스의 약혼자 등 집안사람들이 빠짐없이 다 모여 있었다. 개학이 되어 내가 기숙사로 떠나기 전 트랑에서의 마지막 축제였다. 큰 미사, 여러 가지 선물들, 식사, 웃음소리, 우스개 이야기, 그리고 묵계, 옛날 옛적의 이야기들, 모르탱과 르 테이월의 추억 등 한 집안에 이리저리 전해지는 모든 것들……. 나는 거의 견딜 수 없을 만큼 행복했다. 그것은 트랑에서 보낸 내 어린 시절과의 마지막 작별 같은 것으로 우울한 구석은 조금도 없었다. 모든 사람들의 뜨거운 애정에 둘러싸인 채 나는 또 하나의 단계로 옮아가려는 것이었다. 그런데 이윽고 저녁나절, 아버지가 어떤 아저씨에게 시비를 걸었고 고함이 터져 나온 끝에 거친 몸싸움으로 이어져 우당탕 의자들이 쓰러졌다. 갑자기 축제가 끝났고 아저씨 아주머니들이 아주 조용히 자리를 떴고 우리 형제들은 할 말을 잃었다. 돌연 상갓집 같고 장례식 같아져버렸다. 사람들이 내게 다가와서 위로해주었지만 아무 소용이 없었다. 내가 이처럼 절망하고 마음이 써늘해진 느낌을 가져본 적은 한 번도 없었다. 나는 그 누구도 원망하지 않았고 누구를 저주해야 할지 알 수 없었다. 다만 무엇인가가 끝장났다는 것을 알 수 있을 뿐이었다. 그리고 그날 저녁 침대 속에서, 그리고 그 이후의 밤마다 되뇐 내 마법의 기도는 영원히 그만큼 덧보태진 절망에 불과한 것이 되고 말았다.

아버지는 남이나 마찬가지였다. 나는 그를 사랑할 수 있었으면 좋겠다고 생각했지만 서로에 대하여 아무것도 아는 것이 없는데, 서로 알지도 못하는데 어쩌겠는가? 나는 그가 아침마다 도로보수 인부들과 그날의 일터로 출발하는 것을 보았다. 해가 거듭하면서 그는 저녁에 점점 더 늦게 돌아왔다. 때로는 아주 늦게, 그러니까 우리 모두가 잠자리에 든 뒤에 돌아왔다. 아마도 또다시 전쟁을 일으키고 싶지 않아서 그랬는지도 모른다. 나는 단 한 번이라도 아버지와 어리광 섞인 말을, 단 한 번이라도 소년다운 대화를 해본 적이 있는 것 같지 않다. 어쨌든 그런 기억이 나질 않는 것이다. 귀중한 이미지로 남은 것은, 어느 날 저녁 부엌방 탁자 주위에서 놀던 때의 기억 한 가지뿐이다. 그때 나는 일곱 살

혹은 여덟 살쯤 되었을 것이다. 나는 탁자 주위로 뛰어다니고 있었고 아버지는 나를 붙잡으려고 애쓰는 척 장난을 하고 있었다. 그는 의자에 앉아서 미소를 짓고 있었는데, 나는 마치 기적을 본 아이처럼, 세상에 이런 일도 있나 도무지 믿기지 않는다는 얼굴로 쫓아다니고 있었다. 한 번도 아버지와 그렇게 놀아본 적이 없었던 것이다. 그게 몇 시간이고 놀이가 계속되었으면, 그다음 날에도 또 그다음 날에도 또다시 그런 놀이를 했으면 싶었다. 그러다가 돌연 마법이 사라져버렸다. 아버지와 어머니 사이에 전쟁이 다시 시작된 것이었다. 실이 딱 끊어져버리듯 놀이는 멈춰버리고 다시는 계속되지 않았다. 사실 어쩐지…… 싫었다.

내겐 아버지와 관련된 두 가지 추억이 더 있다. 어느 날 아버지가 우리를, 그러니까 자크와 나를 만나러 디낭으로 찾아왔다. 보통 우리를 찾아오는 쪽은 어머니였다. 오, 기숙사에서 우울증에 빠져 있는 기숙생을 찾아오는 그런 면회가 어떤 것인지 아시는가! 어머니는 기껏해야 일 년에 몇 번 왔을 뿐이다. 목요일에 디낭으로 소나 돼지를 사러 가는 트랑의 이웃 정육점 주인과 함께 길을 떠난 것이었다. 겨우 몇 시간이 고작이었으니 별것 아니었다. 그러나 우리는 며칠 전부터 벌써 그날을 학수고대했고 어머니가 다녀가고 나면 몇 날 며칠을 두고 그 일을 추억했다. 그건 편하면서도 잔혹했다. 그 면회가 한순간에 불과하다는 것을, 저녁이 되면 전보다 더 울적해져서 트랑과 집과 가족 생각에, 우리에게 부족한 모든 것 생각에 빠져든다는 것을 알고 있었으니 말이다. 그건 마치 기나긴 방학이 끝난 뒤 개학 초기에 맛보는 침묵 속의 절망을 상기시키는 것 같았다. 부모님이 함께 와서 기숙사 방에 가방을 내려놓은 다음 기숙사를 한 바퀴 둘러보고 나서 억지로 웃기도 하고 농담도 한다. 그러고는 떠나버리는 것이다. 우리는 다른 아이들과, 개학 때의 고아들과 함께 남는다. 그것이 여름의 끝이다. 그것이 긴 방학의 끝이다. 기숙사의 기나긴 일 년이 앞에 남아 있다. 가을, 겨울, 추위, 선잠에서 깨어나는 한밤중의 어둠. 그래서 우리는 억지로, 대수롭지 않은 척하며 마당에서 공을 던지고, 종치는 소리를 기다리며, 구내식당에서의 첫 식사를 기다리며, 미친 듯이, 거의 분노에 떨듯이 놀이에 열중한다. 그럴 때도 저기 트랑에서는 천장에서 내려뜨려진 등불 밑 식탁 위에 수프가 차려지고⋯⋯.

그러니까, 어느 날, 아버지가 소형 오토바이를 타고 오신 것이다. 내 나이 열두 살 때였던 것 같다. 우리, 그러니까 자크와 나는 아버지와 함께 디낭 거리를 걸어 다녔다. 트랑에서 아버지가 가족소풍에 함께 갔던 아주 드문 몇 번을 제외하곤 내가 아버지와 함께 걸어 다닌 것은 그것이 처음이었다. 그는 미소를 지었다. 자신이 그런 생각을 해낸 것이 만족스러운 눈치였다. 아버지는 우리를 카페로 데리고 갔고 시드르 한 잔을 마셨던 것 같다. 그 집 주인과 아는 사이여서 그들은 같이 농담을 주고받았다. 우리가 무슨 이야기를 나누었는지 도무지 생각이 나질 않는다. 수업, 선생님 내가 좋아하는 과목, 뭐 그런 얘기를 했을 것으로 짐작된다. 개인적인 얘기는 전혀 하지 않은 것이 확실하다. 우리 쪽에서도 그랬고 아버지 쪽에서도 그랬다. 서로를 이해할 수 있는 단한 번밖에 없는 절호의 기회였다. 그런데 아무것도 하지 못한 것이다. 아마 한 두어 시간 디낭 거리를 걸어 다니고 카페에 들어가서 뭘 좀 마셨을 것이다. 그러고는 끝. 영원히. 자크와 내가 아버지와 그렇게 따로 만났다는 것만 해도 벌써 특별하긴 하다. 미소를 짓는 그 남자, 우리 아버지라는, 우리로서는 내밀하고 개인적인 면에 대해서 아무것도 아는 바가 없는 그 남자와 같이 걸어 다닌다는 것이 꼭 무슨 이상한 꿈을 꾸는 것 같았다. 왜 이런 식으로 일이 되어가는 것일까? 왜 우리 아버지는 끝까지 남처럼만 여겨지는 것일까? 왜 그는 아침이면 도로보수 인부들과 작업장으로 떠나고 저녁 늦게 돌아와서는 싸움만 벌이는 그런 사람인가? 나는 그와 함께 휴가를 보낸 적이 한 번도 없다. 도대체 나는 부모님과 함께 휴가를 보낸 적이 한 번도 없다. 나는 부모님이 휴가를 즐기는 것을, 휴가라고 어디로 떠나는 것을 본적이 없다. 트랑이 아닌 딴 곳에서 휴가를 보낸다는 게 나는 어떤 것인지 모른다. 도대체 가긴 어딜 간단 말인가? 가서 돈을 내고 뭘 하겠는가? 자동차나 기차를 타고 떠나서 다 함께 바닷가나 산속의 호텔을 빌려 든다는 것은 내겐 책에서나 읽는 이야기였다. 책 속에서나 있는 일이지 우리가 하는 게 아니었다.

나중에, 일이 년 지나서 나는 자크와 함께 생 말로의 병원으로 아버지를 만나러 갔다. 그는 발에 심한 상처를 입은 것이 재발하여 치료를 받고 있었다. 전에 메이약의 집안 농장에서 말에 발이 밟힌 적이 있었는데 그 옛날 상처가 갑자기 곪은 것이었다. 그런데 그날 거기 병원에서 본 놀라운 그 무엇이 내 기억 속에서 다시는 지워지지 않은 채 남았다. 병실에는 환자가 여럿 있었다. 아버지 또래의 남자들이었다. 아버지가 우스운 이야기를 하기 시작했고 그들과 함께 웃어댔다. 그리하여 나는 그가 다른 사람들을 웃기는 것을 보았다. 아버지는 매우 인기가 있었고 모두들 아버지를 좋아한다는 것을 알 수 있었다. 우리 아버지가 재미있는 사람이어서, 우스개를 즐기는 사람이어서 남들이 좋아하는 것이다. 나는 이 사실을 나만의 비밀로 간직했다. 나는 전에 트랑에서 도로보수하는 인부들한테서 이미 그런 이야기를 들은 적이 있었다. 그냥 사적으로 털어놓는 몇 마디였는데 미루어 짐작컨대 그들은 그 때문에 아버지와 일하는 것이 즐겁다는 것이었다. 어쩌면 아버지가 만든 축제준비위원회 사람들이 한 말인지도 모른다. 그런데 지금 나는 그런 아버지를 직접 내 눈으로 보고 내 귀로 듣는 것이었다. 나는 전에 알지 못했던 전혀 다른 어떤 사람을 발견하고 있는 것이었다. 트랑의 집에서 그는 전쟁을 몰고 오는 사람이었다. 비명과 고함 말이다. 그런데 여기 병원 병실에서 그는 남들을 웃기는 사람, 같이 우스개 얘기를 하며 즐기고 싶은 사람이었다. 나는 문득 내가 놓쳐버렸던 모든 것을, 내가 갖지 못했던 모든 것을 눈으로 보는 느낌이었다. 나는 저 사람, 저런 아버지를 알지 못했다. 나는 그와 같이 웃고 농담을 하고 그와 함께 세상을 발견할 수도 있었을 것이다. 그런데 그게 아니었다. 일은 그렇게 되지 않았다. 그리고 이젠 너무 늦었다. 놀이는 끝났다. 방학이 되어 돌아와 보면 트랑에서는 사정이 점점 더 나쁘게 돌아가고 있었다. 우리는 우리 스스로의 힘으로는 어쩔 수가 없는 이야기에 발목이 잡힌 꼴이었다.

시간을 거슬러 가서 제로에서 다시 시작하고 달리 시도해보고, 우리를 싣고 가면서 심신을 가루로 만들어놓는 이 기계장치를 깨부수고 싶지만 그건 불가능한 일이다. 나는 영원히 우리 아버지를 알지 못하고 말 것이다.

내가 그에 대하여 알고 있는 것은 결국 어떤 장소, 어떤 집이었다. 콩부르 근처 메이약에 있는 샹트피 말이다. 그의 부모님의 집, 그의 어린 시절의 집. 그는 자주 그곳으로 찾아가곤 했다. 방 한 칸짜리 집. 커다란 침대 두 개, 식탁 하나, 벽난로 하나. 그리고 옆에 헛간이 하나. 잠을 잘 수 있는 일종의 다락방이었다. 우리는 그곳에 자주 갔다. 아버지의 어머니인 할머니가 여전히 살아 계셨으니까. 조부모 가운데서 생존하신 유일한 분이었다. 늙어 오그라들었지만 재미있고 활기가 넘치는 아주 보기 좋은 할머니였다. 나는 1914년 대전과 그 뒤의 사태들 때문에 친가나 외가의 할아버지는 한 분도 살아 계실 때 뵙지 못했다. 외할머니도 살아 계신 모습을 보지 못했다. 나는 속으로 우리 집안이 장수하지 못한다는 생각을 하곤 했다. 할머니와 더불어 상트피에는 아버지의 누이인 로잘리도 살고 있었다. 그의 남동생인 장은 신부였는데 그곳에 매우 자주 찾아오곤 했다.

아버지의 또 다른 여동생인 안 마리는 결혼하여 몇 킬로미터 떨어진 콩부르의 성 정원 변두리에 위치한 농가에 자리 잡고 살았다. 그렇다, 샤토브리앙의 콩부르 城 말이다. 방학 때 우리는 그 집에 자주 갔다. 우리는 헛간의 다락에서 밀짚을 깔고 잤다. 그리고 소와 돼지를 돌보았다. **돌본다**는 것은 내겐 좀 과한 표현이다. 나는 딴짓을 하면서 그저 소를 보기만 했다. 책을 읽으면서, 공상을 하면서, 소를 돌보고 있다는 것을 까맣게 잊어버리면서. 소들은 내가 저희들을 건성으로 보고 있다는 것을 이내 깨닫고서 서두르지도 않은 채 유유히 목장을 벗어나곤 했다. 내가 그 사실을 알아차렸을 때는 벌써 그들이 축사로 돌아간 뒤였다. 점심

때가 막 지난 시간이면 곧 농장에서 이 사실을 알아차리게
된다. 그로 인하여 나는 머지않아 나름대로 유명해져버렸
다. 돼지들의 경우는 그보다 더 나빴다. 난 돼지라면 얼굴이
파랗게 질리도록 무서워했던 것이다. 뚱뚱하고 크고 사납
고 악질적인 암돼지들이어서 툭하면 내 종아리를 깨물려고
들었다. 그놈들을 피해 도망치는 방법은 딱 한 가지, 즉 나
무 위로 기어올라가는 것뿐이었다. 나 같은 건 아주 우습게
아는 돼지들을 본다고 해놓고는 나무 위에 기어올라가 있
는 내 꼴이란 과연 볼 만했다. 그 밖에 또 추수가 있었다. 특
히 일을 도와주러 온 인근의 농부들과 더불어 몇 시간이고
이어지던 그 뻑적지근한 식사가 있었다.

마당 저편은 성의 드넓은 정원이었다. 나는 샤토브리앙
이 쓴 그 유명한 《무덤 저 너머의 회상》 중에서도 가장 지
독한 대목을 읽은 적이 있었다. 어린 샤토브리앙이 성의 탑
실에서 겁에 질려 떠는 장면, 유령 이야기와 나무로 만든
의족 이야기. 정원 저쪽에 있는 성을 너무나 많이 보고 지
낸 탓에 나는 약간 한 가족이나 되는 것 같은 느낌이었다.
나 스스로가 샤토브리앙이라고 느끼는 것이었다. 게다가
그는 나처럼 디낭에서 공부를 했다. 나처럼 코르들리에
에서 말이다. 나는 그의 글 속에서 다음과 같은 말을 읽었
다. **나의 모든 하루하루는 작별의 나날이었다.** 어린 시절을
보냈던 이 콩부르의 숲을 떠나야만 했을 때의 가슴을 찢는

듯한 아픔을 표현한 대목이었다. 왜 어린 시절부터 사람은 사랑하는 모든 것과 작별을 해야 하는 것일까? 왜 모든 것들은 허물어지고 마는 것일까? 왜 모든 것이 사라져버리는 것일까? 할머니, 아저씨 그리고 아주머니들 그들이 아버지의 가족이었다. 집안의 전설을 이루는 추억들과 이야기들로 가득한 그 낡은 집처럼 그것은 진정 어린 세계였다. 거기서는 사투리를 썼다. 옛날 표현, 옛날 어휘로 가득 찬 전혀 다른 말이어서 우리에겐 흥미진진하면서도 우스웠다(**갈로**라고 부르는 그 말을 요즘은 대학에서 가르친다. 정말이다). 그세계는 진정 어린 것이지만 우리 어린애들에게는 어지간히도 무겁고 거추장스럽고 숨 막히는 것이었다. 바로 그 모든 추억들과 집안의 그 모든 이야기들 때문이었다. 사람들은 늘 똑같은 추억들과 똑같은 이야기들을 되씹고 또 되씹었다. 찬장 위에는 사진틀 속에 끼워놓은 낡은 사진들이 있었는데 우리는 이 사람은 누구고 저 사람은 누구라는 이야기를 백 번도 천 번도 더 들어야만 했다. 그 집안은, 즉 우리아버지의 집안은 오직 과거밖에는, 과거의 이야기밖에는 관심이 없는 듯한 느낌이었다. 가꾸지 않아 자연스러운 정원, 닭들, 오리들이 있는 그 작은 집이 좋으면서도 나는 그과거의 무게에 짓눌려 숨이 막힐 것만 같다. 나중에 내가크면 집안 얘기를 가지고, 우리 아저씨들 우리 아주머니들, 우리 할머니 할아버지들, 우리 남녀 사촌들을 가지고 절대로 남들을 귀찮게는 하지 않겠다고 나는 속으로 다짐했다. 그 결과 나는 마침내 사람들이 하는 이야기에 더는 귀를 기울이지 않게 되었다. 그래서 나는 우리 집안과 우리 아버지의 이야기에 대해서는 거의 아무것도 아는 것이 없다. 그 모든 케케묵은 이야기들은 내 기억을 어지럽게 만드는 것이었다. 나는 기억을 비워버렸다. 지금 와서 생각하면 후회가 된다. 어쩌면 우리 아버지에 대해서 더 많은 것을 알 수도 있을 텐데. 어쩌면 아버지에게 어떻게 말을 걸고 어떻게 그의 말에 귀를 기울일지를 알게 되었을지도 모르는데. 너무 늦었다.

그리고 내가 열다섯 살 되던 해에 아버지는 병에 걸렸다. 플렌 푸제르의 의사가 집으로 와서 그를 진찰했다. 그가 아버지에게 뭐라고 했는지, 어머니에게 뭐라고 했는지 나는 모른다. 나는 디낭의 기숙사에 가 있었다. 나는 다만 아버지가 이제 더는 자리에서 일어나지 못하게 되어 누워 지내야 한다는 것만 알게 되었다. 그 뒤 방학 때 나는 그가 아래층 **사내애들 방** 침대에 누워 있는 것을 보았다. 내 눈에는 그가 늙은이 같아 보였다. 당시 그는 지금 내 나이였다. 쉰세 살. 아버지는 웃으면서 모든 게 잘될 것이고 곧 일어날 수 있을 거라고 말했다. 그러나 플렌 푸제르의 의사가 점점 더 자주 찾아왔고 그는 점점 더 근심스러운 표정을 지었다. 우리 형제 남매들에게 점점 더 남이 되어버린 그 아버지, 저녁이면 전쟁을 몰고 오는 사람이었던 그 아버지에게 바야흐로 우리는 그를 사랑한다는 말을 하고 싶은 심정이 되어버렸다. 기억나는 것이 하나 있다. 그해 여름 나는 자크와 베르나르와 함께 피레네 지방으로 청소년을 위한 캠프에 갔었다. 집으로 돌아오기 직전 기념품들을 사는 시간에 우리는 아버지 선물은 무엇으로 살지 의견을 나누었다. 아버지 선물을 사는 것은 그때가 처음이었던 것 같다. 우리는 멋진 칼을 하나 골랐다. 촌에서 쓰는 투박하고 단단한 것이었는데 우리는 이것이 아버지 마음에 들 거라고, 이걸 주머니에 넣어 가지고 다니는 것을 좋아하실 거라고 생각했다. 사실 우리는 무엇보다도 그가 그 칼을 쓸 거라고, 여러 해를 두고두고 사용할 거라고, 그러니까 그가 오래 살 거라고 믿고 싶었던 것이다. 칼을 산 것은 우리가 아버지를 사랑한다는 것을, 그가 죽지 않기를 바란다는 것을 우리 스스로에게, 그리고 아버지에게 말하는 나름대로의 방식이었다. 겉으로 드러내는 것이 아니라 어물어물 서투르게 속으로 말하고 있었던 것이다. 가족 속에서, 부모님들 사이에서 난파한 사랑, 죽은 사랑에 대해서는 서로 간에 절대로 말하지 않으려고 했던 삼 형제처럼. 그리하여 각기 저 혼자서 침묵을 지켰던, 침묵 속에서 괴로워했던 삼 형제, 멀어져가는, 자신들 스스로도 물리치고 있는 그 아버지에 대해서 감히 말하지 못했던 삼 형제처럼. 트랑으로 돌아와서 우리는 그 칼을 아버지에게 드렸다. 그에게나 우리에게나 이제 모든 것이 다시 시작된다는, 이제 모든 것이 변한다는 신호인 양. 아버지는 미소를 지으면서 칼을 받았지만 그 미소는 말하고 있었다. 너무 늦었다고.

◇◇

얼마 후 아버지의 생일인 어느 일요일, 아버지는 병자성사를 받겠다고 했다. 나는 복사 노릇을 하던 시절, 써늘한 신새벽에 교구 신부를 따라 이미 사람이 죽어 누워 있는 농가로 **하느님을 모셔다드리려고** 궁벽한 길을 걸어가던 일이 생각났다. 이번에는 그게 우리 집이라는 것이었다. 그러나 나는 믿고 싶지 않았다. 나는 속으로 그건 우리 집과는 아무 상관없는 일이라고 우겼다. 아버지가 신부를 만나서 영성체를 갖고 싶어 하는 것뿐 별게 아니라고 말이다. 그건 아무 의미도 없는 것이라고 자크가 말했다. 병자성사니 **사자 성례**니 하는 말을 뭣 하러 하는가? 나는 그의 말에 귀를 기울였고 그와 똑같은 생각이었다. 신부님이 가고 난 다음에 아버지는 일어나 앉아 베개에 몸을 기댄 채 우리를 방 안으로 불러들인 다음 어린 우리 모두를 침대 주위에 모여서게 했다. 그러고는 우리 한 사람 한 사람에게 뭐라고 작별의 말을 했다. 지금 내가 그걸 **작별의 말**이라고 하고 있지만 사실 그것이 작별의 말임을 깨달은 것은 나중의 일이 었다. 그러나 그 당시에는 생일이었으니까 아버지가 그저 우리를 가까이 불러 모아 우리 각자를 어떻게 생각하는지, 각자의 어떤 점을 좋아하는지 말하고 싶어 하는 것뿐이었 다. 아버지는 한 번도 우리에 대하여 그런 식으로 말을 해 본 적이 없었다. 한 번도 그런 표현을 사용해본 적이 없었 다. 그 여름의 어느 일요일. 침대 주위에 둘러서서 우리는 어색한 동시에 불편하고 속이 뒤집히는 느낌을 감출 수 없 었다. 우리는 집 안에서 애정 표시를 드러나게 하는 법이 없었다. 우리는 같이 놀고 이야기를 나누고 웃었고 방학이 되어 다 함께 모이는 것을 좋아했다. 우리 사이에는 씨족 의 강한 유대의식이 있었고 같은 의식, 우리끼리만 아는 같 은 사연들, 같은 신화들을 공유하고 있다는 행복감이 있었 다. 그러나 집 안 한복판에 도사리고 있는 그 고통, 부모님 들 사이의 그 전쟁 때문에 우리는 애정과 사랑을 표시하는 말도, 몸짓도 할 줄 몰랐다. 그런데 바로 아버지가 그런 말 과 몸짓을 다시 찾아낸 것이었다. 침묵의 계약을 깨고서 그 냥 자신의 속에 담긴 것을 우리에게 내놓고 말하는 것이었 다. 그토록 오래전부터 우리 한 사람 한 사람에게 하고 싶 었던 말을. 언젠가 그런 장면을 경험하게 되리라고는 결코 생각하지 못했다. 그런 종류의 것을 책이나 그림이야기 속 에서 본 적은 있다. 임종하면서 자식들을 모두 자기 옆으로 불러 모으는 아버지 말이다. 그건 소설이거나 허구였을 뿐 실제로 일어날 수는 없는 일이었다. 그런데 우리 아버지가 피곤한 미소를 지으며, 아마도 지금까지의 그 멀게만 느껴지던 아버지, 남이 되어버린 아버지를 잊어버리게 하고 싶다는 듯, 용기를 내어 당신이 우리를 얼마나 사랑하는지를 책 속에서보다도 훨씬 더 훌륭하게 말하는 것이었다. 너무나 어리둥절하고 너무나 가슴이 뭉클해진 나머지 할 말을 잃은 쪽은 우리였다. 나는 그가 우리에게 주지 않은 모든 것, 집 안에서 저지른 폭력, 내 속에 파괴해버린 모든 것 때문에 아버지를 원망한다. 그러나 나는 이제 아버지의 모든 것을 용서한다. 그가 그 여름 어느 일요일 찾아내어 입 밖에 낼 수 있었던 그 말들 때문에 나는 그의 모든 것을 용서하는 것이다.

며칠 뒤, 우리가 모두(다카르에서 군복무 중인 앙리만 제외하고) 부엌방에 모여 있으려니까 모니크가 아버지 방에서 뛰쳐나오면서 소리친다. **빨리들 와봐, 아버지가 돌아가시려고 해.** 우리는 방으로 뛰어들어가 침대 주위로 몰려든다. 볼이 움푹 들어간 아버지는 눈을 감은 채 점점 더 힘들어하며 단속적으로 숨을 몰아쉰다. 벌어진 입에서는 소위 단말마의 헐떡거림 소리가 끔찍하게 터져나온다. 누군가 신부를 부르러 간다. 우리 옛 초등학교 선생님이었던 부제가 온다. 그는 아버지에게 의식이 있느냐고, 자신의 말이 들리느냐고 묻는다. 아버지는 머리를 끄덕여 그렇다고 대답한다. 부제가 기도문을 왼다. 아버지의 의식은 점점 더 깊은 심연으로 빠져들고 헐떡이는 소리는 점점 더 밭아진다. 우리는 아무 말도 못하고 침대 옆에 서 있다. 어머니는 침대 발치에 서서 침대 나무틀에 두 손을 얹은 채 아버지를 정면으로 건너다보고 있다. 꼼짝도 하지 않은 채 말없이 아버지를 뚫어져라 바라본다. 나는 어머니를 바라보며 어머니가 무슨 생각을 하는지, 어떤 영상들이 머릿속을 스치고 지나가는지, 머릿속에서 무슨 추억들이 와글거리고 있는지를 상상해보려고 애쓴다. 그렇다. 나는 어머니를 바라보면서 상상을 해본다. 어머니는 그들의 첫 만남, 사랑, 결혼, 두 사람이 함께 그렇게도 행복했던 그 모든 시절을 상기하고 있을 것이라고 나는 속으로 생각한다. 그리고 아이들을, 그리고 모르탱에서의 전쟁 때를, 그들이 꼼짝없이 죽는 줄로만 여겼던 그 지옥 같은 시절을, 기적적으로 목숨을 건져 모르탱으로 돌아왔던 때를, 그리고 르 테이월을. 그리고 트랑으로 처음 이사 왔던 때를. 그리고 그들 두 사람의 지옥의 시작을. 그렇다. 나는 어머니를 바라본다. 마치 어머니의 마음속을 훤히 다 들여다보고 있는 것만 같은 기분으로. 그런데 한편에서는 그녀의 남편인 아버지가 단말마의 숨을 몰아쉬면서 죽어가고 있는 것이다. 무슨 일이 있었던가? 왜 갑자기 지옥 쪽으로 뒤집어져버린 것인가? 사정이 달라질 수는 없었던 것일까? 그들은 오랜 세월 동안 서로를 저주했다. 그러고 나서 이제 어머니는 침대 나무틀에 팔을 고인 채 서서 죽어가는 아버지를 물끄러미 바라보고 있는 것이다. 그녀가 그토록 사랑했던 그 남자를, 그녀가 그토록 미워했던 그 남자를.

그러나 죽음은 오래 걸린다. 헐떡이는 소리가 점점 더 끔찍해진다. 나는 거의 귀를 틀어막아버리고 싶은 심정이다. 무서움 때문에 온몸이 얼어붙는 것만 같다. 그때 어머니가 가장 어린 축인 우리를 돌아보면서 그만 올라가서 자라고 한다. 나는 좀 비열한 안도감을 느끼면서 곧 내 방으로 올라간다. 구멍처럼 깜깜한 방이다. 아침 일찍 아래로 내려온다. **죽었어** 하고 어머니가 말한다. 나는 아버지를 보려고 방으로 들어간다. 그는 한쪽 눈을 가늘게 뜨고 있다. 무섭다. 상상할 수 없을 정도로 깡마른 몸. 여든 살은 먹어 보인다. 그 사람이 쉰세 살에 죽은 우리 아버지다.

◇◇

내 나이 열다섯 살. 아버지가 돌아가셨다. 나는 혼자 밖으로 나가 플렌 푸제르 가도 위에 서서 내 머릿속에 무슨 일이 일어났는지를 이해하려고 애쓴다. 나는 지금 슬픔에 푹 빠져 있어야 마땅하다. 나는 고통을, 절망을 견디지 못한 나머지 눈물을 쏟아야 마땅하다. 너의 아버지가 돌아가셨다. 넌 이제 아버지가 없어. 이렇게 되뇌어봐야 아무 소용이 없다. 마치 내 속에서 내가 빠져나가버린 것만 같은 느낌이다. 내게 무슨 일이 일어났는지, 바로 이 순간 내가 누군지 알 수가 없다. 아니 나는 내 속에서 나를 무섭게 하는, 나를 부끄럽게 하는 어떤 존재를 발견하는 것이다. 저녁이 되어도 이제 우리 집은 더는 지옥이 되지 않는다는 것을, 싸움도 폭력도 더는 없을 것임을 알고 있는 나 말이다. 이기주의의 괴물이 된 내가 안도의 한숨을 내쉰다. 나도 알고 있다. 이런 말은 쓰면 안 된다는 것을. 그러나 무엇하러 거짓말을 한단 말인가? 그와 동시에 나는 침대에 누워 있던 아버지의 모습, 그의 미소, 우리 하나하나에게 한 사랑의 말을 잊지 않고 있다. 나는 자크와 함께 디낭의 거리를 돌아다니던 그때를 다시 생각한다. 생 말로의 병원으로 문병을 갔던 일도. 나는 하마터면 가질 뻔했던 그 아버지를 잃어버린 것을 애도한다. 나는 그 부당함이 억울해서 이 세상 전체를 저주한다. 내가 아들로서 아버지를 참으로 사랑할 수도 있다는 것을 깨닫는 바로 그 순간에 아버지가 돌아가시니 말이다. 모든 것이 너무 늦게 왔다. 나는 이제부터 그 상처를 안고 살게 될 것이다. 아니 그 정도가 아니다. 마치 그런 상처가 없기라도 하다는 듯이 행동하려 할 것이니 말이다. 마치 그런 상처가 없는 척. 침묵을 지키면서.

우리는 차례로 이어가며 아버지 곁에서 밤새움을 한다. 사자는 혼자 두는 것이 아니다. 내 차례가 되자 나는 그 시신을, 그 얼굴 시트 위에 얹힌 그 하얀 두 손을 바라본다. 그것은 내가 처음 경험하는 죽음과의 대면이다. 나는 억지로 자리를 지키면서 나의 마음속에서 그 엄청난 무서움, 그 엄청난 고통이 솟구쳐 오르는 것을 느낀다. 이윽고 둘째 날이 되자 시신 냄새가 나기 시작한다. 아, 열다섯 살 먹어서 아버지의 시신 냄새를 맡다니, 나는 문을 박차고 거리로 나가서 미친 사람처럼 뛰고만 싶다. 그러나 아버지가 돌아가셨는데 길거리에 나가 뛸 수는 없는 일이다. 눈을 내리깔고 걷는 법이다. 마을 사람들이 기대하는 역할, 아버지 없는 자식 역할을 해야 한다.

장례식 날 교회는 터져나갈 듯 만원이다. 도처에서, 마을에서, 촌에서, 다른 마을에서 사람들이 모여들었다. 아버지는 알려진 사람이었다. 아버지는 사랑받는 인물이었다. 어쩌면 자기 집에서보다 더 사랑받았는지도 모른다. 묘지에서 이제 막 세운 묘석을 앞에 두고 나는 문득 트랑에 이사 온 직후 우리가 즐겨했던 어린아이 놀이를 상기한다. 우리 어린 축의 아이들은 묘지에서 회색 돌 위에 새겨놓은 아기 천사상을 훔쳐가려고 아기무덤들을 찾아다녔다. 색칠한 작은 아기천사상은 예뻐 보였기 때문에 수리한 낡은 장난감, 병뚜껑, 상표가 예쁜 깡통, 작은 장난감 자동차, 셀룰로이드

제의 작은 인형 등 우리가 주워 들인 수집품 목록에 그것도 추가하고 싶은 것이다. 묘지는 놀이터였다. 놀이터 중에서도 가장 놀랍고 가장 흥미진진한 놀이터였다. 그러나 지금 나는 아버지의 무덤 앞에 서 있다. 나는 놀이의 비밀을 잃어버렸다. 나는 어린 시절을 잃어버렸다. 모든 날들이 작별의 나날인 것이다.

아버지가 돌아가셨고 집에는 이제 돈이 한 푼도 없다. 어머니는 이제 크리스마스 선물 같은 건 끝이라고 우리에게 말한다. 이 곤경에서 벗어나기 위해서 이번에는 어머니가 일자리를 찾지 않으면 안 된다. 어머니는 극한적인 물질적 조건을 무릅쓰고 우리 열 명의 형제들을 키웠고 언제나 있는 힘을 다해서 빨래 통에 빨래를 삶고 빨래터로 손수레를 밀고 가고 찬물에 시트를 두드려 빨고 채전의 잡초를 뽑고 가래질을 하고 오리와 닭의 모이를 주고 식사를 준비하고 옷을 깁고 수선하고 뜨개질을 하고 집안 살림살이를 하고 찬장 위에 놓아둔 기관총 탄알과 포탄을 반들거리도록 닦고 부엌방 벽 밑, 당신의 자존심인 쪽마루에 밀랍을 칠해서 윤을 냈다. 그런데 이제 와선 그걸로도 부족해서 몸소 돈을 벌어 집안에 들여놓아야 하는 것이다. 물론 기숙학교에 다니는 우리는 장학생이지만 그걸로는 큰 도움이 되지 못한다. 위로 알리스, 모니크, 장, 마리 아니크, 앙리는 일을 하기 시작한다. 그러나 그걸로 사태를 해결하기에는 역부족이다. 그래서 어머니는 가정부로 일을 한다. 하녀로. 마을의 상점들에서. 어머니는 식당에서 닭이나 오리의 털을 뽑는다. 백작과 백작부인 나리의 성에서 고용원으로 일을 한다. 그토록 자존심이 강하고 우리에게도 자존심을 잃지 말라고 가르치던 어머니가. 방학 때 나는 가끔 성으로 어머니를 보러 간다. 그런데 도무지 적응이 되질 않는다. 거기 손에 빗자루를 들고서 백작부인 댁의 집 안을 청소하는, 어린애들을 보는 사람이 바로 우리 어머니라니. 우리를 위하여 그토록 고생을 했는데 그걸로도 모자라서. 저녁에 자전거를 타고 집으로 돌아오면 그녀는 다시 우리 어머니로 변한다. 마찬가지로 힘에 부치는 할 일이 잔뜩 남은 어머니로.

어머니는 한 번도 아버지 얘기를 하는 법이 없다. 나도 어머니에게 그 얘기를 꺼내는 법이 없다. 언제나 침묵뿐. 기숙사에 가 있을 때면 나는 겨울 저녁의 텅 비고 추운 집 안에 혼자 있는 어머니를 상상해본다. 혼자, 온갖 추억들만 가득 지닌 채. 한사코 행복해지겠다는 그 열의만 가득 지닌 채. 지금까지 살아오는 동안 당했던 그 모든 것들에도 불구하고. 그의 아버지는 젊어서 세상을 떠났다. 어머니는 재혼하여 이복 남동생 둘과 여동생 하나를 둔다. 그녀의 새아버지도 일찍 세상을 뜬다. 그리고 어머니도. 이윽고 1944년의 전쟁, 모르탱에서 세 조각의 폭탄 파편을 맞아 부상. 그러나 언제 어디서나 변함없는 그 행보에의 열의. 그 삶에 대한 사랑. 한숨 돌리는 순간순간을 어떻게 하면 마음껏 즐길 것인가. 예를 들어 트랑에서 날씨 화창한 날이면 의자를 길바닥에 내놓고 시원한 공기를 마시며 그 역시 맞은편 길바닥에 자기네 의자들을 꺼내놓고 앉은 이웃 사람들과 이야기를 나누는 것 같은. 한편 우리는 책이나 만화 속에 코를 박고서 그 은총의 시간을, 그 축복받은 시간을 여름날 저녁 이웃 사람들과 이야기를 나누는 어머니의 그 달콤한 수다를 십분 활용한다. 어머니는 언제나 상인들, 이웃 사람들, 지나가다 들른 사람들, 친구들, 그 모든 사람들과 이야기를 나누었다. 어머니는 태양과 꽃을 사랑하고 읽는 것과 쓰는 것을 좋아한다. 디낭의 기숙사에서 어머니의 편지를 받는 것은 순수한 행복의 순간이다. 어머니는 트랑 소식을, 마을의 자질구레한 이야기들을 들려주고 집안 소식을 전해주고 날씨에 대하여 이야기한다. 어머니는 즐겁고 재미있는 분이어서 삶을 사랑하고 싶은 욕구를 불러일으킨다.

그런데 이제 어머니는 트랑에서 혼자다(이번에는 베르나르와 마들렌이 기숙사에 들어갔다). 어머니가 굳세고 용기 있게 지냈으면 좋겠다. 결국 텔레비전을 사게 된 것은 어머니를 위해서였다. 정확하게 언제였는지는 잘 기억나지 않는다. 아버지가 돌아가시고 나서 여러 해 뒤. 전에는 혼자 사는 이웃인 메다르 부인 댁으로 가서 텔레비전을 보았다. 수상기가 부엌에 있어서 우리는 의자들을 앞으로 당겨서 서로 바싹 좁혀 앉았다. 우리는 〈벨파고르〉 같은 연속극이나 〈위대한 희망〉 같은 영화를 보았는데 그 영화는 어찌나 무서운 장면이 많았는지 캄캄한 밤에 종종걸음으로 집에 돌아올 때면 귀신이 나타날 것만 같아 소름이 확 끼치는 때가 한두 번이 아니었다. 그렇지 않으면 유러비전의 악대가 따따 따따따따…… 나팔을 불어대는 가운데 프랑스 일주 자전거경기 선수들이 산악지대 코스를 통과하는 광경을 구경하러 갔다. 우리는 마지막까지 서로 전화 심부름을 해주었다. 우리는 이웃 정육점으로 가서 송수화기를 들고 교환수에게 전화번호를 댔다. 전화를 받을 때도 마찬가지였다. 저쪽 발신자가 트랑의 9번을 부르면 정육점 주인이 와서 문을 두드리며 전화 왔다고 알려주었다. 그때마다 일부러 우리 집으로 찾아와서 문을 두드려야 했으니 그도 나중에는 어지간히 지겨웠을 것이다! 우리의 교환수 노릇을 해야 했으니 말이다. 진짜 발전은 실내에 온수 샤워 시설과 화장실을 설치한 것이었다. **남자아이들** 방 저쪽의 **칸**에 칸막이를 하나 더 설치해야 했다. 마침내 우리는 플렌 푸제르 가도를 건너 마당으로 쫓아가서는 닭장 옆의 목조 오막살이 안에 들어가 쪼그리고 앉지 않아도 되는 것이었다.

◇◇

우리 모두가 방학을 맞아서 트랑에 돌아와 있을 때는 항상 축제다. 서로 할 얘기도 너무 많고 할 일도 너무 많다. 계속해서 우리의 그 오솔길들로, 들판으로 끝없이 돌아다니고 저녁나절을 송두리째 빌카르티에 숲에서, 연못가에서 보낸다. 우리의 어린 시절의 마법이 서린 장소들인 그 골짜기로, 그 채석장으로, 지난날 우리가 이름을 붙여주었던 그 바위들로 다시 찾아가본다. 그러나 벌써 그것은 향수에 속하는 것이다. 어린 시절은 끝났다. 놀이의 행복도 끝났다. 그 시절을 떠올려보기 위하여 우리는 그곳으로 돌아온 것이다. 그리하여 끊임없이 **그거 기억나지?**라고 말하고 수없이 많은 이야기를, 지나가버린 시절의 이야기를 서로 주고받는다. 어린 시절은 치유되지 않는 법이다. 지상낙원의 기억은 치유되지 않는다. 그것이 영원히, 일생 동안 지속되기를 바란다. 그 비눗방울 속에 포근하게 들어앉아 살고 싶은 것이다. 그 나머지의 모든 것을 다 잊게 해줄 테니까. 저녁이면 되살아나던 우리 집의 지옥을. 그리고 아버지의 죽음과 우리 사이의 그 침묵을. 숨도 쉴 수 없게 만드는 그 캄캄한 침묵의 커다란 덩어리를 다 잊게 해줄 테니까.

물론 크리스마스 방학이 제일 간절한 향수를 자아낸다. 그 며칠간의 은총은 마치 어린 시절로 이어주는 수많은 줄들인 양 온갖 의식들로 짜여 있다. 그래서 꿈을 계속하기 위해서는 감히 그 줄들을 끊지 못한다. 매년 숲 속에서 주워온 돌들과 이끼로 만든 구유장식. 긴긴 오후를 다 바쳐서 추위 속을 돌아다니며 어둠 속에 파묻힐 때까지 호랑가시나무 가지를 꺾는다. 밖은 추위도 한가하고 아늑한 집 안에는 화덕에서 불이 붕붕 소리를 내며 타고 전축에는 음반이 돌아간다. 그럴 때면 기숙사는, 캄캄한 기숙사는 수백 광년 저쪽처럼 아득히 멀다. 물론 자정미사를 빼놓을 수 없다. 전에, 우리가 어렸을 적에는 미사에 앞서 사제를 겸한 선생님의 지도하에 트랑의 청소년들이 꾸민 연극공연이 있었다. 학교의 교실에 붙어 있는 홀에 무대가 마련되었다. 거대한 포장에 그림을 그려 화려하게 무대장치를 했다. 모두가 앉을 수 있도록 교회의 의자들을 날라 왔다. 무대에 올리는 것은 대개 지독한 멜로드라마들이어서 우리는 전신에 고여 있는 눈물이란 눈물은 모조리 다 짜냈다. 공연이 끝나면 각자 앉았던 의자를 들어다가 교회에 도로 갖다놓았다. 그리고 잇달아 자정미사를 올리는 것이었다. 이제 연극 공연은 없어졌다. 그러나 자정미사가 끝난 후 큰 사발에 담은 뜨거운 초콜릿을 딱딱한 말린 빵과 같이 먹는 풍습은 없어지지 않고 그대로 남아 있다. 크리스마스이브의 밤참 같은 것은 있어본 적이 없다. 한 번도. 우리가 누리는 사치라면 그저 그 사발에 담은 뜨거운 초콜릿을 딱딱한 말린 빵과 같이 먹는 것뿐이다. 그리고 선물 개봉. 우리 각자를 위하여 어머니가 골라서 산 한두 권의 책.

그러나 우리는 커서 나이를 먹고 세상을 발견한다. 큰 아이들은 일을 하고 알리스에게는 벌써 애들이 있다. 그리고 가장 어린 축인 우리는 조금씩 달라진 세상과 만난다. 각자는 기숙사 혹은 다른 곳에서 친구들을 사귄다. 처음으로 해보는 여행들, 이 아이 저 아이의 사회 참여, 점차 확장되는 정신, 예민해지는 의식. 돌연 중요해진 정치적 감각, 타 문화나 제3세계 혹은 당시 유행하던 표현처럼 **세계의 기아문제** 쪽으로 열리는 관심. 문득 트랑이 형편없이 작아 보인다. 지평선이 폭발하고 사방의 경계가 허물어진다. 알지 못하는 사이에 집안이 좌파 쪽으로 기울어진다. 아버지는 나름대로의 확신과 입장에 따라 우파였다. 자녀 많은 가구에 가톨릭이니 따라서 우파인 것이다. 원래 그런 법이다. 그런데 이제 그게 달라지고 조금씩 변하고 자리를 바꾸는 것이다. 알제리 전쟁도 한몫한다. 사람들이 심각해지고 진지해지고 자신의 이념을 발견하게 되며 불의와 부르주아지에 대하여 구역질을 하는 바로 그때 그 시절인 것이다. 트랑에서 사람들은 부르주아란 것이 뭔지를 알지 못했다. 모두가 똑같았으니까. 거의 똑같았으니까. 디낭에 가 지내는 동안 해가 거듭할수록 나는 내가 어떤 가정 출신인가를, 사회계층이란 것이 어떤 것인가를 깨닫기 시작했다. 어떤 아이들은 옷을 잘 입고 용돈이 있고 고상한 직업을 가진 부모를 두었다. 그런데 천을 대서 다시 꿰맨 저고리에다가 형들한테서 물려받은 바지를 받쳐 입고 있는 나는 어릿광대 같은 꼴이라는 생각을 종종 하곤 했다. 기숙사생 특유의 작은 모멸감. 그렇지만 사실 나는 아무래도 좋았다. 억지로 원해서 그런 것도 아니었고 심지어 뚜렷하게 의식하지도 못한 채였지만 내게는 우등상이라는 완벽한 자랑거리가 있었던 것이다. 어느 날 나는 반에서 공부 잘하는 학생이 되어 있었다. 전혀 예상하지도 못했는데 별을 네 개씩이나 단 성적표를 받고 모든 사람들이 보는 가운데 우등상을 받아 안는다는 것은 정말이지 묘한 경험이다. 나는 무슨 쇼를 하고 있는 것만 같은 느낌인데 그게 정말이라는 것이다. 트랑 출신에다가 기껏해야 도로보수 감독의 아들에 불과한 녀석이 도시 아이들과 경쟁을 하다니, 그런 것을 어떻게 상상인들 할 수 있었겠는가? 그런데 실제로 내가 그런 설욕을 한 것이었다. 코르들리에 학교의 강당에서 상장수여식 날이면 그 도시와 도청의 요인들이 참석한 가운데 유지 한 분이 이렇게 말하는 것이었다. **우등상, 트랑 출신의 알랭 레몽.** 기분 좋은 대목은 **트랑 출신**이라는 말이었다. 그것은 가난한 촌마을, 궁벽한 오지, 사람들에게서 잊힌 시골의 설욕이었다. 그러나 진정한 보상은 바로 우리 어머니였다. 옷 잘 입은 사람들 가운데 떡하니 앉아서 내 이름이 불리는 소리를 듣고, 내가 상장을 들고 교단에서 내려오는 모습을 바라보는 우리 어머니, 트랑에서 일부러 오신 우리 어머니. 그날 디낭의 코르들리에 학교 강당에서 본 우리 어머니의 눈길과 미소를 나는 결코 잊지 못할 것이다. 우리는 아무것도 아니고 아무것도 가진 것이 없지만 우등상을 받았다. 배우고 공부하는 것을 좋아하니까. 배움에 비한다면 돈 같은 것은 아무것도 아니니까. 어머니의 눈길 속에 적혀 있는 것은 바로 그것이었다. 이건 케케묵은 옛날이야기란 것을, 책에서 백 번도 더 읽은 상투적 대중교화용 이야기란 것을 나도 모르지 않는다. 그러나 아무러면 어떠랴. 이게 내 이야기인걸. 그뿐이다.

1960년대 초 그 무렵, 알제리 전쟁을 제외한 최대의 관심사는 예예족* 선풍이었다. 안녕, 친구들, 조니 할리데이,

---

* Yé-yé, 춤과 노래로 소일하는 전후파 청춘남녀

실비 바르탕, 프랑수아즈 아르디, 리샤르 앙토니······ 미리 말해두지만 우리 형제자매들은 그런 사람들의 팬이 아니다. 정말이지 전혀 아니다. 우리 눈에 그런 건 골 빈 단세포 얼간이로 보인다. 아니 무엇보다 그것은 근본적으로 인간소외적 현상(우린 이런 개념정리를 여간 자랑스럽게 여기고 있는 게 아니다)이라고 여겨진다. 우리는 이런 선풍의 이면에서 젊은이들로 하여금 진정한 목표, 진정한 문제를 망각하게 하고 대중 착취, 불결한 변두리 동네, 제3세계의 가난에 눈을 돌리지 못하게 하는 장사꾼들의 조작을 발견해낸다. 예예의 경박함. 그 친구들이 노출하는 이념의 사기성, 이것이 바로 새로운 민중의 아편인 것이다! 지금은 그런 모든 것이 다 그저 우습게만 보일 것이다. 그런데 1960년대는 치열하게 정치적 성향을 띤다. 사람들은 그 시대의 향수에 젖는다. 주위를 아랑곳하지 않는 태평스러움? 무슨 태평스러움? 그리고 누구를 위한? 삼십오 년이 지난 지금도 나는 당시의 청소년이었던 나 자신과 뜻을 달리할 수가 없다.

◇◇

열여덟 살 되던 해 트랑은 내 머릿속에서 좀 더 흐릿하게 지워진다. 나는 외국에 나가서 살게 된다. 캐나다, 이탈리아, 알제리. 가족들과 멀리 떨어져서 지내는 오 년. 여름에 한 달 정도 돌아와 지내는 것만이 예외다. 어쩌면 언젠가 그 오 년에 대한 얘기를 할 수 있을지도 모르겠다. 그러나 지금 당장 내 이야기는 트랑이고 우리 가족이다. 모든 이들과 멀리 떨어져서 나는 추억을 먹고 산다. 내 기억 속에는 수천수만 개의 영상들, 소리들, 냄새들이 들어차 있어서 나는 복습을 한다. 어떤 길, 어떤 풍경, 안개 낀 몽 생 미셸, 빌카르티에 연못, 콩부르 성, 트랑의 교회 앞 광장, 상점들, 학교, 우유를 가지러 가던 농가……. 밤이면 꿈속에 트랑 주변의 작은 오솔길들이 보이고 나는 몇 시간이고 라 부삭, 플렌 푸제르와 비외 비엘 사이로 난 그 작은 길을 걷는다. 그리고 무엇보다 편지들. 우리 집 식구들, 우리 어머니, 형제자매들은 늘 서로에게 편지를 많이 썼다. 기숙사에서 지내던 말년에는 마리 아니크, 마들렌, 아녜스와 서로 유행에 대하여, 시대 분위기에 대하여, 예예 친구들의 사기에 대하여 어처구니없는 편지들을 주고받았다. 서로 만나 얼굴을 대하면 서로 주고받은 편지 얘기를 하며 말로 그 편지를 계속했다. 바로 며칠 전에 나는 어떤 서랍 속에서 종이 상자에 담긴 그 편지들을 다시 찾아냈다. 내가 그걸 버리지 않고 간직하고 있는 줄은 몰랐다. 나는 그중 몇 통을 봉투에서 꺼내 읽기 시작했다. 그러나 즉시 읽는 것을 그만두었다. 그 시절 그 행복 속에 다시 빠져들 수가 없었던 것이다. 너무 뜨겁고 너무 치열해서 견딜 수가 없는 행복이었다. 그리고 쓰인 말들 뒤에 가려져 있는, 말로 표현하지 않은 그 모든 것들. 서로에게 말하고 싶지 않았던, 보고 싶지 않았던 그 모든 것들. 나는 서랍을 닫았다. 어쩌면 나중에 언젠가……

　외국에 나가서 몇 달 동안이고 가족들과 멀리 떨어져서 지낼 때 달라지는 것이 있다면 그것은 편지가 보다 더 개인적이고 내면적이 된다는 점이다. 서로 보지 못하고 서로 말을 주고받지 못하게 되었으므로 어린 시절 이래 끊어지지 않았던 그 일종의 대화 속에서 편지는 근본적인 것을 건드리게 된다. 모든 사람들에게서 멀리 떨어져 지내다 보니 이제는 나와 상관없어진 의식들과 습관들로 짜인 삶이 나만 빼놓고서 신비스럽게 계속되고 있다는 그런 느낌에 사로잡힌다. 나는 어떤 낯익은 일상적 세계에서 떨어져 나오고 있으며 그 세계를 더는 알지 못하게 될 것임을 조금씩 조금씩 느낀다. 그렇게 되자 이 편지들이 어떤 또 다른 매듭을, 어떤 새로운 관계를 만들어낸다. 식구들은 마치 가족과 한 덩어리가 되지 못하고 혼자서 딴 삶을 살고 있는 사람에게 쓰듯이 내게 편지를 쓴다. 그러면 나는 그 분리의 고통을 맛보는 동시에 아직은 좀 모호한 대로나마, 나 스스로 존재하면서 나의 자유와 맞선다는 의식을 갖는 것이다.

　여름에 다시 집으로 돌아오면 행복하게도 트랑과 집과 모든 식구들을 되찾게 된다. 그리하여 나는 아주 자연스럽게 오래된 습관들, 부엌방에서의 식사, 식탁에 둘러앉은 대가족, 토론, 웃음, 숲 속으로의 산책, 이런 것들 속으로 돌아간다. 그전처럼. 그러나 아니다. 꼭 그런 것은 아니다. 나는 내가 잠깐 들렀을 뿐임을 느끼고 다시 떠날 것임을 안다. 나는 비켜나 있는 나 자신을 발견하는 것이다. 그리고 가족 그 자체도 달라진다. 전과 똑같지 않은 것이다. 세월이 흐르면서 몇은 결혼을 하여 집을 떠난다. 그런 게 바로 삶이다. 어느 가정에나 있는 일이다. 마치 땅거미가 내릴 때처럼 그 불확실한 순간, 하나의 역사가 끝나고 다른 역사가 시작하려고 하는 그 순간. 이제 다른 방식으로 가족이 되지 않으면 안 될 것이다. 추억과 향수의 몫을 인정하고 아직도 잘 짐작이 가지 않는 다른 것에 대하여 마음의 준비를 하지 않으면 안 될 것이다. 그리고 아버지가 돌아가셨다. 그리고 어머니는 혼자가 되셨다.

그리고 무엇보다도 아녜스의 문제가 있다. 나는 이어지는 편지들을 받으면서 차츰차츰 그녀가 아프다는 것을 깨닫는다. 육체의 병이 아니다. 아녜스는 마음이, 정신이 병든 것이다. 그녀는 자기가 뭘 원하는지, 자기가 무슨 삶을 사는지 잘 모르게 되어버렸다. 차츰차츰 자신에게 부재하는 쪽으로 변해가는 것이다. 어느 날 나는 그녀가 정신병원에 입원했다는 소식을 듣는다. 그리고 퇴원한다. 그리고 다시 들어간다. 조증과 울증의 상태가 교차된다. 그는 조금씩 조금씩 지옥 속으로 들어가 자리 잡게 된다. 나는 멀리서, 거리를 두고서 이해하려고, 알려고 노력한다. 내게 아네스는 언제나 잘 웃고 농담 잘하고 아이디어가 풍부한 아이였다. 그는 친구가 많았고 늘 활동적이었다. 그는 사물과 사람들을 움직이게 만들고 싶어 했다. 우리 둘은 너무나도 가까워서 눈짓만으로도 마음이 통했다. 끝없이 정신없이 이야기를 나누었고 토론을 했다. 좋아하는 것도 같았고 싫어하는 것도 같았다. 그러나 어쩌면(지금 와서 생각해 보니 그랬던 게 아닌가 싶다) 그녀는 억지로 명랑한 척했는지도 모른다. 어쩌면 그녀의 웃음은 어색한 웃음이었는지도 모른다. 어쩌면 그녀는 우리 형제자매들 가운데서 우리 내면에 도사린 그 정신분열증의 대가를 혼자서 치른 것인지도 모른다. 함께 사는 행복. 트랑에서 지내는 행복과 다른 한편 저 불행의 캄캄한 구멍, 우리의 내면을 파먹어 들어오던 그 침묵, 집안의 지옥, 그 두 가지 사이의 분열증의 대가를. 어쩌면 아네스는 우리를 대신하여 그 대가를 치렀는지도 모른다.

여름에 프랑스로 돌아오면 나는 병원으로 아네스를 보러 가곤 한다. 그녀는 알아볼 수 없을 정도로 변했다. 너무나 외롭고 괴로워 보이고 온통 두려움에 사로잡혀 있다. 얼굴을 잔뜩 일그러뜨려놓는 그 눈길, 어떻게 좀 해줘, 나 좀 살려줘, 제발 부탁이야 하고 호소하는 듯한 그 두 눈. 나는 어떻게 된 영문인지, 어떻게 되어가는 것인지 알 수가 없다.

그녀를 그 병원에서 데리고 나가고 싶고, 구해내고 싶고 보호해주고 싶다. 그렇지만 어떻게? 어디로 데리고 간단 말인가? 어머니와 형제자매들도 나와 마찬가지로 큰 충격을 받았지만 그들은 그녀의 고통을 날이면 날마다 달이면 달마다 직접 겪는다. 그러니까 멀리서, 거리를 두고, 편지로 겪는 나하고는 다르다. 나는 꼭 비겁한 놈이 된 느낌, 기피자가 된 느낌이다.

가끔씩 아녜스는 상태가 나아지기도 한다. 전과 같은 생활. 열정적인 생활로 되돌아간다. 일도 하고 여행도 한다. 웃고 날뛰고 열광한다. 그러다가 그만 푹 가라앉아버린다. 병원, 약. 두려움, 고통. 그리고 온 가족이 모두 죄인이 된 느낌에 사로잡힌다.

오 년 뒤. 나는 아주 프랑스로 돌아온다. 그리고 내가 지금까지 한 번도 발 들여놓은 적이 없는 파리에 자리 잡는다. 내게 그건 마치 '노 맨스 랜드'와도 같은 것이다. 다시 말해서 나는 브르타뉴에서도 멀고 가족들에게서도 먼 프랑스로 돌아온 것이다. 나는 앞으로의 내 삶이 어떻게 될 것인지 짐작도 할 수 없다. 그러나 제대로 정신을 차리자면 내게는 그런 거리가 필요하다. 그다음은 두고 볼 일이다. 내가 파리에서 처음 사귄 친구들은 센 강 좌안의 쏠쏠한 부르주아들이다. 때는 1968년 5월(내가 멀리 떨어진 알제리에서 겪은) 직후다. 내 친구들은 1968년 5월을 이제 막 겪고 난 참이어서 그것은 곧 그들의 영웅적 사건이 되었다. 그들은 몸을 던져 싸웠고 꿈을 꾸었고 믿었다. 나는 그들과 어울리는 것이 재미있다. 우리는 모두 아이디어가 넘친다. 정말이지 하고 싶은 일들이 한두 가지가 아니다. 그렇지만 단 한 가지 예외가 있다면 그건 우리가 겪은 역사가 똑같은 것이 아니라는 점이다. 우리는 서로 다른 세계에서 온 것이다. 그들에게는 모든 것이 쉽고 틀림없어 보인다. 그들의 태도는 지금까지 내가 영화 속에서나 보았을 뿐인 자연스럽고 편한 그런 것이다. 그들의 아파트는 크고 멋지다. 그들은 갖가지 연줄로 엮어져 있다. 그들은 유리한 쪽에 서 있다. 그런데 나는 그들 속에 섞여 있는 시골뜨기 같은 꼴인 것이다. 사회적으로 보나 문화적으로 보나 우리 사이의 거리는 까마득히 멀다. 그러나 그들은 상상도 못하고 알아차리지도 못하는 것 같다. 그들에게는 당연하고 자연스러운 모든 것이 내게는 이국적이기만 해서 마치 동물원 속에 들어와 앉아 있는 기분이라는 것을 그들은 모른다. 옷을 잘 차려입은 사람들 속에 어머니가 앉아 있는 디낭의 코르들리에 학교 강당 시상식과는 차원이 다른 것이다. 이건 아예 다른 별에 온 것이나 마찬가지이다. 혹시 무슨 영화나 책 속에 들어와 있는 게 아닌가 싶어서 나는 매일같이 내 허벅지를 꼬집어 보지 않을 수 없다. 그런데 이 세계는 꿈이 아니라 분명 실재하는 현실이다. 그들 속에 섞여 있으면 나는 꼭 무슨 비교행동학을 공부하는 느낌이다. 동시에 그들은 내 친구들이다. 그러니 나는 그들과 함께 무슨 기막힌 모험을 겪어나

가게 될 참이다⋯⋯.

6월에 시험을 치고 나서 나는 브르타뉴로 돌아간다. 부르주아지의 정수 속에 몸을 푹 담그고 나니 비탈진 곳, 움푹 파인 길, 외딴 오솔길, 카페를 겸한 잡화점, 그리고 밀밭 속의 농가들이 너무나 그립다. 사투리를 듣고 싶고 콧수염 밑에 빼문 노란 지탄 궐련이 떨리는 모습이 보고 싶고 정상적인 사람들을 다시 만나고 싶다. 그리고 나는 트랑에 있는 우리 집에서 어머니와 가족들을 다시 보는 것이다. 나는 파리에서 우체부 연수를 하는 베르나르와 그의 친구 한 명과 더불어 고향으로 돌아간다. 우리는 그 친구의 4마력짜리 자동차에 올라타고 생 클루의 터널을 지난다. 때는 초여름, 어서 빨리 브르타뉴에 닿았으면.

실제로는 아무 곳에도 닿지 못한다. 모르타뉴를 벗어나 알랑송으로 향하던 중에 급히 구부러진 몹쓸 길모퉁이에서 몹쓸 핸들 조작으로 4마력짜리 자동차가 도랑 구석에 가서 거꾸로 처박힌다. 그리고 나는 사과 밭에 처박힌다. 정신이 들고 보니 모르타뉴의 병원. 어디가 아프냐고 묻기에 전신이 다 아프다고 대답한다.

그 대답은 응급실 외과의에겐 별로 도움이 되지 못한다. 다행히 내 상태가 상태인지라 그가 반드시 해야 할 일이 한 가지 보인다. 사고로 인하여 내 머리 가죽이 심각한 상태로 벗겨져 두개골에서 아주 분리된 것이다. 온 사방에 피가 흐르고 미칠 지경으로 아프다. 만화에 나오는 사람같이 머리에다 붕대를 칭칭 동여매서 겨우 눈만 보이도록 해가지고 나를 침대에 올려놓는다. 머리 쪽이 편하라고 등 뒤에 베개 여러 개를 잔뜩 괴어놓는다. 그러고는 잘 자란다. 그런데 나는 죽을 것만 같다. 정말이다. 등이 어찌나 아픈지 숨도 쉴 수 없다. 정말 이걸로 끝장인 것 같다. 보다 못해 내 동생(그는 어깨에 상처를 약간 입은 정도다)이 벨을 눌러서 의사를 부른다. 즉시 등짝의 사진을 찍어보니 척추에 금이 가 있다. 내가 전신이 아프다고 말할 때 곧이들었으면 좋았을 것 아닌가 말이다. 베개들을 쌓아놓은 곳에서 나를 일으켜 판판한 것 위에 눕힌다. 운이 좋았다. 척수까지 상하지는 않은 것이다. 이제 남은 일은 그게 다시 붙어서 굳어질 때까지 기다리는 것뿐이다. 시간이 얼마나 걸릴지는 예측할 수 없다.

이리하여 나는 1969년의 긴긴 여름을 병원에서, 나중에는 종합병원에서 보낸다. 더는 아프지 말라고, 잠을 좀 자려고 나는 엄청난 양의 약을 입안에 털어 넣는다. 몸은 조금도 움직이지 못한다. 심지어 팔도 움직일 수 없다. 모르타뉴의 병원으로 어머니와 아녜스가 베르나르와 나를 보러 왔다. 어떻게 하여 사고가 났는지 자초지종을 좀 얘기해보란다. 하나도 생각나는 게 없다. 부분적인 기억상실인 것이다. 파리에서 떠난 이후 여행이나 사고에 대해서는 작은 것도 생각나는 것이 없다. 내 삶의 몇 시간이 지워져버린 것이다.

영원히. 안타깝다는 생각은 없다. 기분이 이상한 것은 당연하다. 새카만 구멍이 뚫린 것이다.

르망의 병원에 나는 혼자다. 몸이 갈기갈기 찢겼지만 그래도 안전하다는 느낌이다. 나는 이상한 세계 속에서 이것도 저것도 아닌 기이한 중간지대에서 부유한다. 여름이라 덥다. 사람들이 나를 정성스레 돌보아준다. 나는 현재의 순간만을 살고 있다. 그다음 일은 상상도 못한다. 내가 여기 있다는 느낌, 그뿐이다. 상태가 조금 나아지기 시작하자 밤에 에밀리 디킨슨을 읽다가 곯아떨어진다. 몸놀림을 다시 익히는 연습을 한다. 간호원이 나를 침대에 그리고 나중에는 침대 가장자리에 일어나 앉도록 한다. 그리고 일으켜 세우기도 한다. 그다음에는 복도로 한 걸음 두 걸음 그다음에는 층계. 무섭다. 몸이 부서질 것만 같다. 그러나 내 몸은 끄떡없이 버틴다.

1969년 여름, 그 병원, 꿈속처럼 머릿속은 불타고 등짝은 고정바이스에 낀 채 날은 덥고 밖은 소란스러운데, 에밀리 디킨슨의 시편들…… 나는 무중력 상태에서 떠돈다. 가끔 한 번씩 머릿속에 번쩍 하면서 되살아나는 영상. 사고 직후 구급차 안에서 잠깐 의식이 되살아난 순간 내가 혼잣말을 한다. 드디어 알게 되겠구나. 그래, 내가 혼잣말을 한다. 드디어 알게 되겠구나, 그다음에 어떻게 될지를.

병원에서 퇴원하고 나는 트랑으로 돌아온다. 외국에 나

가 있던 오 년 동안 내가 꿈에 그렸던 바로 그런 귀향이라고 할 수는 없다. 어찌나 몸이 아픈지 아무것도 보이지 않고 아무것도 들리지 않는다. 병원의 포근한 비눗방울 밖으로 나오고 나니 추워서 몸이 와들와들 떨린다. 밤에는 온통 악몽뿐이다. 말도 얘기도 하고 싶지 않다. 나는 제자리에서 맴돌고 벽에 머리를 박는다. 밖에 나가면 몽유병자처럼 걷고 나무도 들판도 언덕배기도 너무나 멀게만 느껴진다. 세상 만물과 접촉이 불가능할 것만 같다. 여기 트랑의 가족들 가운데 싸여 있으면서 아주 타관 사람이 되어버린 듯 이처럼 거리감을 느껴본 적은 한 번도 없었다. 몸이 다시 적응하지 않으면 안 된다. 행복을 다시 배우지 않으면 안 된다. 과연 그럴 수 있을지 모르겠다. 그리고 얼마나 시간이 걸릴지 그것도 모르겠다. 내 몸이 내 것 같지 않다. 나는 어디에도 없다. 나는 아무도 아니다. 하다못해 잠이라도 좀 잘 수 있다면. 허깨비들만 쫓아다니다가 싸늘한 어둠 속에서 땀에 젖어서 깬다. 맙소사, 이 모든 게 과연 끝나는 날이 있을까?

그러나 아픈 곳은 낫는다. 물론이다. 암중모색으로 더듬 더듬 여기저기 부딪히면서 넘어지면서. 그렇다. 결국은 낫 게 마련이다. 그리하여 차츰차츰 악몽에서 깨어난다. 어떻 게 하여 그렇게 되었는지, 어떻게 나았는지는 모른다. 그러 나 어느 날 끝이 났다는 것을 알게 된다. 물론 그 어느 것 도 아주 끝나는 법은 없지만. 갑자기 하고 싶은 것도 많아 지고 욕심도 많아져서 취한 듯이 온갖 계획들을 세우고 정 신없이 사람들을 만나면서 모든 것이 다시 가능해졌다고 생각한다. 나의 찬스는 1970년대 초의 파리, 그 소용돌이, 1968년 직후의 그 끓어오르는 흥분이다. 모든 것이 꿈틀대 고 모든 것이 무너진다. 모든 것을 다 새로 해야 하고 다 새 로 상상해내야 한다. 나는 정치, 영화, 음악, 글쓰기에 미친 듯이 빠져든다. 전기가 오른 듯 삶이 강박적으로 변한다. 좌파투쟁, 공동체 생활, 선불교, 현미밥, 바바-쿨리즘, 파시스트 반대 데모, 시, 영화잡지……. 파리는 축제다. 그리고 이제 내게 트랑은 까마득히 멀게만 보인다. 가끔 거기로 돌아간다. 예를 들어서 어머니 옆에 온 가족이 다 모이는 크리스마스 같은 때. 그러나 나는 멀어지고 있다는 것을, 내 삶은 딴 데 있다는 것을 느낀다. 파리에서는 촌사람, 브르타뉴에서는 파리 사람. 여러 가지 역할의 이상한 놀이, 나는 거기서 최대의 효과를 얻어내려고 노력한다. 나는 나의 한 부분에 대하여 배신자가 된 느낌이다. 내가 익히게 된 반사작용, 말하는 방식. 사물을 보는 방식은 어떤 다른 세계의 것이다. 어떤 저녁에는 촌티 나는 해묵은 갈망이, 향수가 불같이 일어나 가슴이 조여든다. 느긋한 시간을 갖고 싶고 겉만 번지르르한 시시한 유행에서 벗어나고 싶다. 그러나 동시에 너무 많은 허깨비들을 다시 만나고 너무나 오래된, 너무나 까마득한 그 옛이야기들 쪽으로 끌려들어 갈까봐 겁도난다. 파리에서 나는 내 삶을 다시 만들어낸다. 때로는 내가 잠시 기항했다가 떠날 통과여객 같다는 느낌도 없지는 않지만. 여기에 속하는 것도 아니고 저기에 속하는 것도 아닌 상태. 내겐 이게 어울린다.

　도무지 익숙해지지 않는 것이 한 가지 있다. 내 친구들의 아버지들을 보는 것이 그것이다. 어쩌다가 내 친구들 중 하나를 그의 아버지와 함께 만나는 것 말이다. 나는 그들을 바라보고 그들이 서로 이야기하는 것에 귀를 기울이면서 그들의 친밀감을 상상한다. 그들은 둘 다 젊다. 나는 그들을 바라보고 그들의 말에 귀를 기울이면서 그들이 함께 보낸 그 모든 세월을, 그들을 기다리고 있는 그 모든 세월을 생각한다. 나는 그게 어떤 것일지 알고 싶다. 스무 살, 스물다섯 살에 아버지가 있다면 기분이 어떨까? 이건 고통이라기보다 오히려 어떤 놀라움이다. 나는 그들이 마치 어떤 영화에서 연기를 하고 있는 것처럼 그들을 바라본다. 그들이 진짜 아버지와 아들이 아닌 것처럼, 그들 두 사람을 보고 있다는 것이 너무나 이상하게 느껴진다. 삶은, 진짜 삶은 지금 내가 살고 있는 삶이다. 그런 삶이 아닌 다른 것은 있을 수가 없다. 아버지 없이 혼자 사는 것 말이다.

1972년 봄, 마시프상트랄 지방으로 휴가를 갔다가 오리야크에 있는 한 친구 집에 들렀다. 딱 하룻밤 묵어가려고. 그런데 실제로는 급성 맹장염에 걸리는 바람에 일주일 동안 병원에 입원했다가 퇴원하여 보름 동안을 그 집에서 보내야 할 처지가 되고 말았다. 4월 15일 트랑 우체국에서 보낸 어머니의 편지를 받은 것은 바로 거기 친구 집에서다. 어머니는 내가 어쩔 수 없이 오리야크에 머물게 된 일에 대하여, 어머니가 **내 최근의 경거망동**이라고 이름 붙인 것에 대하여 농담을 한다. 그리고 이렇게 덧붙인다(이 편지 역시 나는 버리지 않고 간직해두었다).

　　사실 내게도 웃기는 경거망동이 하나 예정되어 있단다. 콩부르 종합
병원에서 외과수술을 받게 되어 있거든. 위궤양이래. 쉽게 낫기를
바라지만…… 그러나 아마 2주는 지나야 트랑으로 돌아오게 될 거
야. 그럼 이만 줄인다. 집안 식구들한테 내게 생긴 일을 알려줘야겠
어. 병원으로 문병 오는 사람들이 많겠지. 하지만 무슨 소용이람!

　　나는 어머니가 편찮으신 줄은 모르고 있었다. 사실 어머
니는 아프다고 앓는 소리를 내는 분이 아니다. 이제는 어머
니를 자주 만나지 못하는 것이 사실이다. 완쾌하면 어머니
를 보러 갈 생각이다. 며칠 뒤 자크 형한테서 편지가 온다.

　　지난주에 엄마가 쓴 편지는 받았겠지. 엄마가 위궤양 수술을 받기
위해서 이번 주 초에 입원할 예정이라고 쓴 편지 말이야. 어제 수술
을 받으실 예정이었어. 조금 전 베르나르가 내게 전화를 했는데 의
사들이 궤양을 제거하지 않았대. 수술대 위에 눕혀놓고 보니 암이
온몸에 퍼졌다는 것을 알게 된 거야. 수술은 생각도 할 수 없대. 의
사들 말로는 전혀 손을 쓸 수가 없다는 거야. 살아 계실 수 있는 시
간은 길어야 두 달뿐이라고 해.

　　나는 그의 편지를 읽고 또 읽는다. 나는 두 마디 말에 걸

려 꼼짝도 못한다. **암이 온몸에 퍼졌다**와 **길어야 두 달**. 그런 말을 어떻게 믿을 수가 있겠는가? 그런 말을 어떻게 인정할 수 있겠는가? 어머니는 죽을 수가 없다. 죽을 권리가 없다. 이제 겨우 예순 살이고 힘이 넘친다. 우리 모두를 다 한 손에 들 수 있다. 우리 가족 중에서도 가장 쌩쌩하다. 그럴 수는 없는 일이다. 별것 아닌 수술을 받고 두 달 만에 죽다니. 안 될 말이다. 의사들은 아무 말이나 막 하니까. 그럴 권리가 없다. 나는 당장 내 형제자매들과 함께 있고 싶고 그들 속에 섞여 있고 싶다. 마치 의사들이 그런 소리를 못하게 막아야겠다는 듯이. 더군다나 자크의 말에 의하면 외과의사들은 자기들끼리 마음대로 정해가지고 어머니에게는 사실을 감췄다는 것이다. 그들은 어머니한테 궤양을 제거했다고, 수술이 잘 끝났다고 말했다는 것이다. 그들은 말하자면 우리를 기정사실 앞에다 세워놓은 것이다. 그들과 똑같이 거짓말을 할 수밖에 없도록.

　나는 그 두 통의 편지를 읽고 또 읽는다. 어머니의 편지와 자크의 편지를. 당장 여기서 떠났으면 좋겠다. 갑자기 너무나도 귀중해 보이는 이 시간을 일 초도 잃어버리고 싶지 않은 것이다. 어서 트랑으로 가야지. 집에 가서 어머니를, 모든 사람들을 만나야지. 그러나 나는 꼼짝도 할 수가 없다. 어쨌든 트랑에는 지금 아무도 없다. 어머니는 퇴원하고 바로 생브리외에 있는 장과 드니즈의 집에 가 계신다. 퇴원

후의 몸조리를 하는 줄 알고 계신다. 트랑의 집은 비어 있다. 그리고 어머니는 돌아가실 것이다.

마침내 나는 떠날 수 있게 되었다. 어서 생브리외로. 나는 어머니에게 키스를 하고 어머니를 바라본다. 어머니의 말에 귀를 기울인다. 어머니는 웃고 농담을 하고 당신의 **경거망동**에 대해서, 수술에 대해서, 제거한 궤양에 대해서 얘기한다. 장과 드니즈의 집에서 이렇게 쉬는 짬을 실컷 즐기겠다고 말한다. 모두들 당신을 돌봐주니 요리도 집 청소도할 필요가 없다는 것이다. 물론 충분히 쉬고 나서는 트랑으로 돌아갈 것이고 전과 다름없이 트랑에서의 고요한 생활이 다시 시작될 것이다. 나는 좀 더 자주 찾아가 뵙겠다고약속한다. 나는 어머니를 바라보며 하시는 말씀에 귀를 기울인다. 내가 과연 거짓말을 할 수 있을지 모르겠다. 어머니는 쇼를 하는 것이 아니다. 정말로 전과 다름없이 모든 것이 다시 시작된다고 믿고 있다. 그러나 의사들이 하는 말에 따르면 어머니와 함께 지낼 수 있는 시간은 불과 몇 달뿐이라니 그동안 우리는 거짓말을 하지 않으면 안 될 것이다. 죽음이 그렇게도 가까이 왔는데 서로 흉금을 터놓고 말하지 못하다니, 진실을 숨기고 지내다니 이게 도대체 상상이나 할 수 있는 일인가? 그와 동시에 어머니는 웃고 농담을 한다. 이제 곧 죽게 될 사람 같지도 않다. 그런데 만약 의사들이 잘못 안 것이라면? 그들이 그냥 아무 말이나 함부로 한 것이라면? 나는 그들의 말을 믿고 싶지 않다. 따지고 보면 의사들도 가끔은 잘못 생각하는 수가 있다. 따지고 보면 어머니는 르 테이월에 살 때에도 중병에 걸린 적이 있었다. 그런데도 거뜬히 나아서 일어났다. 그렇다면 이번에도 그러지 말란 법은 없지 않은가? 기적이 두 번 일어나면 왜 안 되는가? 나는 거의 그걸 믿을 수 있을 것 같다. 어머니를 보면 그게 믿어진다.

어머니날, 온 가족이 모두 다 생브리외에서 어머니 곁에 모이기로 한다. 아버지가 돌아가시고 난 뒤 크리스마스 때 우리는 계속해서 트랑에 다 같이 모이곤 했다. 무슨 핑계를 대고서 그해에는 크리스마스 때 트랑에서가 아니라 어머니날 생브리외에서 식구들이 다 모이는 것이 낫다고 어머니를 설득했는지 지금은 잘 기억나지 않는다. 우리로서야 사정이 다급해서 그랬다. 아마도 크리스마스 때는 어머니가 우리 곁에 계시지 않을지도 모르니 말이다. 나는 의사들의 말을 정말로 믿기 시작한다. 어머니가 피곤해하고 자신 없어 하는 때가 부쩍 잦아진 것이다. 이제는 전처럼 활기와 유쾌한 기분을 나타내 보이지 않는다. 괴로운 것이다. 불안을 감추지 못한다. 이번 축제에는 모두가 다 올 것이다. 심지어 결혼하여 웨일스에 가서 살고 있는 마리 아니크까지도. 그냥 어머니날에 지나지 않은데 그녀가 온 것을 납득시키자면 다른 구실이 필요했다. 마리 아니크는 어머니를 보는 것이 아마 이번이 마지막일 것임을 알고 있다. 그런데 어머니는 그걸 모르신다. 모두가 다 올 것이다. 우선 안느가 온다. 나는 그녀를 어머니에게 소개한다. 나는 그녀에게 어머니 얘기를 자주 했다. 그러나 아직 한 번도 어머니한테 인사를 드린 적이 없다. 우리는 몇 달 뒤에 결혼할 예정이다. 안느한테는 어머니를 만나본다는 것이 생명만큼 중요하다. 그리고 그것은 가슴이 찢어지는 일이다.

잔치 그 자체에 대해서는 별로 기억나는 것이 없다. 어머니에게서 엿보이던, 행복감과 피로가 한데 섞인 그 표정만이 생각난다. 그리고 우리의 억지 기쁨, 절망적인 기쁨. 이제는 어머니의 얼굴에 병이 보인다. 몸짓에도 보인다. 모두가 눈물을 터뜨려버리고만 싶은 심정이다. 그런데 웃고 농담을 한다. 너무 큰 소리로 말한다. 어머니는 우리와 같이 계시지만 벌써 눈빛은 약간 비어 있다. 뭔가 의심을 품기 시작하신 것일까? 나로서는 알 수 없는 일이다. 나는 어머니를 바라본다. 앞으로 올 날들은, 남은 날들은 생각하고 싶지 않다.

◇◇

7월에 나는 기숙학교 시절의 옛 친구 이브와 함께 브르타뉴에서 영화를 한 편 촬영한다. 그리고 또 한 녀석도 가담했다. 우리 생각엔 카메라를 가지고 있어서 유리하다고 여겨졌던 것이다. 돈도 뭣도 없이 만든 아마추어 영화였다. 그 영화의 필름은 지금 브르타뉴 어디쯤의 다락방에 처박혀 있을 것이다. 파리에서 온 우리는 트랑에 발길을 멈추고 밤을 지낸다. 지금까지 한 번도 그런 느낌을 가져본 적이 없었다. 전에는 트랑에 온다는 것은 가족들과 만나는 것을 의미했다. 아니 적어도 어머니는 만나는 것이었다. 이번에는 집이 텅 비어 있다. 인적이 없이 휑한 것이다. 그저 한시 바삐, 최대한 멀리, 도망가버리고만 싶다.

이게 끝이란 것을 알 수 있다. 다시는 이 집이 우리 집이 아닐 것임을. 어린 시절의 집, 행복과 불행의 집. 다 끝났다. 나는 벌써부터 이방인이 된 기분이다. 어서 떠나자. 이 집은 죽음의 냄새가 난다.

우리의 아마추어 영화를 한 50킬로미터 떨어진 생브리외 남쪽에서 촬영 중이다. 나는 정기적으로 장과 드니즈의 집으로 가서 어머니를 만난다. 어머니는 점점 더 괴로워한다. 도대체 어찌 된 영문인지 알 수가 없단다. 어서 트랑으로 돌아가서 습관을 되찾고 일상생활 속에 묻히고 싶은 생각뿐이다. 그렇지만 뭔가 제대로 돌아가지 않는 게 있다는 것을 분명히 느낀다. 의사들이 지어낸 이야기에, 우리가 하는 연극에 어머니가 정말 속고 있는 것인지 의심스럽다. 그렇지만 나는 결코 사실대로 털어놓지는 못할 것이다. 우리는 계속해서 시치미를 뗀다. 고통과 두려움 속에. 어머니는 이제 거의 언제나 누워만 계신다. 농담할 힘도 없다. 간단한 수술 한 번 하고 난 것뿐인데 일어나 앉는 것이 너무 오래 걸린다고 말한다. 그러고는 나를 쳐다본다. 어머니의 두 눈이 나 좀 안심시켜줘 하고 말한다. 제발 나 좀 안심시켜달라고 애원한다. 어쩌면 내가 진실을 말해주기를 바라는 것일까? 나는 분노와 수치심을 이기지 못한 채 집 밖으로 나온다. 어머니가 죽어서는 안 돼.

어느 토요일, 영화촬영 중 나는 문득 까닭 모를 공포에 사로잡힌 느낌을 억제하지 못한다. 목구멍을 조이는 고통, 혹은 예감 같은 것. 당장 떠나야겠다. 생브리외까지 오는 동안 줄곧 가슴이 뛴다. 빨리, 빨리, 더 빨리. 어머니가 누워 있는 방으로 들어간다. 살아 있다. 자리에 누워서 괴로워한다. 괴롭다고, 어찌 된 영문인지 알 수가 없다고 말한다. 삼촌이 거기 옆에 있다. 아버지의 동생이다. 신부가 되신 분이다. 그분이 위로의 말을, 위로가 된다고 생각하는 말을 한다. 하느님에 대하여, 십자가에 못 박힌 그리스도에 대하여 말한다. 어머니가 그를 모진 눈길로 쳐다본다. 나는 어머니가 그런 눈길을 던지는 것을 한 번도 본 적이 없다. 어머니는 그에게 그런 소릴랑은 딴 데 가서 하라고 말한다. 하느님이 여기서 무슨 상관이냐고, 그리고 종교란 건 도대체가……. 나는 어머니가 그런 식으로 말하는 것을, 그런 말을 입에 담는 것을 본 적이 없다. 삼촌에게 나직한 목소리로 던지는 그 몇 마디와 그 모진 눈길이라니, 마치 딴 사람을 보는 것만 같다. 어머니가 아니다. 고통, 그리고 주변을 배회하는, 배회하는 것이 느껴지는 죽음이 어머니를 저 엄청난 침묵 속으로 빠뜨려놓고 있는 것이다. 그 써늘한 침묵을 나는 어머니의 두 눈 속에서 읽는다. 삼촌은 어리벙벙해져서 뭐라고 뻔한 소리를 더듬더듬 말하고는 가버린다. 나는 무슨 말을 해야 좋을지 몰라 어머니 옆에 멍하니 앉아 있다. 할 수 있는 말이란 그저 아들이 어머니에게 하는 그 서투른 몇 마디. 어머니를 얼마나 사랑하는지 모른다는 말을 하고 싶지만 그걸 어떻게 말하면 좋을지를 모르는 아들. 우리 집안사람들은 말이라면 선수다. 그렇지만 우리는 진실로 말을 했다고 할 수 있을까? 나는 저녁에 촬영장으로 돌아온다. 안심이 되면서도(좀 전에는 꼭 어머니가 돌아가신 것만 같은 느낌이었으니까) 동시에 괴로움 때문에 몸이 얼어붙는 것만 같다. 그렇게 서둘러서 미친 사람처럼 자동차를 달리게 만든 그 예감은 무엇이었을까?

이튿날 오후에 마들렌이 찾아온다. 당장 생브리외로 가야 해. 어머니가 죽어가고 있어. 50킬로미터를 달리는 동안 줄곧 이 말(어머니가 죽어가고 있어)이 내 머릿속에서 들린다. 다른 그 어떤 생각도 할 수가 없다. 나는 아무 생각도 하고 싶지 않다. 너무 늦었다. 어머니가 이제 막 운명하셨다.

어머니의 마지막 말은 아녜스를 위한 것이었다고 장이 말한다. 어머니 옆에 있던 아녜스. 제 자신의 고통, 저한테 달려드는 저 어둠과 싸우고 있는 아녜스. 나는 어머니를 바라본다. 어제 우리가 주고받았던 대화를 다시 생각한다. 우리가 주고받은 그 별것 아닌 말들을. 어제 내가 오지 않았더라면, 어머니와 그 마지막 몇 마디를 주고받지 못했더라면 나는 일생 동안 나 자신을 저주했을 것이다. 어머니는 이제 막 세상을 떠났다. 어머니는 어쩌면 아직 살아 있는지도 모른다. 나는 어이없게도 그런 징조를, 꿈틀거림이라든가 숨소리 같은 것을 발견하려고 애를 쓴다. 아니다. 끝났다. 어머니는 돌아가신 것이다. 예순 살. 아버지가 돌아가신 지 꼭 십 년 만이다. 내 나이 스물다섯 살. 이제 나는 아버지도 어머니도 없다. 그 모든 것들이 내 머릿속에서 와글거린다. 날짜들과 숫자들이. 이제 다시는 어머니를 보지 못한다. 어머니가 돌아가셨다. 끝이다. 어머니는 더는 살지 못한다. 더는 삶을, 당신의 삶을 맛보지 못한다. 태양, 꽃, 정원, 이웃 사람들, 여름날 시원한 곳에서 주고받는 대화, 식사, 터져 나오는 웃음, 닭장, 상점에서 상인들과 주고받는 잡담, 지나가다 들른 이 사람 저 사람, 휴가, 부엌방의 밀랍 먹인 쪽마루, 포탄껍질을 반들거리게 닦는 일, 식탁 위에 올려놓은 꽃다발. 삶. 나는 집 밖으로 나온다. 나는 곧장 앞으로 걸어가며 운다. 어머니는 죽을 권리가 없어. 삶을 너무나도 사랑했는데.

트랑에서 살아갈 행복한 세월이 아직 남았는데. 어머니가 돌아가셨다. 나는 그걸 받아들일 수가 있다. 그밖에는 아무 할 말이 없다.

형제자매 모두가 다 모였다. 서로 따뜻하게 바싹 붙어 있어야 한다. 그리고 장례식 채비를 해야 한다. 그 뒤의 엄청난 공허에 대해서도 마음의 준비를 해야 한다. 부모가 없는 가정이 무엇이란 말인가? 누가 그 가정을 지탱하나? 매년 다 같이 모여서 즐기는 축제는 있다. 부모는 가정의 역사다. 우리의 역사다. 아버지가 돌아가시고 나서 어머니가 그 역할을 혼자 해냈다. 모든 것에 의미를 부여하는 표적, 기준점. 우리는 어머니가 트랑에 있다는 것을, 어머니가 우리를 기다린다는 것을, 거기 가면 어머니를 만나게 된다는 것을 안다. 우리는 어머니를 중심으로 한데 모이게 될 것이다. 어머니와 같이 웃고 농담을 하고 같이 숲 속으로, 빌카르티에 연못가를 산책할 것이다. 마당에 나가서 닭과 토끼들에게 먹이를 줄 것이다. 저녁이면 어머니가 수프를 끓이는 것을 보면서 그날 있었던 자질구레한 일들을, 삶의 아주 작은 모험들을 이야기할 것이다. 그런데 어머니가 돌아가셨다. 그리고 우리만 홀로 남았다.

우리는 트랑에 돌아와 있다. 장례식을 위하여. 지금부터 십 년 전에는 아버지의 장례식을 위해서 돌아왔었다. 우리는 집으로 돌아와 모였다. 그러나 방 하나하나는, 가구 하나

하나는, 물건 하나하나는 한 번씩의 작별이다. 이 집은 이제 더는 우리 집이 아니다. 어머니의 그늘이 도처에 깔려 있다. 어머니의 목소리, 어머니의 침묵. 어머니가 없는 이 집은 죽은 집이다. 우리는 집 안에 바짝 붙어 앉아서 이야기를 하고 소리를 내지만 이제 우리가 여기서 쫓겨난다는 것을 알고 있다. 마치 지상낙원에서 쫓겨나듯.

아버지 때와 마찬가지로 교회에는 사람들이 가득하다. 모든 트랑 사람들, 혹은 주변 마을에서 온 사람들, 그들을 못 만난 지 오래다. 그래서 얼굴을 알 듯 말 듯하다. 그들을 다시 만나니 마치 나 자신을 다시 만나는 것만 같은 느낌, 트랑에서의 내 삶이 다시 이어지는 느낌이다. 농부들, 장인들. 나이 먹어 어른이 되어버린 학교 동창들의 그 모든 얼굴들. 동시에 나는 그 미사가 트랑에 보내는 작별임을, 한 페이지가 넘겨졌음을, 트랑에서 나는 이제 지나가는 사람에 불과함을 안다. 내가 복사로 데뷔하여 셀 수도 없을 만큼 미사와 저녁기도晩課와 끝기도終課를 거들었던 이 교회에서 나는 벌써부터 이방인이 된 느낌이다. 장례식의 이 무거움, 이 끔찍한 죽음의 의식, 너무나도 엄숙하고 너무나도 음산한 이 분위기. 돌연 어깨 위에 내려앉는 이 무슨 써늘한 외투란 말인가. 전신에 스며드는 이 무슨 얼음 같은 오한이란 말인가. 내 등 뒤에 검은 예복 차림의 저 남자들 여자들이 어머니에게 인사하려고 찾아와 무리를 이루고 있다는 것을 느낀다. 그들의 존재가 마음을 따뜻하게 해주고 기운을 북돋워 준다. 그러나 그것은 또한 한동안 트랑에 속했던 가족들에게, 우리 가족들에게 보내는 작별인사라는 것을 나는 잘 안다.

마을 어귀에 있는 작은 공동묘지에 어머니를 아버지와 합장한다. 두 분은, 그토록 서로 사랑했고 나중에는 그토록 서로 미워했던 두 분은 이제 죽음 속에서 한데 합쳐졌다. 세월이 흐르는 동안 어머니의 마음속에서 아버지의 추억이 어떻게 변했는지 나는 알지 못한다. 어머니와 그런 얘기는 한 번도 해본 적이 없다. 두 분 사이의 그 전쟁에 대해서 나는 한 번도 말해보지 못했다. 그것은 절대로 움직일 수 없는 거대한 바윗덩어리 같은 것이었다. 그러니 입을 다물어버릴 수밖에. 그리고 침묵이 알아서 하도록 내버려둔다. 그 거대한 바윗덩어리가 조금씩 조금씩 스스로 움직이기를 바라는 것이다. 그러나 세월이 지나간다. 그리고 너무 늦어버린다.

까마득한 옛날에 내가 어린아이들 무덤에서 아기천사를 훔치곤 했던 그 작은 공동묘지에 우리 어머니 아버지가 나란히 묻혔다. 그리고 그 두 분과 함께 우리의 어린 시절도 묻혔다.

어느 날엔가 그 집에 찾아가 단념의 의식을 치러야 할 것이다. 마지막으로 이 방 저 방을 돌아다녀본다. 마지막으로 옷장들, 벽장들을 열어보고 서랍을 당겨본다. 두 눈을 감고 이곳에서 다 같이 보낸 삶, 웃음, 식사, 친구들, 방학 때의 귀향, 책을 읽으며 이야기를 하며 보낸 밤들을 머릿속에다 가 그려본다. 그리고 저녁에 아버지가 집으로 돌아왔을 때 의 고함, 주먹질. 마구와 수레 끄는 말의 목걸이들 가운데서 마치 우리의 숨겨진 또 하나의 삶과도 같은 그 신비한 마법 의 놀이들에 그렇게도 열중했던 다락에도 마지막으로 올라 가본다. 방학 때면 마치 행복의 비눗방울 속에 들어앉은 듯 이 지냈던 창문 없는 내 방에도 마지막 인사를. 그러고 나 서 뒤쪽으로 난 문으로 나서서 플렌 푸제르 가도를 건너 작 은 문을 열고 마당으로 들어간다. 함께 했던 온갖 놀이들의 그 모든 추억이 얼굴에 확 끼쳐들고 닭들과 토끼장 사이에 서 놀던 그 시절의 어린아이들, 그 웃음소리와 재잘대는 소 리가 나를 맞는다. 그리고 다시 한 번 작별의 인사를. 비록 그것이 불가능한 것임을 모르는 바 아니지만. 어린 시절이 란 작별인사를 할 것이 아니라 매일같이 함께하는 것이니 까 말이다.

우리 집은 이제 끝이다. 팔아버리기로 한 것이다. 부모가 세상을 떠나면 집안에서 흔히 내리는 결정이다. 그래서 집 을 판다. 공평하게 나누어 각자 원하는 것을 가져간다. 옷 장, 침대, 식탁. 나는 아무것도 가지지 않는다. 아무것도 원 하는 것이 없다. 트랑의 집은 내 머릿속에 고스란히 다 들어 있다. 그렇지만 나는 다른 사람들이 그 집을 사는 것은, 그 속에 들어가 사는 것은, 그 속을 그들의 꿈과 놀이와 습관으로 가득 채우는 것은 싫다. 그것은 견딜 수가 없다. 아니 사실 나도 트랑의 그 집에서 뭔가를 가지긴 했다. 본래부터 있던 틀 속의 사진 한 장. 부모님의 결혼사진이다. 지금 내 앞에, 내 책상 위에 있다. 그 사진을 들여다보고 있기가 여간 힘든 것이 아니다. 사진사를 향하여, 함께 지낼 미래의 삶을 향하여 빙긋이 웃고 있는 두 분은 너무나 젊고 아름답고 연약하다. 틀은 망가지고 사진에는 얼룩이 지고 군데군데가 상했다. 나는 그 사진에 손을 대어 수리하고 싶지 않다. 그것은 상한 행복의 사진이다. 그것이 나의 부모님들의 사진이다.

자 이제 다 끝났다. 어느 날 그 집이 팔렸다는 소식을 듣
는다. 누가 그 집을 샀는지, 누가 그 집에 들어가 살고 있는
지, 누가 이제부터 거기서 추억을 만들고 있는지 나는 모른
다. 알고 싶지도 않다. 어쩌다가 한 번씩 브르타뉴에 있는
형제자매들의 집에 갔다가 트랑을 지나는 경우가 있다. 그
러나 그 집 앞에서 발걸음을 멈출 수가 없다. 그 집을 쳐다
볼 수가 없다. 어느 일요일 저녁 우리는 보도에 주저앉아
모험소설이나 그림책을 읽고 있고, 길 건너편에서는 어머
니가 부세 부인과 이야기를 나누고 있는 정경이 눈에 선하
다. 부세 부인은 잡화점 주인이다. 단추, 실, 양말, 손수건 따
위를 판다. 부인의 남편은 제화공인데 그이네 작업장으로
들어가면 가죽, 접착제 냄새가 노란 종이로 말아 피우는 지

탄 담배 냄새와 섞여 순식간에 달려든다. 책을 가져다가 두는 곳이 바로 부세 부인의 집이다. 작은 시골 도서관인 셈이다. 소설책과 만화책들이 두 줄의 서가 위, 실패와 단추들을 담아둔 통들 사이에 가지런히 꽂혀 있다. 읽을 책이 필요할 때면 그저 길 하나만 건너면 된다. 우리는 툭하면 부세 부인 집으로 간다. 트랑에서 낯선 사람들이, 찬탈자들이 들어 살고 있는 그 집은 쳐다보지도 않은 채 길을 건널 때면 집요하게 되살아나는 것이 바로 그 이미지다. 저녁에 길바닥에 앉아서 책을 읽는 즐거움과 어머니가 부세 부인과 나누는 그 노래 같은 대화. 그것은 마치 단도로 콱 찌르는 듯 내 몸의 사방을 뚫고 지나간다. 그래서 그 집 앞에서 발걸음을 멈출 수가 없다. 어서 빨리 지나쳐버려야 한다.

파리에서 밤이면 나는 트랑 주변의 작은 길들의 꿈을 자주 꾼다. 우리가, 그 어린아이들이 상상의 왕국을 누비며 돌아다녔던 그 모든 길들. 내 꿈속에서 그 길들은 마치 미로와도 같다. 나는 쉴 줄도 모른 채 걷는다. 나는 길을 잃고 맴돈다. 네거리를 만나면 어쩔 줄 몰라 망설이다가 잘못된 길로 들어선다. 비밀의 실마리를 잃어버린 것이다. 물론 어머니의 꿈도 꾼다. 어머니는 살아 있다. 트랑에 있다. 나는 방학이 되어 집으로 돌아가 문을 밀고 들어선다. 어머니는 부엌방 식탁에 앉아서 옷을 꿰매어 수선하며 나를 기다린다. 그러면서도 동시에 나는 이게 사실이 아니라는 것을 안다.

어머니가 거기 있지 않다는 것을. 모든 게 다 두려움과 고통 속으로 무너진다. 어머니는 유령이다. 입에서 아무 말도 흘러나오지 않는다. 나는 말없이 운다.

나는 어머니가 돌아가신 지 몇 달 뒤에 안느와 결혼했다. 내 결혼식에 어머니가 없다는 이 기막힌 억울함은 어느 누구도 보상해주지 못할 것이다. 이제는 부모가 없다는 사실에 길이 들지 않으면 안 된다. 안느와 같이 트랑으로 돌아올 수도 있었을 텐데 하는 생각을 잊어버려야 한다. 안느와 어머니가 단둘이서 은밀하게 이야기를 나눌 수도 있었을 텐데 하는 생각을 잊어버려야 한다. 트랑에서의 삶을 나는 잊어야 한다.

어쨌든 나는 파리 사람이 되었다. 나는 브르타뉴의 내 형제자매들에게로 획 하니 한 번씩 바람을 쏘이고 올 필요를 느낀다. 그러나 그건 이제 우리 집이 아니다. 우리 집은 파리다. 그러면서도 여기 파리에서 나는 여러 해 동안 끊임없이 내 길에서 비켜나 엉뚱한 곳에 와 있다는 느낌을 지우지 못한다. 너무나도 딴 세상이고 딴 이야기인 것이다. 나는 브르타뉴로 돌아와 나무들, 언덕비탈들, 빛, 돌 시장의 사람들, 그들의 말씨, 그들의 몸짓과 다시 만나는 것이 좋다. 그러나 내 삶은 파리에 있다. 삶의 소용돌이가.

내 형제자매들이 파리에 오는 일은 드물다. 파리에 와서 가장 많이 머무는 사람은 아녜스다. 그러나 그건 그녀의 정신이 온전치 못하기 때문이다. 어머니가 돌아가신 뒤 그녀는 정신병원 입원과 **정상적인** 생활을 번갈아가며 되풀이하고 있다. 극단적인 절망 속에 빠져 있다가 다시 미친 듯한 열광의 시기가 찾아오곤 하는 것이다. 몇 년 전까지만 해도 그녀는 그럭저럭이나마 일을 할 수 있었다. 지금은 불가능한 일이다. 끊임없이 가는 줄 위에, 벼랑 끝에 버티고 있는 사람 같다. 절대에 대한 목마름과 폐인이 될 것만 같은 두려움 사이에서 자신의 삶을 어떻게 하면 좋을지 찾고만 있는 것이다. 그녀는 한동안 어떤 종교공동체에 관심을 가지면서 무슨 유사 종교 쪽으로 너무 가까이 기울어진다 싶었는데 최근에 와서는 거기에서도 멀어지고 있다. 그녀는 자기 자신에 대해서도 미아이고 세상에 대해서도 미아다. 자기 자신에 대해서도 너무 많은 것을 요구하고 세상에 대해서도 너무 많은 것을 요구한다. 우리가 어린아이였을 때, 청소년이었을 때, 그렇게도 재미있고 그렇게도 열정적이고 그렇게도 너그럽던 아녜스. 아녜스와 마주 앉으면 나는 더는 할 말이 없다. 내게서 빠져나가서 밑바닥으로 가라앉아버리는 것을 보면서도 나는 어떻게도 하지 못하는 아녜스. 어떻게도 하지 못하는 나 자신이 원망스럽다. 그녀를 구해야 한다. 그렇지만 어떻게 해야 좋을지 알 수가 없다. 그게 가능하기나 한 것인지 알 수가 없다. 브르타뉴에서 내 형제자매들은 최선을 다하지만 희망이 없다. 그녀가 파리에 올 때면 무력한 나 자신이 죄인같이만 느껴진다.

　그녀가 우리 집에 와서 머물다가 그만 가봐야겠다고 했던 어느 날 저녁, 직장에서 돌아온 안느는 그녀가 부엌 바닥에 의식을 잃은 채 누워 있는 것을 발견한다. 옆에는 가스가 쉭쉭거리며 새어 나오고 있다. 내가 집으로 돌아와 보니 구급대가 와 있다. 그녀는 살아 있다고 그들이 말한다. 병원으로 실어가겠단다. 그녀가 탁자 위에 남긴 편지 한 장을 그들이 내게 건네준다. 그녀는 병원으로 다시 돌아가고 싶지 않다고 말한다. 차라리 죽고 싶다고. 나는 그녀와 함께 구급차에 오른다. 아무 생각도 할 수가 없다. 내가 아네스와 함께 구급차에 타고 있다는 것이 내가 알고 있는 전부다. 위험한 고비를 넘기고 병원에서 그녀의 의식이 돌아왔을 때 나는 그녀 옆에 있다. 나는 그녀를 물끄러미 바라본다. 그녀가 나를 물끄러미 바라본다. 나는 단 한마디 말도 할 수가 없다. 입술에 맴도는 말, 내 머릿속에서 쾅쾅 울리는 말은 왜? 라는 것이다. 그러나 그 말을 입 밖에 내지는 못한다. 아마도 그 대답을 듣고 싶지 않기 때문일 것이다. 우리는 병실에서 서로 바라보고만 있다. 그녀는 죽음에서 살아 돌아온 것이다. 그러나 눈을 보면 그녀가 여전히 죽음 속에 들어앉아 있다는 것을 알 수 있는데 어떻게 살아 돌아와서 반갑다고 말한단 말인가? 우리는 오랫동안 서로를 쳐다보고 있다. 오랫동안. 영원처럼 오랫동안. 이 시선의 교환

속으로 우리의 일생이, 어린 시절, 놀이, 웃음이, 우리가 함께한 모든 것이 지나간다. 우리의 꿈들이⋯⋯. 아, 우리의 꿈들이! 우리가 커서 어른이 되면 장차 우리가 하고 싶었던 그 모든 것들이. 아녜스, 가버리지 마, 우리와 함께 있어야지. 제발.

아녜스가 건강을 되찾고 다시 생활에 복귀할 동안 가 있을 새로운 병원을 파리 가까운 곳에서 찾아낸다. 커다란 정원이 있는 아름다운 병원이다. 그러나 병원은 언제나 아름다운 병원이고 언제나 커다란 정원이 있다. 내가 아녜스에게 그럼 잘 있으라고 인사를 했을 때 손을 조금 흔들어 보이며 그녀가 눈으로 말하고 있는 것도 그것이었다. 이 아름다운 병원에서, 이 커다란 정원에서 뭘 하지? 뭐가 달라지는 거지? 나는 그보다 일 년 전에 어떤 병원에서 아녜스가 내게 보낸 편지 한 장을 찾아냈다. 거기에 이렇게 적혀 있다.

이 빌어먹을 똥구덩이에서 나를 끄집어낼 수 있는 무슨 용한 아이디어가 있는지⋯⋯. 지금 내가 있는 여기는 정말 재미없어.

아냐, 내게 좋은 아이디어는 없어. 그녀를 그 병원에 처박아두고 있는 나는 아주 몹쓸 놈이 된 기분이다. 그러나 달리 어떻게 해야 할지 알 수가 없다. 그 밖에 달리 무엇을 할 수 있을까? 누가 내게 대답 좀 해줄 수는 없을까?

어느 날 아녜스는 그 병원에서 퇴원한다. 그리고 다시 브르타뉴로 떠난다. 마침내 살려고 해본다. 그리고 또 다른 병원으로 들어간다. 이미 여러 날, 여러 주일, 여러 달을 보냈던 병원으로. 그 병원에서 나온다. 파리로 온다. 그리고 커다란 정원이 있는 병원으로 되돌아간다.

1979년 3월 어느 날 저녁, 마들렌에게서 전화가 온다. 병원에서 방금 연락이 왔는데 그 전날 저녁 아녜스가 돌아오지 않았다는 것이다. 흔히 그랬듯이 산책을 나갔고 오후 늦게 돌아오기로 되어 있었다. 그런데 보이질 않는다고 했다. 병원 측에서 경찰과 구조대에 신고를 했다. 그런데도 찾지 못했다. 아무 소식도 없고 아무 흔적도 없다. 어쩌면 파리행 기차를 탄 것인지도 모른다고 나는 혼자 생각한다. 병들고 길 잃은 채 몽파르나스에 있는지도 모른다. 나는 자동차를 타고 몽파르나스로 달린다. 역의 아래층에서 꼭대기까지 샅샅이 뒤진다. 도착하는 기차들을 유심히 살피고 홈에 서서 기다리고 열 번도 스무 번도 더 대합실과 간이식당으로 되돌아와 본다. 그래 봐야 아무 소용이 없다는 건 나도 잘 안다. 그렇지만 아무것도 하지 않은 채 어떻게 가만히 앉아서 기다린단 말인가? 이튿날 아침 나는 렌행 첫 기차를 탄다. 끝도 없는 여행. 마음은 급한데 이렇게 잃어버리고만 있는 시간. 그러나 그와 동시에, 예감되는 불가항력의 사태 이전에 갖게 되는 은총 같은 유예. 렌에서 나는 장과 베르나르를 다시 만난다. 우리는 즉시 병원으로 가보지만 별다른 도리가 없으며, 수색을 중단해서 그녀를 찾을 길이 없다는 얘기다. 그래서 우리는 일찌감치 두 손 늘어뜨리고 포기해버리는 그 무능한 작자들을 저주하면서 우리가 직접 나서서 찾아보기로 한다. 병원의 넓은 정원을 가로지르는 강은 계속하여 숲과 들을 통과하여 흐른다. 어떻게든 일을 시작해야겠기에 우리는 깊이 생각해보지도 않은 채 그 강을 따라가 본다. 정원 저 너머로 겨우 몇백 미터 정도를 가자 다리를 건너게 된다. 본능적으로 그 아래 강물을 내려다본다. 거기 풀잎사귀에 걸린 나뭇가지들 속에 색깔 있는 반점 하나. 속이 뒤집히는 것만 같다. 아녜스의 외투다. 우리는 더 자세히 들여다본다. 어쩌면 그냥 강물에 떨어진 헝겊조각일지도 모르니까. 우리는 몸을 구부리고 내려다본다. 죽을 것만 같다. 맞다. 아녜스의 외투가 분명하다. 강물 한가운데 나뭇가지에 걸린 아녜스인 것이다. 우리는 움직이지도 못하고 입도 벌리지 못한다. 우리 중 누군가가 나직하게 말한다. **아녜스 같은데.** 다른 사람들이 말한다. **정말?** 이윽고 **그래, 아녜스야.** 우리는 모두 최면에 걸린 듯 굳어진 채 다리 위에 가만히 서 있다. 아니, 좀 움직여서 어떻게 좀 해야지, 신고도 하고. 우리는 다리를 건너간다. 강 상류의 마치 무슨 내포內浦와도 같은 물가에 우산 하나가 펼쳐진 채 모래 위에 놓여 있는 것이 보인다. 아녜스의 우산이다. 그녀는 비가 올 때 여기까지 온 것이다. 모래 위에다가 우산을 내려놓았다. 물속으로 들어갔다. 그리고 물에 실려 갔다. 그 우산을 보니 눈물이 난다. 고함을 지르고 싶다. 물속으로 들어가서 떠내려가는 아네스를 상상하고 싶지 않다.

우리가 얼어붙은 듯이 물가에 서 있는 그 잠시 동안이 영원같이 느껴진다. 이윽고 단번에, 한 동작으로, 우리는 자리를 뜬다. 병원을 향해 달린다. 우리는 꿈속에서처럼. 악몽 속에서처럼, 움직인다. 여기 이 강가에 있는 것이 우리일 리가 없다. 이 강 한복판에 있는 것이 아네스일 리가 없다. 마치 우리 속에서 어떤 딴 사람이 말을 하듯이 우리는 원장에게 알린다. 원장은 우리의 말을 못 믿는 눈치다. 그래서 우리 스스로 구급대를 전화로 불렀다. 구급대에서는 우리가 하는 말을 전혀 믿으려 하지 않는다. 샅샅이 다 뒤져보았고 찾아보았는데 아무것도 못 찾았다는 것이다. 아마 뭘 잘못본 것이 틀림없다, 그건 헝겊조각일 뿐이다, 마음을 진정하고 자기들을 믿어 달라는 것이다. 대체 왜 우리가 여기 전화통에 매달려가지고, 우리가 금방 본 것이 강물에 빠진 우리 누이가 틀림없다는 것을 구급대원들에게 설득하려고 애쓰는 것일까? 우리가 왜 자세한 것 하나하나를 제시해가면서 우리 말이 옳다는 것을 역설해야만 하는 것인가? 딱 한 가지 바라는 것이 있다면 그저 여기를 떠나서 속에 든 것을 다 게워내고 어디든 안 보이는 곳에 숨어버리고 싶은 것뿐인데.

드디어 그 사람들도 우리가 하는 말을 알아들었다. 우리가 다리 위로 가니 그들은 잠시 전 우리가 그랬듯이 나뭇가지들 속의 그 색깔 있는 반점을 들여다보고 있다. 그들은 긴 갈고리 장대 하나를 가지고 와서 그 색깔 든 헝겊을 분리하여 낚아채려고 해본다. 그들이 나뭇가지들을 헤치니 마침내 아녜스가, 아녜스의 몸이 나타난다. 이번에는 틀림없다. 의심할 여지가 없다. 외투에 싸여 있는 아녜스다. 그러나 그들이 잘못 건드리는 바람에 아녜스가 나뭇가지에서 벗어나더니 물결에 실려 다리 밑을 지나 물길을 따라 떠내려간다. 풀잎과 갈대에 부딪히며 천천히. 물에 빠진 아녜스가 강물에 실린 색깔 반점이 되어 우리의 손길을 벗어나 사라져간다. 구급대원들이 강기슭을 따라 달려간다. 거기 모인 사람들이, 구경꾼들이 그 광경을 바라보며 손가락으로 가리키고 토를 달고 수다를 떨고 서로 소리치며 부른다. 나는 고함치고 싶다. 가시오, 가. 꺼지란 말예요. 내 누이가 죽었어요. 내 누이가 자살했다고요. 그만들 가시오, 가. 당신들과는 상관없는 일이란 말이오. 제발 상관 마시오. 누이와 같이 있도록 상관 말고 가라고요.

결국 그 아래쪽 다리에서 구급대원들이 그녀를 붙잡아 갈고리에 걸어 올리는 데 성공한다. 이제 그녀는 여기, 그들의 발아래, 우리의 발아래 누워 있다. 죽은 아녜스가. 나는 그녀를 바라볼 수가 없다. 못해. 그녀의 얼굴은 안 돼. 볼 수가 없어, 보고 싶지 않아. 우리 셋은, 장, 베르나르, 그리고 나 이렇게 셋은, 여기 선 채 그녀를 바라보지 못한다. 서로를 바라보지 못한다. 천만다행으로 그다음에는 모든 일이 빨리 진행된다. 기술적인, 직업적인 일련의 처치. 구급대가 아네스의 시신을 구급차까지 운반하고 나니 모든 것이 아주 신속히 이루어진다. 거기 서 있으면 안 된다. 쳐다보며 기다리고 있는 구경꾼 따위는 잊어버리고 즉시 떠나야 한다.

시체 부검이 실시되고 어떤 약들을 삼켰는지 그 목록이 작성될 것이다. 경찰이 오고 서류가 작성되고 절차를 밟게 될 것이다. 집안에 죽은 사람이 생겨서 다시 한 번 더 형제자매들끼리 모인다. 장례식을 생각한다. 장례식을 준비한다. 교회에서는 자살한 사람들에게도 미사를 허용하는 것일까? 트랑의 교구장은 내가 미사를 거드는 것을 보았고 우리 모두를 알고 아네스를 잘 아는 분이어서 교회의 규칙 같은 것은 상관하지 않는다. 우리는 다시 한 번 트랑의 교회에 모여서 장례식을 치른다. 그런데 이번에는 죽은 이가 우리 형제들 중의 한 사람이다. 우리 중에서도 가장 연약한 아네스다. 우리 중 그 누구보다도 더 많은 고통을 받은 아네스. 삶을, 행복을 그리도 사랑했던 아네스. 그런데 그에게 삶이, 행복이 주어지지 않은 것이다. 어머니가 돌아가시기 직전에 손을 내밀어주었던 그 아녜스. 왜 아녜스가, 왜 불행의 손이 그녀의 머리 위에 뻗쳤을까? 왜 우리는 그녀를 불행으로부터 보호하지 못했을까? 우리는 어떻게 했어야만 했을까?

우리는 그녀를 트랑의 작은 공동묘지에 묻는다. 부모님들 곁에. 나란히 마련된 그 무덤 셋은 너무나 많은 사랑과 너무나 못 다한 사랑이다. 이제 트랑의 묘지에는 세 개의 묘석에 이름 셋이 새겨져 있다. 앙리 레몽, 앙젤 레몽, 아녜스 레몽. 나는 그곳에 가는 일이 거의 없다. 나는 무덤에 꽃을 갖다놓고 그 무덤 앞에 서서 무덤에 새겨진 그 세 사람의 이름을 바라보는 것을 좋아하지 않는다. 나는 죽음을 저주한다, 나는 무덤을 저주한다.

내게는 혼자 남몰래 들여다보는, 혼자 남몰래밖에는 보지 못하는 이 사진들이 있다. 트랑에서의 행복이 찍힌 이 사진들. 해가 환하게 비치는 어느 날 부엌이나 집 앞에서, 혹은 빌카르티에 연못가에서, 숲 속에서 찍은. 모르탱, 전쟁의 모험, 그리고 연합군 상륙에서부터 온갖 놀이와 꿈과 의식과 비밀들로 가득한 그 낙원에 이르기까지 우리의 역사로 한 덩어리가 된 우리 어린아이들. 개를 쓰다듬으면서 햇볕을 쬐는 어머니. 그리고 돌아가시기 불과 얼마 전 검은 양복을 입고 가족들과는 약간 떨어져 서 있는 아버지의 이 사진. 미소를 짓고 있다. 미소 지으려고 애를 쓰고 있다. 얼굴에는 벌써 죽음의 그림자가 보이지만 그래도 씩씩하게 웃는다. 내가 사랑하지 못했던 우리 아버지. 최근에 나는 그의 꿈을 자주 꾼다. 내 꿈속에서 아버지는 트랑의 집에 있다. 나를 기다린다. 내게서 뭔가를 기대한다. 돌아가실 때의 그 나이. 그런데 나는 지금 내 나이 그대로다. 그러니까 우리는 나이가 똑같다. 쉰세 살. 우리 단 두 사람뿐이다. 아버지가 옆에 있다는 것을 알기 때문에 나는 어색해진다. 무슨 말을 해야 할지 모르겠다. 아버지가 어머니와 싸울 때 어린 시절 내가 보았던 그 장면이 또 시작될까봐 겁이 난다. 아버지는 기다린다. 내게 뭔가를 기대한다. 나를 믿는 것이다. 그런데 나는 속으로 생각한다. 아버지를 어떻게 하면 좋을까? 우리 아버지를 어떻게 해야 하는가?

나는 전쟁을 끝내기 위하여 이 책을 썼다. 모르탱의 집은 허물어졌다. 르 테이월의 집은 허물어졌다. 트랑의 집은 팔려버렸다. 아버지가 돌아가셨다. 어머니가 돌아가셨다. 누이가 죽었다. 나는 산 사람들, 그리고 죽은 사람들, 그들 모두와 평화롭게 지내고 싶다.

나를 향해 오고 있는 목소리

읽을 책을 선택하고 사는 계기는 다양하다. 신문이나 잡지에 실린 서평, 이미 알고 있는 작가의 명성, 출판사의 신뢰도, 친구의 소개, 눈에 띄는 광고, 서점의 진열장에서 언뜻 본 표지의 인상, 매력적인 제목, 작가의 사진 속에서 마주치는 저 설핏한 눈빛…….

그러나 《하루하루가 작별의 나날》이란 제목의 이 책은 그저 '만만해' 보여서 집어 들었다. 가끔씩 책은 만만해줘야 한다. 뚱뚱하고 거만해서 나를 압도하는 책은 부담되어 싫을 때가 있는 것이다. 고즈넉했던 휴가의 끝 무렵에는 특히 그렇다.

파리에서 보낸 한 달간의 여름방학이 며칠 남지 않은 8월 하순의 어느 날, 슬슬 떠날 준비를 해야 한다. 헌 옷가지들을 대충 개켜놓고 책, 노트들을 주섬주섬 트렁크에 담고 극장, 미술관, 박물관의 입장권, 광고지, 영수증, 낡은 신문과 주간지들, 이젠 무엇을 의미하는지 알 수 없어진 전화번호, 이름, 주소가 휘갈겨진 메모지 따위는 휴지통에 버리고. 비행기 표와 여권을 챙겨서 책상 위의 눈에 띄는 곳에 둔다. 즈브레 상베르탱 같은 향기 좋은 포도주나 한 병, 사둘까?

이럴 때, 나는 천천히 걸어가다가 서점에 들러본다. 비행기 안에서 읽을 만한 책이 뭐 없을까? 내가 즐겨 가는 서점은 둘이다. 생 제르맹 데 프레의 '라 윈La Hune', 라스파유의 '갈리마르Gallimard'. 진열장에 놓인 수많은 책들 중에서 조그만 것 하나가 '만만해서' 눈에 들어온다. 고등학교 때 몰래 피우던 켄트 담배 종이처럼 은은한 흰 줄이 세로로 쳐진 옅은 하늘빛의 단색 표지. 붉은색 저자명. Alain Rémond? 처음 들어보는 이름이다. 검은색으로 찍힌 책의 제목. Chaque jour est un adieu. 이 간결하고 적막한 문장을 뭐라고 번역하면 좋을까?

표지의 아래쪽에 아주 조그맣게 표시된 출판사 이름 쇠이유Seuil. 내가 유난히 좋아하는 출판사. 나는 자주 그 집 앞으로 지나다니곤 했다. 자콥 가 27번지. 비교적 작은 편인 내 왼손 안에 쏙 들어오는 책의 사이즈. 겨우 125페이지의 그 만만한 두께와 가벼움. 날이 갈수록 이런 가벼운 책이 좋다. 게을러진 탓이다. 게을러진 내가 좋다.

책의 뒤표지에 간단한 저자 소개의 말. 알랭 레몽. 주간지 〈텔레라마Télérama〉의 편집국장으로 그 잡지에서 '나의 눈'이라는 제목의 고정란을 집필하고 있다. 책의 앞쪽에 소개된 저서 목록을 훑어본다. 1971년《사랑에 대하여, 밤에 대하여》라는 첫 저서를 낸 이후《이브 몽탕》(1977),《내 눈의 기억들》(1993),《당신의 말을 막지 않았어!》(1994),《이미지들》(1997) 등의 책을 써냈다.

책을 펼치고 첫 줄을 읽어본다.

어제저녁, 이브가 트랑에 들렀다가 우리 집 앞을 지나왔었다고 말했다. 그러면서 그 집에 지금은 누가 살고 있는지 아느냐고 물었다. 나로서는 전혀 아는 바 없는 일이다. 그 집이 언제 팔렸는지조차 잘 알지 못한다. 아마도 어머니가 돌아가시고 얼마 안 되어서였을 것 같다. 나는 그런 건 상관하고 싶지도 않았다. 나는 눈과 귀를 꽉 막고 지냈다. 팔든지 말든지 마음대로들 해요, 난 아무래도 좋으니. 나는 알고 싶지 않아. 전혀 관심 없어. 집이라는 게 웬만해야 말이지…….

그리고 책의 마지막 페이지를 편다.

나는 전쟁을 끝내기 위하여 이 책을 썼다. 모르탱의 집은 허물어졌

다. 르 테이월의 집은 허물어졌다. 트랑의 집은 팔려버렸다. 아버지
가 돌아가셨다. 어머니가 돌아가셨다. 누이가 죽었다. 나는 산 사람
들, 그리고 죽은 사람들, 그들 모두와 평화롭게 지내고 싶다.

그러니까 브르타뉴의 어느 구석진 시골집 속에 책 한 권
이 들어 있는 것이다. 그 집 속에서, 그 책 속에서, 누군가
낮고 빠르게 말을 하고 있다. 나는 그 목소리가 나를 향해
오고 있다는 것을 느낄 수 있다. 그 목소리 속에 식지 않은
불덩이가 묻혀 있다는 것을 알 수 있다. 이렇게 되면 만만
한 정도 이상이다. 나는 망설이지 않고 그 책을 산다. 그리
고 집으로 돌아와, 비행기를 타기도 전에 그만 다 읽어버리
고 말았다. 책을 읽는 동안 계속하여 그 나직하고, 그러면서
도 좀 다급한 목소리가 나를 따라다녔다. 하마터면 수십 년
동안 참았던 울음을 픽, 하고 터뜨릴 뻔했다. 그러나 실제로
울지는 않았다. 책을 읽다가 울 뻔했다고 해서 다 훌륭한
책, 뛰어난 문학 작품일 수는 없다. 그러나 책 속에서 나를
향해서 오고 있는 이런 목소리는 영원히 잊지 못한다.

정작 비행기 안에서는 심각하고 어떤 뚱뚱한 책을 꺼내
놓고 몇 줄 읽다가 계속 졸기만 했다. 깨어보니 그 책은 발
밑에 떨어져 있었다. 단풍잎이 다 떨어진 초겨울 어느 날,
나는 먼젓번 책, 하마터면 나를 울릴 뻔한 이 조그만 책의
번역을 마쳤다. 여러 번 읽고 또 읽으면서 옮기다 보니 울

음은 가슴 저 바닥으로 가라앉고 목소리만 초겨울의 햇빛
처럼 밝아져서 쟁그렁…… 귓가에 울린다.

2001년 11월 어느 날

안암동 연구실에서

김화영

UN JEUNE
HOMME EST
PASSÉ

한 젊은이가
지나갔다

Un jeune homme est passé

봉투가 여기 내 앞 책상 위에 놓여 있다. 크라프트지로
된 두툼한 봉투. 나는 속에 든 것이 다치지 않도록 주의하
면서 그 내용물을 조심스럽게 꺼낸다. 손에 집혀 나오는 한
뭉치의 편지들. 보라색 잉크로 쓴 백 통도 넘는 편지들. 첫
번째 것은 1930년 11월 8일자이고 마지막 것은 1931년
8월 19일자로 되어 있다. 그것은 아버지가 그의 부모님과
누이 로잘리에게 보낸 편지들이다. 그의 나이 스물한 살. 모
로코에서 군복무 중이었다. 내가 그 편지들을 발견한 것은
불과 몇 달 전이다. 그때 나는 막 책*을 한 권 펴낸 참이었
다. 우리 부모님 이야기, 우리 가족 이야기였다. 아버지와의

---

* 알랭 레몽의 《하루하루가 작별의 나날》을 가리키며 이 책은 2000년 프랑스에서 출간
되어 그해 일 년 동안 가장 많이 판매되었다

관계에 대한 이야기. 내가 열다섯 살 때 돌아가신 아버지는 내가 그토록 사랑하고 싶었지만 끝내 한 이방인이었을 뿐이다.

그 책이 나오고 난 뒤 나는 하루도 거르지 않고 아버지 생각을 했다. 마치 내가 그분을 다시 살려내기라도 했다는 듯이 말이다. 아버지는 여기, 내 머릿속에 있다. 눈에 선하다. 나는 아버지에게 말을 한다. 나는 화가 난다. 저녁에 아버지가 술에 취해 집으로 돌아오면 어머니와 싸움이 벌어지고 때로는 주먹다짐까지 있었다고 썼으니 말이다. 그때 나는 우리 아버지가 난폭했고 어머니를 때렸고 자식인 우리를 때리곤 했다는 말을 신문의 서평에서 읽었다. 절대로 아버지는 우리를 때린 적이 없다. 말로, 고함으로, 욕설로 하는 싸움이었을 뿐이다. 사실 두 분 사이에서 때로 주먹을 휘두르는 경우가 없지는 않았다. 그렇지만 아버지가 우리를 때린 적은 절대로 없다. 절대로 어머니를 때린 적은 없다. 아내와 자식들을 때리는 술주정뱅이 아버지, 그건 내가 실제로 겪은 것과는 아무 상관이 없다. 나는 그렇게 쓴 적이 없다. 나는 절대로 아버지가 나를 때린 것처럼 보이게 쓴 적이 없다. 조심스럽지 못하게, 주의하지 않은 채, 제대로 설명도 하지 않은 채, 그 말을 쓴 내가, **주먹다짐**이라는 말을 입 밖에 낸 나 자신에 대하여 말할 수 없이 화가 난다. 그렇다, 가끔 아버지와 어머니는 서로 싸웠다. 그렇지만 아버지는 한 번도 어머니를 때린 적이 없다. 한 번도 우리를 때린 적이 없다. 내가 왜 그런 말을 썼던가, 내가 왜 그 말을 지우지 않았던가, 왜 설명을 하지 않았던가?

　나는 신문에서 그 말을 읽은 후 마음속으로 아버지에게 말한다. 나는 그렇게 쓰지 않았어요, 아버지가 난폭했다는 말을 쓴 적이 없어요, 하고 나는 말한다. 죄송해요, 용서해주세요, 하고 말한다. 아버지가 얼마나 보고 싶은지 그 글을 쓰면서 내가 아버지를 사랑하고 있다는 것을 얼마나 절실하게 깨달았는지 말씀드리기 위하여 그 책을 쓴 거예요, 하고 나는 말한다. 우리 이제 계속 이야기를 주고받기로 해요, 서로 아는 척만 했지 실제로는 아무것도 알지 못했던 십오 년 동안 서로 주고받지 못했던 모든 것을 다 말하기로 해요, 하고 나는 말한다. 그런데 누이 마들렌이 나를 부른다. 이제 막 로잘리 고모의 장 속에서 이 모든 편지들을 찾아냈다는 것이다. 그런데 고모는 그 편지들을 거기 넣어둔 것을 전혀 기억하지 못한단다. 모로코에서 군복무를 할 때 아버지가 써 보낸 편지들이다. 그리하여 그 편지들이 지금 내 앞에 크라프트 종이봉투에 담겨 놓여 있는 것이다. 1930년 11월 8일과 1931년 8월 19일 사이에, 이삼 일에 한 번씩, 혹은 어떤 주일에는 매일 한 통씩 써 보냈던 이 수십 통의 편지들. 처음으로 브르타뉴의 궁벽한 마을을 떠나 모로코에 오게 된 스물한 살의 젊은이가 처음에는 우자에서, 나중에는 그 나라 남쪽 타자에서, 쓴 편지. 내가 나 자신에 대하여 화가 잔뜩 나 있을 때, 내 탓으로 모든 것을 왜곡시켜놓은 그 신문기사들에 대하여 잔뜩 화가 나 있을 때, 아버지가 쓴 그 편지들을 발견하다니, 얼마나 기쁜지 모른다. 나는 장차 나의 아버지가 될 한 젊은이를 만나게 되는 것이다. 자신에 대하여 내게 거의 아무것도 이야기해준 적이 없는 그 사람을 알게 되려는 것이다. 내게는 단 한 통의 편지도 써 보낸 적이 없는 그 사람의 편지들을 읽으려는 것이다. 나는 이제 막 한 통의 긴 편지를, 한 권의 책이 된 그 편지를 쓰고 난 참인데, 내가 그에 대해서는 아는 것이 아무것도 없다고, 그가 너무나도 그립다고 막 쓰고 난 참인데, 단번에 이런 편지 뭉치가 내 앞에 나타나다니.

모로코에서 나의 아버지는 정말이지 웃기는 병정이다. 우선 탈라에 도착하자마자 병이 난다. 그냥 기관지염이었는데 그게 잘못되는 바람에 열이 펄펄 끓는다. 드디어 여러 주일 동안 육군병원에 입원하는 신세가 된다. 그리고 끝내 완치되지 못하고 맨 마지막 몇 주일을 제외하고는 군복무 기간 동안 줄곧 의무실과 육군병원을 오가면서 보내게 된다. 일찌감치 그의 마음속에는 오직 한 가지 생각뿐이다. 병에 걸린 것을 기화로 제대를 해야겠다는 그래서 가급적이면 빨리 메이약으로 돌아가야겠다는, 그의 부모가 농사짓고 사는 시골집으로 돌아가야겠다는 생각 말이다. 그렇다.

그는 병이 난 것이다. 무엇보다도 고향을 그리는 병이 난 것이다. 첫 번째 편지에서부터 그는 메이약의 집으로 돌아갈 날이 얼마나 남았는지를 손꼽아 세고 있다. 그는 집으로 돌아가서 시드르° 한 사발을 쭉 들이켤 그날을 상상한다. 그의 몸은 모로코의 탈라에 가 있지만 꿈꾸느니, 말하느니 오직 고향 메이약뿐이다. 그는 끊임없이 농장과 사과와 시드르와 밭갈이, 밀…… 따위에 대하여 묻는다. 그는 자기가 없는데 아버지 혼자서 어떻게 그 모든 일들을 다 해낼지 걱정이 태산 같다. 그는 거기 고향에서 무슨 일이 일어나고 있는지, 무슨 일을 하고 있는지, 무슨 말들을 주고받고 있는지 이 사람은 어찌 되었고 저 사람은 어찌 되어 있는지 상상해 본다. 제발 좀 매일같이 답장을 써 보내 달라고 애원하고, 자기는 이렇게도 긴 편지를 써 보내는데 여러 날 동안 아무 소식도 듣지 못하고 있다고 투덜댄다. 편지는 하나같이 답장 보내주세요, 답장을…… 하는 식으로 끝맺고 있다. 그 밖에도 거기에는 한 가지 부탁이 더 있다. 온갖 은근하고도 웅변적인 수사를 다 동원하여 사탕발림을 했지만 후렴처럼 반복되는 부탁이란 언제나 돈이 한 푼도 없다, 그러니 부모님께서 돈을 좀 보내주지 않는다면 아무것도 살 수가 없다는 것이었다. 부모님도 가진 것이 별로 없다는 것을, 여간

° 노르망디 지방에서 주로 생산·애용되는 사과즙을 발효시켜 제조한 3-5도 이하의 알코올이 함유된 음료. 이 음료를 증류한 독주가 바로 칼바도스다

궁핍하게 사는 것이 아니라는 것을 잘 안다. 그러니 절대로 뭘 요구하는 것 같은 인상은, 부잣집 자식이나 된 것처럼 졸라대는 인상은 주고 싶지 않다. 그렇긴 하지만 그래도 부모님께서 적선하는 셈치고 약소하나마 수표 한 장만 보내주실 수 있을지. 왜냐하면 정말이지 그에겐 부족한 게 한두 가지가 아니기 때문이다.

손에 들어오는 대로 아무 종이에나 보라색 잉크로 쓴 그의 편지는 바로 이런 내용이다. 모로코의 남쪽 탈라에서 거의 매일같이 써 보낸 편지들, 그의 편지를 읽다보면 그저 의무실에서 농땡이를 치면서 빈둥거릴 뿐 다른 사람들처럼 쨍쨍 내리쬐는 햇볕 속에서 고된 훈련을 받을 생각이라곤 전혀 없는 그의 모습이 상상된다. 치료상의 이유로 본국으로 송환될 수 있는 입장도 못 될 바에는 의무실에 남아 있는 것이 그에게는 더 나을 것 같았다. 과연 일은 실제로 그렇게 되었다. 그는 이를테면 의무실의 상근 요원이 되어 그곳의 돌아가는 사정을 마침내 완벽하게 파악하게 된다. 그 결과 물건 정리, 청소, 관리 같은 실질적인 책임을 맡기에 이른다. 그는 자신이 한 팀을 지휘하고 작업을 조직하는 따위의 일을 좋아한다는 사실을 발견한다. 그는 또한 그런 일에 있어서 능력을 인정받고 있다는 것도 알게 된다. 십오년 뒤 그는 도로보수 감독직 시험에 합격하게 될 것이다. 그가 어떤 팀의 반장 역할에 취미를 붙이게 된 것은 아마도 거기 탈라의 의무실에서가 아니었나 싶다. 어쩌면 그때부터 그는 자신의 아버지나 할아버지처럼 반드시 농부로 일생을 보내지는 않겠다는 생각을 했는지도 모른다. 물론 나로서는 알 수 없는 일이다. 그저 짐작을 해볼 뿐이다. 왜냐하면 나는 아버지가, 아니 그 당시 스물한 살이었던 그 청년이 장차 무엇이 되었는지를 알고 있으니 말이다.

그러나 마지막 몇 주 동안 사태가 달라진다. 의무실에서의 편한 생활도 끝. 높은 사람들이 그가 이제 더는 아프지 않다고 결정해버린 것이다. 유독 그만이 고된 훈련과 돌밭의 행군을 면제받아야 할 까닭이 없다고 말이다. 그리하여 마침내 그는 등에 무거운 배낭을 짊어지고 직사광선이 내리꽂히는 산악지대에서 몇 날 며칠을 보내게 된다. 지금까지 의무실에 처박혀서 고향 생각에나 젖어 있던 그로서는 별로 아는 것이 없었던 그 고장을 마침내 발견하기에 이른 것이다. 그는 정다운 고향 브르타뉴에서 수천 리 떨어진 이 사납고 메마른 풍토와 더위를 여과 없이 경험한다. 태양, 남쪽의 풍토, 하루 종일 더위와 자갈밭에 발이 걸려 비틀거리며 육체적으로 고달픈 일과를 보내는 나날들…… 메이약의 농사꾼 아들인 그는 자신이 그런 것을 좋아한다는 사실을 깨닫는다. 그러나 그런 사실을 짤막하게 말해주는 것은 마지막 몇 통의 편지들뿐이다. 프랑스로, 메이약으로 돌아오기 전에 저녁이 되어 보라색 잉크로 휘갈겨 쓴 몇 줄의 문장. 남쪽 나라의 땅, 산악의 침묵, 햇볕에 타는 식물들의 냄새, 떨리는 공기와의 구체적이고도 관능적인 대결에 대하여 나는 더 많이 알 수 있었으면 싶다. 나 역시 남쪽 나라의 땅에서 체험했던 것의 메아리를 그 속에서 다시 맛보고 싶다는 생각에서 말이다.

그러나 편지들은 벌써부터 시골집으로 돌아갈 일, 가족들과의 재회, 즉 그가 그토록 고대했던 그 순간을 앞질러 상상하고 있다. 특히 마지막 편지들에는 어떤 불안이 서려 있다. 그는 자기 아버지가 아프다는 것을 알게 된 것이다. 그 병이 중한 것인지 어떤지 궁금해지는가 하면 그렇지 않을 것이라고 안심하려고 애쓴다. 그는 자신이 메이약으로 돌아온 지 얼마 되지 않아서 일어날 최악의 사태를 상상하지 못한다. 그의 아버지가, 즉 나의 할아버지가 돌아가신다는 것을. 그런데 나는 이 편지들을 읽으면서 내가 한 번도 보지 못한 그 할아버지를 생각해본다. 나는 쉰세 살에 돌아가신 아버지를 생각한다. 모로코에 대해서, 모로코에서 보낸 그 몇 달 동안에 대해서 한 번도 이야기한 적이 없었던 아버지를.

어린아이였던 나에게 모로코는 당시 할머니가 살고 계셨던 샹트피에서 몇 킬로미터 떨어진 메이약의 한 마을 이름이었다. 우리는 콩부르에 있는 아주머니네 농장에서 샹트피까지 초록색 길이라고 부르는 울퉁불퉁한 어떤 길을 걸어서 갔다. 그럴 때면 누군가가 모로코 옆으로 지나가고 있네, 하고 말하는 것이었다. 초록색 길의 궁륭처럼 잎이 무성한 나무들 아래로 걸어가다가 돌연 모로코에 이른다는 것이 어린 나의 머릿속에서는 그야말로 달콤한 전율을 자아내는 일이었다. 아마도 그곳에 살면서 자기네 농가에 그런 이름을 붙인 이는 그 역시 모로코에서 군복무를 한 사람인지도 모른다. 콩부르와 샹트피 사이의 그 울퉁불퉁한 길을 걸어가는 동안 아버지가 뭐라고 말했던 기억이 전혀 없으니 어찌 된 일일까? 이 편지들을 다 읽고 나서 나는 오늘 아버지가 모로코의 탈라에서 보낸 그 몇 달 동안의 일들에 대하여 이야기를 해준다면 얼마나 좋을까 하는 생각을 한다. 아니 그저 아버지가 내게 말을 걸어주기만 하면 얼마나 좋을까. 그러나 어쩌면 내가 제대로 귀를 기울여 듣지 않았던 것인지도 모른다. 내가 귀담아 들을 생각이 없었던 것인지도 모른다.

오늘 그 편지들을 읽으면서 그의 삶은 정말 이상하구나 하는 생각을 한다. 나 역시 북아프리카에서 군복무를 했으니 말이다. 모로코가 아니라 알제리였지만. 그때 내 나이 스무 살이었다. 해외협력단 파견요원으로 선생 노릇을 했다. 그래서 아버지의 편지를 읽고 있자니 알제리에서 보낸 내 스무 살 적 생각이 난다. 내가 속죄의 뜻으로 뭔가 보상하고 싶었던 그곳에서. 그렇다, 우리가 알제리 사람들에게 저지른 그 모든 잘못을 속죄하고 싶었다. 속죄한다, 그게 바로 당시 내 머리를 가득 채웠던 말이다. 아무리 보아도 좀 명청하고 어리석은 그 말. 따지고 보면 너무나도 가톨릭 **범생** 냄새가 나는 그 말. 지은 잘못을 속죄한다니. 그러나 그게 바로 스무 살 적의 나였다. 그게 바로 **참여적인** 가톨릭 청년으로서 나의 신념이었다. 스무 살 때는 누구나 아주 진지한 법이다. 속죄하겠다는 그 생각, 독립된 지 오 년이 지난 알제리로 지난날의 잘못을 속죄하기 위하여 찾아가겠다는 그 생각이 진정으로 이념적인 것은 아니었다. 오히려 윤리적인 것이라고 해야 옳다. 받은 교육이 그랬고 역사가 그랬다. 나는 그 이야기를 하려고 한다. 알제리에 대하여. 알제리에서 보낸 내 스무 살에 대하여. 그러나 나는 먼저 그 이야기를 분명히 따져볼 필요가 있다. 참여적인 가톨릭 청년의 그 이야기 원천으로, 시발점으로 거슬러 올라가야 한다. 종교와 정치. 교육, 윤리. 어떻게 하여 정치가 등장하게 되는지. 그것은 곧 우리 집안의 이야기다. 그것은 나의 아버지의 이야기다. 그것은 나의 이야기다.

나는 브르타뉴의 식구 많은 가톨릭 집안에서 태어났다. 불교, 개신교, 회교 집안에 태어날 수도 있었을 것이다. 혹은 무신론자 집안에서, 혹은 이도저도 아닌 집안에서 태어날 수도 있었을 것이다. 나는 다른 생각을 가진, 다른 믿음을 가진 사람으로 달리 태어날 수도 있었을 것이다. 사람은 자기가 태어나는 것을 선택할 수는 없다. 태어난 다음에 자기가 원하는 대로, 자기의 능력대로 할 수 있을 뿐이다. 각자가 알아서 기어야 하는 것이다. 우리 집에서, 우리 집안에서 가톨릭이란 당연한 것이다. 아버지 쪽으로나 어머니 쪽으로나 가톨릭 집안의 오랜 가계가 이어져 왔다. 그러나 그것은 단순한 유산, 편리한 딱지가 아니다. 정말로, 실제로, 우리는 그렇게 믿고 그렇게 산다. 1950년대, 브르타뉴의 트랑에서, 몽-생-미셸 만의 저 위쪽에 덜렁 올라앉은 인구 팔백 명의 그 작은 마을에서, 우리의 삶은 교회를 중심으로 돌아간다. 미사, 종교적인 축제들, 칠성사, 견진, 엄숙한 영성체……. 우리의 삶은 송두리째 다 가톨릭교의 리듬에 따라 진행된다. 당시 그토록 폐해가 많았던 편협한 믿음. 꼼짝달싹 못하게 하는 고통예찬 따위와는 아무 상관이 없다. 일부러 미화할 생각은 없지만 우리의 종교는 유쾌한 것이었다고 분명히 말할 수 있다. 우리의 가톨릭 생활에는 자유와 즉흥성이 가득했다. 식사 전의 기도도 없었고 식구끼리 둘러앉아 하는 저녁기도도 없었다. 그런 종류의 것은 아예 없었다. 일요일에 교회에서 올리는 미사는 성대한 축제였다. 교리문답은 그 멍청한 장난 같은 문답형식과 운명적인 죄니 지옥이니 연옥이니 하는 무시무시한 이야기들뿐이어서 결코 축제라고 할 수 없었고 재미도 훨씬 덜했다. 우리는 임시 제단을 만들고 꽃잎 뿌려진 길로 나아가는 성체 첨례의 행렬을 좋아한다. 우리는 개방적이고 관대하고 형제애 넘치는 삶을 이야기하는 청소년 가톨릭신문의 애독자들이다. 거기에는 모험 이야기와 만화가 가득 실려 있다. 우리는 1952년 여름, 딴 고장에서 이사해온, 아이들이 열 명씩이나 되는 좀 이상한 가족이다. 모험을 좋아하고 고루한 것을 싫어하며 은근하고 조용하다기보다는 오히려 좀 떠들썩한 편이어서 쉽게 남의 눈에 띄는 가족이다. 착실한 가톨릭으로 꼬박꼬박 교회에 다니며 해야 할 일은 빠짐없이 다 했지만 교구의 사제는 우리를 보면 항상 정체를 확실히 알 수 없다는 듯 고개를 갸우뚱거렸다. 우리한테서는 별별 엉뚱한 일이 다 일어나고 집은 활짝 열려 있어서 언제나 동네 아이들이 몰려와 바글거리는가 하면 밖에 나가 돌아다닐 때나 놀이를 할 때나 늘 그 애들을 달고 다니니 솔직히 말해서 어느 면에서 사제와 경쟁관계라고 할 수도 있다. 서슴지 않고 사제의 설교를 비판하는가 하면 아침마다 미사에 나와서 항상 새침한 얼굴로 훈계나 하면서 남을 간섭하려 드는 마을의 독실한 신자들을 성녀 같다고 놀려댄다.

그리고 또 고백성사가 있다. 고백성사라는 것은 실로 마법과도 같다. 그렇다 처음에는 그저 늙은이, 썩은 기름 혹은 죽음의 냄새가 나는 어두운 고백실에 무릎 꿇고 앉아서 견뎌야 하는 귀찮은 시간, 조그만 나무문을 열고 들어서는 창백한 얼굴의 사제, 창살 너머로 던지듯 빠르게 주워섬기는 죄의 목록, 사제의 짧은 설교, 하늘에 계신 우리 아버지 세 번과 성모 마리아 열 번 등의 속죄의 절차들이다. 그러나 그 후에 교회의 문을 열고 바깥의 환한 빛 속으로 나설 때면 얼마나 기막힌 행복과 희열의 느낌에 사로잡히는가. 모든 것이 지워지고 쓸려나가고 마침내 희고 깨끗한 영혼을 되찾아 이제 막 태어난 어린아이 같은 무구함을 느끼는 것이다. 그리하여 진짜 삶, 일상의 삶으로 되돌아가서 어쩔 수 없이 또 죄짓는 삶을 다시 시작하기 전에 거기 교회 광장에서 그 축복받은 한순간 속에 정지하고 싶어지는 것이다. 고백성사란 정말이지 천재적인 발상의 산물이다. 나는 이토록 속속들이 마음을 씻어내 주고 아름답고 새롭고 순수하게 만들어주는 것은 달리 어디서도 경험해보지 못했다. 어린 시절에 그것은 기적 같은 것이다.

그러고 보니 내 최초의 고백성사에 대한 괴이한 추억 한 가지가 떠오른다. 내 나이 일곱 살쯤 되었던 것 같다. 교리문답 시간에 사제는 우리에게 모든 것을 잘 설명해주었고 나는 거짓말을 했습니다, 아버지 어머니의 말씀을 잘 듣지 않았습니다, 못된 욕을 했습니다 같은 식의 미리 준비해두어야 할 잘못의 목록을 말해주었다. 그러나 막상 문제의 그 날이 되어 그 해묵은 고백실 안에 들어가 갇히고 보니 생각이 꽉 막히고 말았다. 그 목록을 기억해낼 재간이 없었다. 그러자 사제가 도와주느라고 내게 질문을 하기 시작했다. 너는 거짓말을 했느냐? 못된 욕을 했느냐? 너무나도 얼고 굳어버린 나머지 나는 그 모든 질문에 다 네 하고 대답했다. 그러자 사제는 재미가 났는지 내게 이렇게 물었다. 너는 너의 아버지와 어머니를 죽였느냐? 물론 나는 그렇다고 대답했다. 그러자 그는 웃음을 터뜨렸다. 나중에 사제가 부모님을 찾아갔다. 그리고 두 분을 만나게 되니 여간 기쁘지 않다고 말했다. 왜냐하면 내가 조금 전에 고백실에서 털어놓은 말로는 내가 두 분을 죽였다고 했으니 말이다. 그 말에 모두가 다 웃음을 터뜨렸다. 그렇지만 나는 아니었다. 고백성사는 비밀인 줄 알았는데. 바로 사제 자신이 내게 그렇게 설명했었다. 바로 그렇기 때문에 우리는 안심하고 모든 것을 다 말할 수 있었던 것이다. 그래, 좋다, 난 사실 고백실 안에서 말도 안 되는 소리를 했다. 그래도 비밀은 비밀인 것이다. 사제는 그래서는 안 된다. 절대로. 오늘에 와서 그 일은 집안에 전해 내려오는 일종의 전설이 되어 다른 많은 일화들과 더불어 툭하면 다시 입에 오르곤 하는 이야기로 변했다. 그럴 때면 나는 언제나 그날 배신당했다고 느꼈던 그 일곱 살의 소년을 생각하곤 한다.

◇◇

또 다른 추억도 하나 있다. 영원한 삶과 관련된 것이다. 내가 열 살쯤 되었을 때였다. 나는 트랑에서 빌라르무아 성으로, 그리고 그 너머 빌카르티에 숲으로 이어지는 길을 혼자 걸어가고 있었다. 걸어가면서 길가에 늘어선 높은 미루나무들과 그 위에 펼쳐진 여름날의 하늘을 바라본다. 문득, **항상**이라는 말이 화살처럼 내 마음속으로 날아든다. 나는 그 말을 자꾸만 되뇌어본다. 삶은 끝이 날 수 없다, 그럴 리가 없다, 저기 커다란 검은 구멍이 있다니, 그 속으로 빠지고 나면 더는 아무것도 없게 된다니 그건 말도 안 된다, 하고 나는 속으로 생각한다. 그다음에도 필시 뭔가 있을 것이다, 영원할 수밖에 없는, 영원히, 항상 계속될 어떤 삶이 말이다. 삶은 멈추지 않는다. 그럴 수가 없다. 삶이 무로, 어둠속으로 쏟아져버리는 건 절대 반대다. 세상이 처음 시작된이래 이어져온 나의 삶과 다른 모든 인간들의 삶이 말이다. 그와 동시에 영원이라는 것은 생각도 할 수 없는 것이라는느낌도 든다. 그게 무슨 의미인지 상상할 수가 없는 것이다. 항상 살아 있다. 영원히 살아 있다는 게 말이다. 영원은 현기증이 난다. 나를 빨아들이는 나선형만 같다. 모든 것에는반드시 끝이 있다. 영원한 삶, 항상 계속되는 삶을 어떻게상상한단 말인가? 숨이 막힌다. 심장이 솟구쳐 목구멍에 걸리는 것만 같다. 나는 미루나무들이 늘어선 길에서 발걸음을 멈추지 않을 수 없다. 나는 마치 몽유병자처럼 머릿속으로 끊임없이 **항상**이라는 말을 되풀이한다. 삶은 어쩔 수 없이 영원한 것이다. 그러나 항상이란 불가능하다, 하고 트랑에서 나는 어느 여름날 빌라르무아로 가는 길 위에서 혼자생각한다. 이 글을 쓰면서도 내 가슴이 두근거리는 소리가들린다.

아주 어렸을 때 사람들은 내게 장차 무엇이 되겠느냐고 물었었다. 나는 경찰이나 교황이 되겠다고 대답했다. 결국 나는 신부가 되겠다는 결심에 이르고 말았다. 남들이 내게 그런 결심을 하도록 도와주기는 했지만 나를 대신해서 결정할 정도는 아니었다고 생각한다. 나처럼 브르타뉴의 식구 많은 가톨릭 집안에서 신부가 한 사람쯤 나오는 것은 거의 정석에 속한다. 우리 아버지 쪽 집안에는 벌써 신부가 한 사람 있었다. 아버지의 형인 백부는 생트 크롸(성 십자가) 수도회의 신부였다. 나의 결심에 그도 한몫했을 것으로 짐작된다. 그러나 운명이 한술 더 뜬 것은 트랑에서 50킬로미터 떨어진 디낭에 그 수도회의 조그만 수도원이 하나 있다는 사실이었다. 기숙학생들은 디낭의 사립고등학교인 코르들리에서 수업을 받고 나머지 일상생활은 그 조그만 수도원 이름이 그렇듯 생트 크롸에서 이루어지고 있었다. 경제적인 면에서 보면 이런 해결책에는 상당한 이점이 있었다. 물론 나도 기숙학교에 다니는 다른 형제자매들과 마찬가지로 장학생이 되기 위하여 시험을 통과했었다. 그러나 돈이 별로 없는 나의 부모님에게는 백부가 몸담고 있는 생트 크롸 수도원과의 그 약소한 타협은 무시할 수 없는 도움이 되었다. 일 년 전 나의 형 자크 역시 같은 코스를 밟았었다. 이리하여 나 역시 1957년 10월 생트 크롸에 들어가게 되었다. 매일 아침 미사, 일요일에는 만과와 종과, 매일같이 묵주 신공, 기도, 명상, 성로 신공, 식사 때면 성경 봉독…… 정말 진지한 생활이었다. 비록 선택의 권리가 있는 작은 수도원이긴 했지만 말이다. 많은 기숙학생들은 그 기관의 모집담당관이 인근의 학교들을 돌아다니면서 시골 출신의 아이들에게 성직의 온갖 이점들을 은근히 선전하면서 효율적으로 활동한 덕분에 그곳으로 찾아오게 된 것이었다. 그들에게 꼭 무슨 소명의식이 있었던 것은 아니다. 그러나 그들에게라고 소명의식이 전혀 없으라는 법도 없었다. 그렇지만 생트 크롸 신부들의 노력에도 끝까지 견뎌내는 사람은 그리 많지 않았다. 나의 형 자크처럼 대다수가 일단 대학입시 자격시험만 통과하고 나면 대학교로 가버리는 것이었다.

그런데 내게는 믿음이 있었다. 나는 정말로 사제가 되기를, 나 역시 생트 크롸의 신부가 되기를 원했다. 왜? 나는 신부가 된 내 모습을 상상할 수 있었으니까. 나는 미사를 올리고 설교를 하고 분위기를 고조시키고 멋진 말을 쏟아 내놓는 신부로서의 내 모습을 얼마든지 상상할 수 있었다. 물론 나도 처음 몇 년 동안은 선교사로 활동하는 시기를 거친다. 나는 중국까지 가서 일본 땅을 바로 눈앞에 두고 죽은 성 프랑수아 자비에의 생애를 소개한 책을 읽고 흥분과 열정에 들뜬 마음으로 책장을 덮었던 것이다. 나도 그곳으로, 세상 끝으로 목숨 걸고 가서 복음을 전파하리라. 생트 크롸의 신부들은 선교사가 되어 인도, 파키스탄, 남아메리카로 떠났다. 그런 것이 내겐 잘 어울렸다. 나 스스로 순교자가 되는 것도 나쁘지 않을 것 같았다. 순교자, 그건 진지한 것이었고 격조가 있어 보였다. 나중에 청년이 된 나는 노동자 신부의 시기를 맞는다. 이번에는 세상을 떠들썩하게 만든 질베르 세스브롱의 소설 《성인 지옥에 가다》를 읽었던 것이다. 지옥이란 다름 아닌 대도시의 변두리, 빈민굴, 노동자의 세계였다. 거기서 신부들은 신부복을 걸쳐 입고 나서는 것이 아니라 가난한 사람들 속에 파묻혀 가난뱅이, 노동자들 가운데서의 노동자가 되어 가난하게 사는 것이었다. 바티칸 당국은 이제 막 그 같은 **실험**을 계속하는 것을 금지하고 그들에게 근신할 것을 명했다. 그러나 상당수가 그 명령을 무시하기로 결정했다. 저녁이면 나는 시골 소도시의 기숙사에서 낡은 파카 점퍼를(내 눈에는 그런 파카 점퍼가 필수품처럼 보였다) 꼭 껴입고 오토바이를 타고 머나먼 변두리 동네를 누비고 다니는 나를, 낮에는 작업장에서 일을 하고 밤에는 일종의 불결한 헛간 같은 데서 미사를 집전하는 나를 꿈꾸는 것이었다. 내가 아는 것은 시골, 트랑의 마을, 농가, 들, 그리고 쓸쓸한 중세의 소도시 디낭뿐이었다. 그러나 나는 썩는 냄새가 나는 변두리, 비인간적인 대규모 주거지, 하층민들이 사는 빈민굴 들을 꿈꾸고 있었다. 거기에 나의 진정한 삶이, 인간적 연대가, 형제애가, 진짜 주먹다짐들이, 진짜 한판 승부가 있다고 나는 생각하고 있었다. 바로 거기에 현대적인 사제의 자리가 있는 것이었다. 파카 점퍼로 단단히 무장한 사제의 자리가.

◇◇

나에게는 신앙이 있었다. 태어날 때부터 유산으로 전해받은 신앙만이 아니었다. 그런 종류의 신앙은 사회적 문화적 습관으로 차츰차츰 무너져버리는 것이었다. 그런 것이 아니라 개인적인 신에 대한 내밀한 신앙이었다. 심사숙고하여 얻은 전반적이고 책임 있는 믿음. 신과 나 사이의, 그리스도와 나 사이의 문제였다. 내가 주저하지 않고 쓰는 이 말들은 진정하고 올바른 것이다. 디낭의 생트 크롸에서는 한가하고 쪼그라든 낡은 교회 특유의 신앙생활을 하는 것이 아니었다. 서로 생각을 교환하고 토론하고 주변에서 일어나고 있는 모든 일들에 정통해 있었으며 세상의 배고픔, 저개발국가들, 사회정의를 논했다. 무엇보다도 교회의 때를 벗기고 먼지를 털고자 하는 방대한 시도인 바티칸 제2공의회 결의문의 서막을 지지했다. 나는 1950년대 말과 1960년대 초 사이에 디낭에서 고무적이고 열정적인 삶을 살았노라고 단언할 수 있다. 묵주 신공, 성로 신공, 사순절 기간 동안의 말없는 식사처럼 힘든 일들도 있었지만 말이다. 특히 개학 첫날의 우울한 기분, 너무나도 춥고 어두운 기숙사, 트랑에 돌아가지 못하고 가족들, 무리들, 빌카르티에의 작은 길들과 숲을 다시 보지도 못한 채 지내야 하는 여러 달 동안의 생활이 힘들었다. 그보다 더한 것은 부모님들 사이의 싸움이라는 저 이름 모를 불행, 휴전도 끝도 없는 그 전쟁이었다. 그리고 1962년 8월의 그날, 영원한 이방인이었던 아버지의 죽음. 그리고 그 죽음으로 안도감을 느끼는 나의 부끄러움, 저 끔찍한 부끄러움.

◇◇

고등학교 졸업반 시절에 찾아온 대변혁. 내 나이 열일곱 살, 인생에서 가장 아름다운 나이다. 나의 철학 선생님의 이름은 샤를르 블랑셰. 나는 그 이름을 여기에 밝혀두고자 한다. 왜냐하면 나는 그분에게서 모든 은혜를 입었으니까, 절대적으로 모든 것을. 샤를르 블랑셰는 소용돌이요 회오리 바람이다. 그와 함께 모든 것이 다 교실로 밀려 들어왔다. 문학, 영화, 미술, 정치, 인생 모든 것이. 사르트르, 카뮈, 말로, 메를로 퐁티, 리쾨르, 베르히만, 안토니오니, 고다르, 모리아크, 엘뤼아르, 랭보, 도스토옙스키, 키에르케고르, 프루스트, 후설, 하이데거…… 벽들이 무너지고 무한한 지평이 열리고 폭풍 같은 바람이 밀어닥친다. 모두가 배워야 할 것인데 나는 아무것도 아는 것이 없다는 느낌이다. 나는 앎과 경험과 삶에 대한 심한 공복감을 느낀다. 뭐든 집어삼키고 싶은 강한 식욕. 나는 지금까지 내 보잘것없는 확신들, 내 옹색한 신념들 속에 갇힌 채 지적으로 문화적으로 어지간히도 얌전하게만, 순응주의적으로 살아왔다는 것을 깨닫는다. 샤를르 블랑셰와 더불어 이제부터는 현기증 나는 자유, 밀어닥치는 온갖 거창한 질문들, 체계적인 회의, 죽음과 신과 관능과 제반 가치들과의 사투가 시작된다. 이것은 거대한 소용돌이이며 모든 것의 재반성이다. 그리고 무엇보다 먼저 신부가 되겠다는 욕망이라는 당연한 듯싶은 저 확신부터. 신부가 되고 싶다는 것은 무엇을 의미하는가? 무엇을 하자는 것인가? 내겐 과연 소명의식이 있는 것인가? 나는 정말로 부름을 받은 것인가? 누구의 부름을? 프랑스와 세계 도처에 불의는 있다. 악은 인간의 마음속에 있다. 거창한 문제들은 답을 얻지 못하고 있다. 나는 모든 것을 배워야 하고 모든 것을 체험해야 한다. 신부가 되고 싶다는 것은, 한 가지 역할 속에, 한 가지 신분 속에 갇힌 채 다른 모든 가능성을 배제하다니 이게 무슨 말인가? 신부가 되겠다고 말할 때 나는 과연 자유로운가? 그것은 오히려 내 개인사와 문화와 가족이 내게 가하는 무게는 아닐까? 모든 것이 다 흔들리고 모든 것이 다 무너진다. 더군다나 시급한 것이 있다. 내가 만약 비약하여 만사 제치고 신부직을 택하기로 한다면 그건 바로 대학입학자격시험 직후인 내년의 일인 것이다.

샤를르 블랑셰는 철학에 대한 열정을 지니고 있다. 그러나 그는 정치에도 열심이다. 나는 그가 통일사회당PSU에서 뛰고 있다는 사실을 곧 알게 된다. 나는 아주 어렸을 때부터 뭐든지 다 알고 싶어 했다. 디엔 비엔 푸, 수에즈, 부다페스트, 알제리 전쟁, 케네디, 쿠바 드골…… 뭐든지 다. 브르타뉴 출신의 식구 많고 가톨릭인 우리 집안은 우파다. 전쟁 전에 농민노동조합에서 우파로 뛰었던 아버지가 그랬다. 그래서 아버지는 옛 국제여단 출신인 공산당원 마쥐라주 씨와 함께 트랑에서 축제위원회를 조직하는 것도 포기하지 않으면 안 되었다. 우리는 우파지만 알지 못하는 사이에 좌파 쪽으로 기울어진다. 나의 형인 장은 통일사회당에 가입한다. 앙리는 지방 가톨릭 청년운동의 대표다. 이 기독교 농민운동은 좌파와 연합함으로써 교회로부터 징계를 받는다. 샤를르 블랑셰와 같이 있으면 나는 마음이 편하다. 좌파에 반 드골파인 것이다. 그렇지만 절대로 공산주의자가 아니며 공산주의에 매력을 느끼지도 않는다. 나는 철학적이고 윤리적인 이유, 즉 나로서는 절대로 지지할 수 없는 인간관, 인간관계에 대한 생각 때문에 공산주의라면 질색이다. 상당 부분 기독교도다운 반응이다. 어쩌면 샤를르 블랑셰의 스승들 중 하나인 엠마니엘 무니에의 영향일지도 모른다. 내게 있어서 공산주의는 인간의 존엄성과 자유에 대한 어떤 생각과 모순된다고 여겨진다. 우리 가족은 그러니까 가톨릭 좌파인 것이다.

그 영향력에 대한 판단은 독자에게 맡기는 터이지만 내가 고등학교 졸업반에 올라가던 해에는 또 한 가지 다른 사건이 특히 기억될 만하다. 즉 유서 깊은 교육기관인 코르들리에의 역사상 처음으로 여학생들이 와서 함께 수업을 받게 된 것이다. 지금까지는 모든 것이 간단했다. 남자아이들은 남자아이들끼리, 여자아이들은 여자아이들끼리였다. 그런데 1963년 개학 때부터 바야흐로 노트르담-드-라-빅투와르의 아가씨들은 철학 교사를 구하지 못한 것이다. 코르들리에는 타부를 깨고 그 여학생들을 받아들이기로 한다. 이리하여 매일같이 철학 수업시간이면 우리는 여학생들과 나란히 앉아 그들과 토론을 하고 그들과 함께 꿈꾸고 그들의 향내를 맡게 된 것이다. 나는 내가 신부가 될 사람이라는 것을, 따라서 독신으로 지내야 한다는 것을 잊지 않고 있다(그 점을 상기시켜준 데 대하여 감사한다). 그렇긴 하다. 1963-1964학년도의 샤를르 블랑셰 선생님의 강의실에서 노트르담-드-라-빅투와르의 여학생들은 금상첨화였다. 그러나 그해가 끝나기 전에 종교적인 소명을 계속 추구해야 할 것인지 어떨지를 결정해야 할 처지일 경우 그것은 혼란이기도 하다.

나는 학업성적 따위는 전혀 개의치 않을 정도로 너무나도 예외적이고 너무나도 놀라운 한 해를 산다는 느낌이다. 언제나 우등상을 받아 버릇했던 모범생인 내가 대학입학자격시험이야 통과해도 그만 못해도 그만이라고 **사방에** 공언한다. 아마도 생트 크롸의 사제가 될 것인가 아니 될 것인가 하는 필수적 선택의 결단과 맞닥뜨리지 않으려는 한 방법인지도 모른다. 결국 나는 대입자격시험에 합격한다. 그리고 캐나다로 떠난다. 거기서 무엇을 하려고? 첫 수련을 하기 위해서. 생트 크롸의 신부님들 가운데서 이렇게 되면 설명이 좀 필요하지 않을까. 19세기 프랑스에서 설립된 생트 크롸 수도회는 번창일로에 있다가 종교수도회들에 적대적인 1905년 법 때문에 대서양 저편으로 옮아가지 않을 수 없는 형편이 된다. 캐나다와 미국에서 이 수도회는 그 인적 자원과 재산에 있어 상당한 성장과 발전을 기록한다. 정작 프랑스에서는 별로 큰 세력을 얻지 못한다. 1930년대부터 어느 정도 새로운 활력을 얻지만 신입회원들의 숫자가 기구를 가동할 만큼 충분하지 못했다. 그런 까닭으로 프랑스의 지원자들(이제 나도 그중 하나가 되었다)은 충분한 수단과 능력을 갖춘 캐나다로 가서 첫 수련을 받게 된다. 첫 수련 과정이란 종교공동체에 들어갈 경우에 받는 첫해의 교육을 의미한다는 사실을 아는 사람은 그리 많지 않을 것이다. 침묵 속에서 엄격하게 이루어지는 영적인 공부, 명상, 그리고 육체노동. 그렇다, 여러분도 충분히 짐작했을 것이다. 지적, 정치적, 개인적으로 그 광란하는 야단법석의 한 해를 보낸 다음 내가 발을 들여놓은 세계는 바로 그런 것이었다. 왜? 오늘에 와서 돌이켜 생각해보아도 제대로 대답할 수 있을지 자신이 없다. 아마도 일종의 도전이었을 것 같다. 나 자신의 **소명**을 시험해보기 위하여, 내 소신을 테스트해보기 위하여. 나 자신에 충실하기 위하여. 어떤 역설의 묘미 때문이라고도 할 수 있을 것이다. 나는 그럴 사람이 못 된다고? 속단하진 마시라. 어쨌건 이국 풍정에 대한 매혹도 부정할 수는 없을 것이다. 열여덟 살도 채 안 된 나이에 캐나다에 가서 일 년을 보낼 수 있게 되었는데 솔직히 말해서 어찌 마다하겠는가?

오를리 공항까지의 여행, 비행기, 몬트리올 도착. 모든 것이 꿈속에서 이루어진다. 그건 어떤 소용돌이요 마법처럼 비현실적인 순간들의 연속이다. 나는 스스로 선택하고 원하긴 했지만 나의 힘을 벗어나는 어떤 사태 속으로 말려들어간 것이다. 정치적 문화적 구태와 종교적 몽매주의의 시절을 지나 **조용한 혁명**이 한창인 그 1960년대 초의 퀘벡. 온통 힘이 넘쳐나는 도시의 치열함, 아메리카, 마천루, 대형 자동차를 발견하는 흥분. 그러나 나에게 할당된 것은 일 년 동안 수련소에 처박혀서 명상하고 읽고 기도하며 지내야 한다는 절망……. 나는 그 생각을 하지 않으려고 애쓰면서 눈과 귀를 활짝 열고 시시각각 벌어지는 모든 것을 음미한다. 트랑이나 디닝에서 수백 광년이나 떨어진 너무나도 다른 세계, 너무나도 다른 삶이어서 나는 영화 속에 들어앉아 있는 기분이다. 이윽고 8월 말에 우리는 몬트리올에서 북쪽으로 150킬로미터나 떨어진 산속의 로랑티드를 향해 길을 떠난다. 수련소는 거기, 사블 호숫가의 생트-아카트-데-몽에 있다. 부유하고 광대하고 화려한 곳이다. 생트-아카트에서 떨어진 엄청나게 커 보이는 멋진 건물. 호수 쪽을 내다보는 비길 데 없는 전망. 그 주변에는 끝이 보이지 않는 거대한 땅. 보다 작은 다른 집들, 채소밭, 온실, 운동장, 끝없이 뻗은 숲, 호수들…… 내 눈에는 단번에 최고의 안락과 사치로 보인다. 생트 크롸 수도회는 부유하고 번창하는 곳임이 분명하다. 비록 다른 수도회들과 다름없이 여기서도 가난하게 살 것을 맹세하긴 하지만…….

우리는 퀘벡의 사방에서 모여든 삼십여 명의 캐나다 사람들 가운데 섞인 디낭 출신의 몇 안 되는 프랑스인들이다. 우리는 종교적 영적 교육을 담당하는 **수련생 담당 선생님** 지도하에 일 년을 함께 지낼 참이다. 멋들어진 곳이다. 나는 거의 사람의 발길이 닿지 않은 야생 그대로의 대자연을 그 정도로까지 느껴본 적이 한 번도 없다. 브르타뉴의 트랑에서는 모든 것이 하나같이 다 경작되고 관리된 것이고 작은 길들은 반드시 집과 마을로 인도한다. 숲 그 자체에도 도로와 오솔길들이 뚫려 있다. 그런데 여기 로랑티드에서는 걸어서 조금만 가도 캐나다 사람들 말처럼 엄청나게 큰 **삼림**

속으로 빠져든다. 살아 있는 사람이라고는 만날 수 없고 어디에도 집 한 채 눈에 띄는 것 없이 끝이 보이지 않는 나무들, 호수들, 야생동물들뿐인 아메리카의 공간이다. 불안하기도 하고 가슴이 열광으로 끓어오르기도 한다. 거의 자급자족으로 로랑티드 지방의 한가운데서 보내는 사계절은 상상의 세계요 꿈의 세계다.

그러나 우리는 숲 속을 이리저리 방황하려고 이곳에 온 것이 아니다. 우리는 종교적인 삶에 입문하기 위하여 이곳에 온 것이다. 하루하루의 규칙적인 미사, 명상, 예배, 공부, 육체노동. 우리는 수도사처럼 살아간다. 나는 침묵을, 긴긴 나날들의 침묵을 배운다. 자기 자신과의 대면을 나같이 수다스러운 사람으로서는 이상한 말 같겠지만 그것에도 곧 맛을 들이게 된다. 완전하고 절대적인 침묵이 아니다. 낮에 여러 번 말을 하고 토론을 할 수 있다. 그러나 아주 긴 침묵의 공간이 있다. 공부, 기도 혹은 채소밭이나 들에서의 노동. 전혀 다른 시간관념에 사로잡히게 되고 어떤 내면의 리듬에 실려 간다. 수많은 생각들이 서로 얽히고 수많은 생각들이 날아올라가고 날과 주일과 달이 흘러가면서 어떤 항구성의 감정이 자리 잡는다. 아무런 오락도 없이, 아무런 자극도 없이, 자기 자신과 대면하여 시간을 보낼 짬을 갖는 것은 하나의 사치다. 그건 물론 견디기 어려운 것이기도 하다. 참아낼 수 있다고 장담할 수 없는, 때를 벗겨내는 힘든

185

시련이다. 그러나 결코 허송세월이 아니다. 자신의 마음을 비우는 습관을 갖게 된다. 시간이 없어서, 다른 할 일, 다른 볼 것이 너무나 많아서 우리가 흔히 억압하고 피하던 것도 그냥 자연스럽게 찾아들도록 버려두는 습관을 붙인다. 나는 침묵을 좋아한다. 그것이 하나의 덫이요 현기증이요 도망이기도 하다는 것을 알고 있다 할지라도.

매일 아침, 미사를 올리고 아침식사와 제3시 기도 성무가 끝나고 나면 수련생 담당 선생님이 우리의 교육을 책임진다. 그는 우선 생트 크롸 수도회의 헌장을 해석하는 일부터 시작한다. 그 헌장이라는 것은 수도회를 세운 모로 신부가 19세기에 그 세기 특유의 교부적 정신에 입각하여 쓴 텍스트로 무의식의 구석구석에 이르기까지 성직자 중심의 낡아빠지고 반동적인 교회를 위한 번제적, 고뇌유익주의적인 숨 막힐 듯한 기독교 세계관을 표방하고 있다. 그것은 너무나도 케케묵은 고물이어서 상당히 정상적이고 균형 감각이 있어 보이는 그 선생님이 그걸 심각하게 여길 수 있으리라고는 단 한순간도 상상하기 어렵다. 그러나 선생님은 자기에게 맡겨진 수련자 스승의 직무를 다한다. 그는 생트 크롸 수도회의 헌장을 소개 해석할 뿐 일정한 거리를 유지하거나 비판적인 표현을 사용하는 법이 없다. 고등학교 졸업반 시절의 철학 선생님인 샤를르 블랑셰가 내게 가르쳐준 모든 것, 그 덕에 내가 배운 모든 것은 내게 항거와 반항을 부추긴다. 나는 그 같은 몽매주의에 대하여 나 못지않게 반항적인 두 사람의 캐나다 출신 동료들과 한 덩어리가 되어 항거하는 태도로 나간다. 모로 신부의 어리석은 생각에 대하여 우리는 사르트르, 무니에, 메를로 퐁티를 내세운다. 그러나 또한 그 시기에 전개되고 있는 제2바티칸 공의회의 결의문이 지향하는 새로운 교회상, 자유와 위험부담을 지지하며 세계를 향해 열린 교회, 성직자 지상주의에서 탈피하여 정교회와 개신교와도 만나며 그 유대적 뿌리를 인정하고 수용하는 교회를 지지한다. 이 멋진 싸움, 이 멋진 입씨름은 그 불쌍한 수련생 담당교사의 신경을 적지 않게 자극하지만 우리에게는 여간 신나는 일이 아니다.

그러나 지적인 싸움의 즐거움과는 별도로 '내가 대체 여기서 무엇을 하고 있는 것인가?'라는 보다 근본적이고 당연한 회의를 점점 더 강하게 느낀다. 생트 크롸 수도회의 회원신부가 되고자 하다니 이게 어찌 된 영문인가? 이 소명의식이라는 문제란 대체 뭐란 말인가? 내게 활력을 주어 살아가게 하는 모든 것은 19세기로부터 물려받은 이 병적인 쉴피스 회의담론과는 정면으로 배치되는 것이다. 아이고 맙소사, 나는 대체 퀘벡 시골구석의 이 생트-아카트-데-몽 수련소에 처박혀서 무엇을 하고 있는 것인가? 몇 달이 지나자 내 머릿속에는 오직 내가 이방인으로만 느껴지는 이 집을 떠나서 프랑스로 돌아가야 한다는 일념뿐이다. 그런데도 나는 떠나지 않고 남아 있다. 내 마음속에 일고 있는 이런 의혹을 털어놓자, 프랑스 친구들은 쌀쌀한 표정을 지으면서 처음에 좀 어렵다고 해서 포기해버리려고 프랑스 브르타뉴의 디낭에서 이 먼 곳까지 온 것은 아니지 않느냐고 반문한다. 약속은 약속 아니냐고 말이다. 그러고는 감히 부인할 엄두가 나지 않는 논거를 내세운다. 생트 크롸 수도회는 내가 여기까지 오는 여행비용을 지불했고 나를 맡아서 먹여주고 재워주었으니 이를테면 투자한 것에 대한 대가를 기대할 권리가 있지 않겠느냐는 것이다. 이렇게 말하는 친구들은 말하는 투로 보아 마음속에 조그만 의혹, 손톱만 한 회의도 없는 눈치다. 그들은 신부가 되기로, 생트 크롸의 성직자가 되기로 결심한 것이다. 그들이 신부가 되고 생트 크롸의 성직자가 반드시 될 것이라고 하늘에 명명백백 씌어 있는 것이다. 그런데 내가 결국 떠나지 못하고 있는 것은, 생트-아카트에 발목이 묶여 있는 것은, 아무래도 떨쳐버릴 수 없는 어떤 영상 때문이다. 용감하게 캐나다로 떠났던 그 어린 레몽이 온통 기죽은 꼴이 되어 그만 트랑으로 돌아오고 말았다고 하는 영상 말이다. 머릿속에 떠올리기만 하면 얼굴이 붉어지는 그 영상이 나를 사로잡고 놓지 않는다. 고향집 문을 열고 들어가서 어머니에게 난 그만 포기한다고, 난 이제 그만둔다고 말하는 나 자신의 꼴을 차마 볼 수가 없다. 나는 이 장면을 머릿속에서 이야기로 만들고 영화로 만들어 돌리고 또 돌린다. 나는 플렌 푸제르 가도를 거쳐 집에 도착하여 뒷문으로, 닭들과 토끼들이 뛰놀고 있는 마당으로 나가기 위하여 사용하는 뒷문으로 들어가서 온실을 지나 트렁크를 든 채 부엌으로 간다. 그리고 어머니에게 말한다. 저예요, 돌아왔어요. 잘해보려고 했지만 나한테는 맞지 않아서 그만 포기할까 봐요. 이 장면은 상상하기만 해도 비겁하고 졸렬한 나 자신이 미워진다. 자신만만하게 스스로의 소명을 확신하며 대서양을 건너갔다가 불과 몇 달 뒤 초라한 꼴로 돌아온 자의 그 멍청한 꼴을 어머니 앞에 보이는 것이 두렵다. 아버지가 돌아가신 뒤 혼자 살고 있는 어머니는 이웃 사람들에게, 상점 사람들에게, 자랑스럽게 그리고 거만하게 말할 것이다. 우리 아이는 글쎄 신부가 되겠다고 캐나다까지 갔답니다! 그런데 알고 보니 내가, 어머니의 아들이 꼬리를 내리고 집으로 돌아온 것이다. 꿈이 와르르 무너진 것이다. 내가 이렇게 머릿속으로 돌리고 있는 이 영화는 물론 생트-아카트-데-몽 수련소에 남아 있기 위한 구실에 불과하다. 나는 그리 떳떳하지 못한 처지에 놓여 있다. 그러나 나는 떠나지 않고 남아 있다.

다른 사람들은 떠난다. 가끔 아침에 수련생 담당 선생님의 수업을 듣기 위하여 교실에 자리잡고 앉으면 무리 중 하나가 넥타이를 매고 손에 트렁크를 든 채 나타나서 자기는 떠난다면서 우리에게 행운이 있기를 바란다고 말한다.

며칠 전만 해도 그는 우리에게 아무 말도 하지 않았다. 우리의 공동체 안에 혼란이 일어나지 않도록 떠난다는 사실을 비밀로 해달라고 선생님이 부탁했던 것이다. 이런 식으로 돌연 떠나는 사람들은 대개 우리가 가장 확실하다고 굳게 믿었던 부류의 친구들이다. 적어도 저 친구들은 소명의식이 있을 거야. 저 친구들만은 끝까지 갈 거야 하고 우리가 말하곤 했던 바로 그 장본인들인 것이다. 그런데 그들이 손에 트렁크를 들고 떠난다. 우리에게 아무 말도 하지 않고, 아무런 설명도 없이. 숱한 의혹과 질문들을, 그리고 두려움을 우리에게 안겨주고. 저런 친구들도 떠나는데 우리는 왜 남아 있는 것일까?

그러나 차츰 나는 내가 왜 남아 있는 것인지를 깨닫게 된다. 플렌 푸제르 가도를 통해서 트랑으로 돌아가는 그 영상과는 관계없이 말이다. 나는 지금 부지불식간에 속 깊은 곳에서 나를 근본적으로 변화시켜놓는 어떤 경험을 몸소 살고 있기 때문에 떠나지 않고 남아 있는 것이다. 우선, 성서에 대한 열정에 사로잡혀버렸다. 물론 디낭에서도 성서를 읽었다. 단편적으로, 토막토막. 특히 복음서를 읽었다. 이곳에 오니 시간이 얼마든지 있다. 그래서 나는 성서를 창세기에서 묵시록까지, 황홀한 심정으로, 그 속에 실린 이야기, 텍스트의 아름다움, 계속적으로 분출하는 시, 신비, 난해함, 미지의 세계…… 등에 열광하며 읽고 또 읽는다. 이건 책 중의 책이다. 거기에는 모든 것이 다 외어져 있다. 인간의 비참과 위대함, 기도, 애원, 주문, 찬양, 분노, 광란, 침묵, 몰아沒我…… 그것은 과격하고 반항적이고 감동적이다. 아무 데고 한 페이지를 열고 찬송 중의 찬송인 아가를, 전도서를, 이사야를 읽어보라. 나는 매일같이 성서 속에 깊숙이 잠수했다가 거기에서 되돌아온다. 그토록 세속적이고 그토록 친근한 성서의 구절들이 내 속으로 흐르는 것을 만끽한다. 그리고 내겐 시간이 얼마든지 있으므로 나는 성서를 설명하는 최신 서적들을 읽는다. 성서가 씌어진 정황, 문학적 장르, 역사적 사건들, 이 텍스트에서 저 텍스트로의 변주 등 이른바 성서 해석이라고 부르는 모든 것을 읽는다. 나는 이성과 열정, 지성과 신앙 사이에 살면서 문맥 속에 숨은 메시지를 가려내고 심중의 핵심을 보다 더 잘 터득하기 위하여 상대적으로 생각하는 방법을 배운다. 생트-아카트-데-몽에 머물며 침묵 속에서 성서를 읽고 공부한 그 시간들과 날들은 내 생애 전체를 위한 하나의 행복이다.

그때에 어떤 이상한 일이 하나 일어났다. 전혀 예기치 못한 상태에서 일어난 그 일을 나는 지금도 잘 이해하기 어렵다. 차츰 내 주변의 세계가 지워지고 나는 나를 사로잡아 때려눕히는 어떤 존재를 찾아 내 존재의 중심을 향하여 점점 더 멀리 나를 이끌고 가는 나선의 소용돌이처럼 어떤 내적이고 진한 경험에 완전히 빨려 들어가는 느낌이다. 이것은 당연히 수상하게 들리고 그렇기 때문에 핀셋으로 집어내듯이 정확하게 다루어야 할 말이므로 이 말들을 글로 쓰기가 망설여진다. 그러나 나는 지금도 나의 모든 의혹들을 쓸어내고 나로 하여금 절대를, 영원히 신을 위한 신 안의 삶을, 꿈꾸게 하는 그 불같은 날들을 너무나도 정확하게 기억한다. 편리한 표현이 있으니 내친김에 말해버리자. 신비적인 체험에 대해서 말이다. 어떤 존재, 어떤 인격과의 완전한 합일. 그 밖의 모든 것을 지워버리는 그 존재에 대한 확신에 의하여 자신이 흡수되고 감싸이고 있다고 느낄 때의 그 현기증과 행복감. 이때 나는 모든 것의 중심에 있는 것이다. 나는 그 계시, 그 은총 속으로 바닥을 모른 채 깊숙이 빠져든다. 나는 불타는 듯 뜨거워진다. 전율한다. 안다.

그때 이후 물론 나는 그런 감각, 그런 감정을 경계할 줄 알게 되었다. 그것은 우선 감각이요 감정들인 것이다. 경험은 경험에 불과하다. 그것을 신비적이라고 해봐야 별로 나아질 것이 없다. 누가 결정하는가? 누가 판단하는가? 자기 암시나 개인적인 쇼의 몫은 얼마나 되는 것일까? 신앙은 감각이나 감정의 문제가 아니라 소신의 문제다. 그 모든 것을 나는 알고 있다. 단지 그것은 내가 생트-아카트-데-몽에 있을 때 열여덟 살의 내게 일어난 일이다. 그것은 내 역사, 내 삶의 일부다. 지금도 눈을 감기만 하면 그 모든 것이 고스란히 되살아난다. 나는 그 경험의 모든 것을 그때그때 기록해둔 수첩 하나를 간직하고 있다. 나는 그 내용을 신중하게, 당혹스럽고 약간 난처한 기분으로 다시 읽어본다. 내가 정말 이걸 썼던가? 그게 정말 나인가? 아무도 그걸 읽지 못하도록 얼른 서랍 속에 넣는다. 그렇지만 그건 분명 나다.

어찌 되었건 수련소를 떠나서 트랑으로 되돌아간다는 것은 안 될 말이다. 나는 여기, 생트-아카트-데-몽에서, 호수위 숲가에 있는 이 커다란 집에서 잘 있는 것이다. 나는 멀찍이 가장자리로 물러나 있는 이 삶에 익숙해졌고 세상의 리듬과 단절된 이 비현실적인 삶의 속도에 젖어들었다. 나는 어머니와 형제자매들의 편지를 받는다. 그들은 저기 브르타뉴에서의 삶을, 트랑이나 기숙학교나 대학에서의 생활을 내게 이야기해준다. 나이가 더 든 축은 직장의 일에 대하여 이야기해준다. 수도회에 들어간다는 것은 자기의 가정과 헤어져서 다른 가정으로 들어가는 것이라고 수련생 담당 선생님이 말했다. 나는 그 말을 경청하고 충분히 알아들었다는 표정을 짓는다. 나는 의욕에 충만해 있는 것이다. 그렇지만 마음속 깊은 곳에서 나는 절대로 내 가족과 헤어지지 않을 것임을, 내게는 오직 하나의 가족이 있을 뿐임을, 수백 수천 년이 흘러도 나의 가족, 내 어머니와 아홉 명의 형제자매가 있을 뿐임을 잘 알고 있다. 아멘. 그와 동시에 나는 여기 캐나다에서 나 자신만의 삶을 살고 있는 것이, 내 가족들과 나 사이에 저 바다가 있다는 것이 흐뭇하다. 나는 종족을 초월하여, 종족의 그토록 강한 유대를 초월하여 나를 찾고 있다. 나는 나를 닮은 삶, 나라면 선택했을 삶을 찾아내고 싶다. 나는 편지 속에서 생트-아카트-데-몽의 내가 어떤 상태에 와 있으며 무엇을 하고 있으며 하루하루를 어떻게 보내고 있는지를 그들에게 설명하려고 애를 쓴다. 그런데 나는 너무나 여러 번 편지가 아니라 진짜 설교를 써 보낸 것은 아닌지, 신과 종교적 삶에 대하여 말하다가 결국은 설교를 늘어놓고 마는 착하고 귀여운 수련생이 된 것은 아닌지 걱정스럽다. 그러나 내 형제자매들은 고맙게도 결코 매정하게 받아치는 일이 없다.

그러나 나는 그들에게 로랑티드에서 내가 발견하게 된 모든 것을, 계절의 리듬을 따라 살아가는 삶, 대자연과의 이 합일을 이야기하기도 한다. 눈부신 가을, 단풍나무 숲 도처에 물든 저 붉은색, 저 소리 없는 불꽃놀이는 너무나도 비현실적인 것이다. 10월 중순이면 내리는 첫눈 그리고 찾아오는 겨울, 캐나다의 저 엄청난 겨울, 흰색과 추위와 침묵과 도취와 현기증의 한복판으로 완전히 깊숙이 빠져드는 다섯 달 동안 기온이 때로는 영하 삼십도 이하로 떨어진다. 그러나 정말 추위에 떠는 것은 아니다. 난방, 의복, 스포츠 등 추위에 대비한 생활이 조직되는 것이다. 겨울의 시작, 날씨가 좋은 날이면 사커(우리네 축구의 아메리카 형식)나 농구를 하던 운동장에 밤마다 물을 뿌리기 시작했다. 그러면 차츰차츰 얼음판이 상당히 두껍고 반들반들한 층으로 만들어졌다. 그 둘레에 울타리를 설치하고 양쪽 끝에다가 골대를 만들었다. 하키 경기를 하기 좋은 꿈의 스케이트장이 만들어진 것이다. 난생처음으로 스케이트를 착용한 나는 하키용 막대를 거머쥐고 얼음 위로 내달렸다. 내가 어떻게 했기에 아무 데도 다친 곳이 없는지 알 수가 없다. 하키라는 경기는 얼마나 사내답고 거친 것인지 모른다. 그런데 발에 스케이트를 신고 태어난 것만 같은 저 건장한 캐나다 사람들과 상대할 때면 우리 왜소한 프랑스인은 얼마나 형편없이 깨지고 말았던가.

◇◇

겨울은 아름답다. 겨울은 마법과도 같다. 어느 날 집에서 나오다가 눈 위에 찍힌 곰들의 발자국을 본다. 나는 그 발자국 앞에서 오랫동안 몽상에 잠긴다. 나는 신발을 단단히 갖춰 신고 머리에서 발끝까지 포근한 옷으로 몸을 잘 감싸고 서리에 덮여 요지부동인 숲 속으로 추위와 침묵에 파묻힌 채 오랫동안 걷는 것을 좋아한다. 하늘은 푸르고 공기는 칼칼한데 세상 끝까지 무한대의 하얀빛 속에서 만물이 잠들어 있다. 눈이 모든 문과 창문들을 꽁꽁 쌓아놓았다. 삽으로 길을 트며 나아가야 한다. 어린 시절에 읽었던 모험소설의 세계 속으로 들어온 것만 같다. 트랑의 길 건너편에 있는 부세 부인네 잡화상점에서 빌려다 보곤 했던 책 말이다. 그 당시 우리에게 눈은 일대 사건이었다. 플렌 푸제르 가도에서 얼음지치기를 했다. 학교에 가면 우리는 눈이 덩어리째 덕지덕지 들러붙은 나막신을 신고 머리에는 흰 떡가루를 뒤집어쓴 것 같은 몰골로 도착하는 시골 아이들을 재난에서 구조된 난민인 양 맞았었다. 우리는 장작난로 주위에 둘러앉아 있다가 자리를 내어 그들을 옆에 앉히고 그들의 모험담에 귀를 기울였다. 그런데 여기 생트-아카트-데-몽에서 나는 마치 광대한 겨울 속에서 눈 신을 신고 휘파람을 불며 개떼를 몰아 저기 인디언들의 고장으로 모험의 길을 나섰다가 방향을 잃은 전문 사냥꾼 같은 인상을 준다.

겨울은 아름답지만 정말이지 너무 길다. 스키를 하고(스키장이 집 바로 옆에 있다) 하키 실력을 쌓는 것(넘어지는 횟수가 줄어드는 정도지만)은 신나고 즐겁지만 이 모든 흰색은 결국 심신을 마비시키고 만다. 풀과 꽃과 잎새와 따뜻한 햇빛이 그리워진다. 심장까지 꼭꼭 감싸고 지내는 것을 더는 견딜 수가 없다. 우리는 얼음덩어리 속에서, 그린란드에서 살도록 태어난 것이 아니다. 겨울은 절망을 가져다주는 계절로 변한다. 겨울이 정착하여 영원히 끝나지 않을 것만 같다. 문을 열고 겨울을 내보낼 열쇠를 가진 사람은 없을까?

그런데 어느 날, 기적이 일어난다. 그 기적만으로도 기다려볼 가치가 있다 ― 집 앞에 눈이 조금 녹았고 여린 풀 무더기가 용감하고 씩씩하게 돋아나는 것이 보인다. 그 기나긴 여러 달이 지나고 모습을 드러낸 그 풀 무더기를 보자 나는 거의 눈물이 날 지경이었다. 물론 또다시 눈이 내릴 것이고 풀 무더기는 다시 덮이고 말 것이다. 그러나 걱정할 것은 없다. 신호가 왔으니 우리는 당연히 겨울의 끝을 향해, 봄을 향해 가는 것이다. 머지않아 눈은 정복될 것이다. 다만 그것은 내가 상상했듯이 트랑에서처럼 유연하게, 점진적으로, 조화를 이루며 진행되지는 않을 것이다. 첫 번째 풀 무더기가 모습을 드러낸 지 얼마 지나지 않아서 생트-아카트-데-몽에서는 봄이 폭발하여 산 전체가 그야말로 진짜 지진에 뒤흔들린다. 도처에서 우콰콰 하는 소리와 얼음 깨지는 소리가 진동한다. 물이 얼음 속으로 스며들어 깨진 얼음덩어리들이 서로 충돌하며 요란한 소리를 내는 가운데 물줄기가 눈 더미를 떠밀면서 갑자기 해방되어 뿜어져 나오는 것이다. 물은 폭포처럼 쏟아져 나와 철철 흐른다. 이렇게 되면 대자연이 폭발하여 영웅적으로 충전된 봄이 경련을 일으키며 칼을 뽑아드니 불과 며칠 사이에 로랑티드는 알아볼 수 없는 모습으로 변한다. 그것이 번개 같은 봄이다. 모든 것이 뒤집어지고 무너지니 언제 겨울이 있었던가 기억도 하기 어렵다. 대자연의 흥분이 우리에게까지 전염되어 우리 역시 행복감과 열광으로 반미치광이가 된다. 캐나다 사람들은 이 고양된 국면을 **봄의 열병**이라고 부른다. 정말이지 모든 사람이 다 열에 들뜨고 모든 사람이 다 제정신이 아니다. 그토록 오랜 기다림이다 보니 샴페인 병마개가 폭발하여 튀어나오고 술잔이 넘쳐 우리는 모두 다 취하고 만다.

마침내 여름이 오고 맑은 날과 더위가 시작될 것이다. 그리고 집 밖에서 해야 하는 일들. 정원을 가꾸고 풀을 베고 숲 속의 덤불을 걷어내야 한다. 기도, 공부, 운동, 육체노동이 연속되는 수도승 같은 일 년. 어쩌면 이건 멋진 균형일지도 모른다. 그렇다. 내가 속으로 생각하는 것은 바로 그것이다. 나 자신을 대면하고 지내는 강렬한 일 년, 근원적인 것과 맞붙어 보기 위한 피정. 나는 많은 것을 배웠고 많은 것을 깊이 생각해보았다. 야성의 자연 속에서 얼굴을 바람 속에 내놓고 많은 것을 또한 꿈꾸었다. 그런데 지금은? 보통대로라면 나는 사제 서품을 받으며 종신 허원을 할 때까지 해마다 되풀이하여 임시 허원許願을 하도록 되어 있다. 청빈, 정결, 순종. 내 나이 열여덟 살. 나는 정말 내가 하고 싶은 것이 무엇인지를 알고 있는 것인가? 나는 정말 이렇게 교회에 몸 바칠 준비가 되어 있는 것인가? 연말 면담 때 수사 담당 선생님은 나의 경우는 의혹의 여지가 있다는 것을 감추지 않았다. 너무 독립적이고 너무 반체제적이고 규칙에 반항적이라는 것이다. 일 년 동안 줄곧 나는 생트 크롸 수도회의 설립자인 모로 신부의 얼빠진 가르침을 끊임없이 공격해온 것이 사실이다. 나는 가톨릭 교리를 깊이 살펴보았다. 거기에는 일종의 비정규적인 세계(어디에 있는 것이건 간에 하늘나라)를 둘러싼, 전혀 가당치 않아 보이는 미신들과 믿음들이 너무나 많아서 황당하기 이를 데 없었다. 그세계에서는 면죄부를 팔고 성자들에게 개입을 요청하는가하면 그 몽매주의적인 방만함(그중에서도 으뜸가는 것은 이른바 교황의 무류성無謬性이라는 것으로 이는 일종의 완전범죄 같은것이다)에 이르기까지 바티칸 당국에의 절대적인 충성을 요구하는 대목에 이르면 가히 절정이었다. 그렇지만 나는 그와는 다른 교회, 즉 보다 헐벗고 근원적인 것에 집중된 신앙을 위주로 하는 제2바티칸 공의회의 교회, 승리자 의식과는 관계가 없으며 가난한 사람, 보잘것없는 사람들에게 호소하는 교회에 내기를 걸어보고 싶었다. 자유롭고 **봉사하는 가난**의 교회. 나는 이 내기는 한번 해볼 만하다고 마음속으로 믿어본다. 장차 두고 볼 일이다. 그렇지만 생트-아카트-데-몽에 있는 세블 호반에서 아가씨들의 다리가 내 눈에 너무나도 늘씬해 보이니 어쩌나…… 자, 레몽 병사 용기를 내어라! 굳세게 버티어내라! 1965년 여름, 나는 마침내 세 가지 허원(임시!)을 했다. 청빈, 정결, 순종…….

◇◇

퀘벡의 찬란한 아름다움을 마지막까지 맛보기 위하여 생로랑 강을 따라 마지막 여행을 하고 나니 드디어 프랑스로 돌아갈 때가 왔다. 일 년 동안 줄곧 아침 점심 저녁마다 우리에게 최고의 음식을 먹이려고 애써준 생트-아카트-데-몽의 주방장에 대한 감사의 마음이 울컥 치솟았다. 나는 평생 그렇게 많이 먹어본 적이 없었고 그렇게 많이 먹을 수 있을 줄은 몰랐다. **"여러분들은 그렇게 기도를 많이 했으니 천당에 갈 것이 분명해요. 나야 이런 생활을 하고 있으니 천당에 갈 수 있는 확률이 훨씬 적죠. 그래서 그 보상으로 여러분들에게 제일 좋은 것을 만들어주려고 애쓰는 거예요. 그러다 보면 혹시……"** 하고 어느 날 그가 내게 말했었다. 모로 신부님이라면 성인통공에 대한 이런 범속한 관점에 대하여 어떻게 생각했을지 나로서는 알 길이 없다. 그의 영혼에 평화를.

프랑스로 돌아오다. 트랑으로 돌아오다. 무엇보다 가족들
과의 재회. 행복감, 따뜻함, 서로에게 들려주고 싶은 수많은
이야기들. 그러나 형제자매들과 나 사이에는 거북스러운
그 무엇이 끼어든다. 내 쪽에서도 그렇고 그들 쪽에서도 그
렇다. 그들은 내가 마치 딴사람이라도 된 양 나를 바라본다.
그리고 나도 딴사람인 것처럼 행동한다. 꼭 어떤 문을 통과
한 것 같은, 어떤 경계를 넘어버린 것 같은 인상이다. 나는
일 년 동안 수도회 수련소 생활을 하고 왔다. 나는 허원을
했다. 나는 신부가 되려는 것이다. 나는 이제 더는 그전의
내가 아니다. 눈에 보이지 않는 어떤 울타리가 과거의 나와
현재의 나 사이를 갈라놓고 있다. 나는 너무나도 우리 씨족
과 하나가 되고 싶고 우리의 웃음, 꿈, 토론 등 모든 것을 예

전의 모습 그대로 되찾고 싶다. 그런데 그와 동시에 내 어깨 위에 어떤 손 하나가 내려앉으면서 나를 뒤로 잡아당긴다. 저 바보 같은 수련생 담당 선생님의 손이 다가와서 이제부터 나의 진정한 가족은 혈연으로 맺어진 그것이 아니라 생트 크롸의 수도회라고 설득하는 것이다. 나는 미칠 듯 화가 난다. 나는 그 바보 같은 생각에 맞서서 몸부림을 친다. 그러나 그 생각이 내 속으로 길을 내버린 것이다. 나는 너무 정직하고 너무 속임수를 모른다. 나는 내가 내린 선택에 끝까지 충실해야 한다고 혼자 말한다. 정말이지 가슴이 찢어지는 것만 같다. 나는 앙리 형의 결혼식 때문에 입국하여 가족을 다시 만난 것이다. 그러나 곧 디낭에 있는 공동체로 돌아가지 않으면 안 된다. 전에 내가 기숙학생으로 있던 그곳 말이다. 그러나 그곳도 로마라는 새로운 모험을 향해서 나아가기 전에 잠깐 머무르는 기착지에 불과하다.

수련기간이 끝난 뒤에 이어지는 오 년 동안의 공부가 나를 기다리고 있다. 이 년간의 철학, 삼 년간의 신학공부가 그것이다. 프랑스의 생트 크롸 수도회는 수련과정 이외에 큰 신학교(정상적으로 미래의 사제교육을 담당하는)를 유지할 능력이 없다. 그래서 이번에는 부유한 미국 지부에 도움을 청하게 되었다. 이 지부는 로마에 그레고리오 대학에서 철학과 신학강의를 이수하는 학생들을 위한 전용 기숙사를 가지고 있다. 신앙을 갖지 않은(혹은 종교에 전혀 관심이 없는) 독자 여러분은 아마도 모르는 사실이겠지만 로마에 있는 그레고리오 대학교는 미래의 교회 책임자들, 신학자들, 온갖 전문가들, 주교들을 양성하는 곳으로 그 명성이 자자하다. 바티칸 직속인 이 대학교는 예수회가 관장하고 있어서 거기서 최고의 교수들을 파견한다. 그러니까 내가 바티칸의 지척에 있는 명문대학교에서 철학강의를 듣기 위하여 앞으로 이 년 동안 몸담고 생활할 곳은 로마에 있는 미국 대학 기숙사인 것이다. 그러니까 나에게는 미국 대학생들의 생활방식과 문화를 함께 익히고 교회를 완전히 뒤흔드는 바티칸 제2공의회라는 대폭발의 진앙震央에 자리 잡는다는 이중의 기회가 될 것이다.

1965년 9월. 강한 대조에서 오는 충격. 로마의 주택가에 위치한 콜레지오 디 산타 크로체는 초현대식 미국 기숙사촌으로 이탈리아 영토에 에워싸인 섬과도 같은 양키 지역이다. 로마의 역사적 중심지의 한복판에 위치하여 트레비 분수(최근 영화 〈돌체 비타〉의 기억이 아직도 생생한)에서 길 두 개 상간인 그레고리오 대학교는 고풍스러운 계단식 강의실들, 복도의 구석구석마다 대리석과 기둥과 기둥머리 장식인 유서 깊은 옛 건물이다. 아침마다 우리를 그레고리오 대학으로 데려다주는 버스는 문화적인 동시에 언어적인 거리를 넘나들게 만든다. 콜레지오에서 우리는 특히 영어를 주로 사용한다. 그레고리오 대학에 가면 모든 강의가 라틴어로 이루어진다. 세계 방방곡곡에서 온 교수들(최고로

까다로운)이 진행하는 그 강의를 듣는 학생들 역시 전 세계에서 온 젊은이들이다. 교회의 보편적인 언어는 영어도 이탈리아어도 프랑스어도 아닌 라틴어다. 물론 좀 특이한 라틴어다. 철학뿐만 아니라 오늘의 세계에서 우주론, 심리학 혹은 사회학을 이야기하려면 프랑스어나 이탈리아어에 접목시킨 새로운 어휘들을 만들어낼 수밖에 없으니 결과적으로 그다지 키케로다운 라틴어는 못 되어서 오히려 좀 엉터리 같은 초보 라틴어의 모양이 되어 있었다. 더군다나 교수들은 각기 자기만의 억양으로 말을 하니 이루 형언할 수 없을 만큼 이국적인 언어가 될 수밖에 없었다(여기서 특히 이상한 혼합어로 형이상학을 가르쳤던 매우 호감이 가는 아일랜드 교수가 떠오르는데 우리는 곧 그의 언어에 적응하게 되었다). 우리가 교실에서 사용하는 교과서들 역시 라틴어로 되어 있다. 그래서 우리는 시험도 라틴어로 친다(독자 여러분이 원하신다면 나는 언제라도 라틴어로 소크라테스와 토마스 성인에 대하여 이야기할 수 있다). 강의는 모두 옛날식 직접 강의여서 교수는 높은 교단 위에 서 있고 우리는 모두 그가 불러주는 강의 내용을 미친 듯이 받아 적는다. 물론 라틴어로. 강의가 끝나서 반대 방향으로 떠나는 콜레지오의 버스를 타면(타는 곳은 콜로세움 가까운 곳에 있다) 우리는 미국문화 속으로 빨려 들어간다. 한편 먹는 음식은 이탈리아와 미국의 지혜로운 혼합으로(밀가루 음식과 이탈리아식 백포도주) 내가 몹시 좋아하는 것이다. 나는 미국의 각지에서 온 학생들과 이내 허물없는 사이가 된다. 그들은 벌써 베트남 전쟁의 분위기가 물씬 나는(그들은 언제라도 징집당하여 그곳으로 파견될 위험 속에 놓여 있다) 매우 인상적인 케네디 세대로 대부분 공민권 경향의 자유로운 좌파에 가깝다. 그들은 느긋하고 스포티하며 만사에 호기심이 강하고 기타를 연주하며 우디 거트리를 노래한다…… 그들은 밥 딜런도 즐겨 듣는다. 내가 살롱에 있는 하이파이로 그의 노래를 처음 들은 것은 〈섭트레이니언 홈식 블루스Subterranean Homesick Blues〉였다. 나는 그게 뭐냐고, 어떤 가수냐고 묻는다. 배신자 딜런이라고 한 친구가 대답한다. 아니 그게 뭔데? 포크송을 배신했으니까. 록과 전기기타로 옮겨갔다니까! 그렇다, 모든 것이 그렇게 시작되었다. 나는 그가 너무나 멋있게 보였다. 그 배신자의 록이, 내 미국 친구 때문에 딜런의 백 퍼센트 포크가 듣고 싶었다. 그때 이후 나는 바이러스에 감염되고 말았다. 그건 진짜 병이다. 오늘은 그 병리학에 대하여 더는 길게 이야기하지 않겠지만 기다려 보시라, 맹세코, 여러분은 좀 더 기다려서 손해 볼 것이 없을 것이다. 정말이지 맹세코…….

◇◇

콜레지오의 책임자는 젊은 미국 신학자로 수재형에 고

민이 많은 사람이었다 ― 윗사람들의 눈에 그는 너무 좌파 성향이 짙은 인물로 보였으므로 결국 그 이듬해에 교체되고 말았다. 새로 온 책임자는 아주 틀에서 찍어낸 듯한 모범 순응주의자. 왜냐하면 그 시절 로마는 바람이 어지간히도 드셌으니 말이다. 요한 23세는 공의회를 예고하면서 모든 문을 활짝 열고 위험부담과 대담성을 맞아들이고 오래된 먼지를 털어내고 때를 벗겨내는 대대적인 작업을 벌인다. 저 지독한 반동 피오 12세에 의하여 침묵을 강요당했던 신학자들이 이제는 무대의 전면에 나서서 공의회의 전문가 지위를 얻은 것이다. 지금 막 태동하고 있는 새로운 교회를 꿈꾸었던 이들은 바로 그들인 것이다. 그리하여 그들이 콜레지오로 와서 자리를 잡고 우리와 토론을 벌인다. 프랑스의 콩가르와 뤼바크, 화란의 쉴레벡스, 독일의 한스 큉……어디 그뿐이랴, 브라질의 가난한 사람들의 주교 돔 헬더 카마라도 있다. 오랜 세월 강요된 침묵으로 용기의 대가를 치렀던 그 사상가들, 이제 자유롭게 말할 수 있게 되면서 엄청난 희망을 불러일으키는 그 모든 사상가들을 만난다는 것이 젊은 철학도 신학도인 우리에게 얼마나 큰 특혜인지를 여러분은 상상하기 어려울 것이다. 그들의 말에 귀를 기울이고 그들의 글을 읽으면서 나는 모로 신부의 어리석은 말들에 주석을 달아주던 수련생 담당 선생의 헛소리들에 대한 복수를 하는 기분이었다.

그러나 반체제 운동이(당시는 아직 그런 말도 없었으니까) 그레고리오 대학교의 문 앞에 와서 멈추어야 할 까닭은 전혀 없다. 우선 탁월한 교수들(적어도 몇 명은······)인 것은 사실이다. 지적 수준이 높은 것은 물론. 그러나 이 존경할 만한 기관의 의자들에 켜켜이 쌓인 먼지의 층은 얼마나 두꺼운가! 여기서도 역시 문을 활짝 열고 대변혁의 바람이 몰아치게 하여 낡은 습관들을 털어낼 필요가 있다. 칠레 출신의 콜레지오 학생인 마리오는 선거를 기회로 삼아 학생회 **비타 노스트라**를 장악하기로 결심한다. 학생회라 해보아야 기껏 유인물을 교환하거나 소식지에 그 이름 높은 대학의 탁월한 활동들을 소개하는 것이 고작인 속 빈 조직이다. 나는 몇몇 학우들과 그 음모에 가담한다. 마리오는 선동적인 공약을 내걸고 운동을 개시한다. 이는 이제 막 첫 영성체를 배령한 소년 같은 그의 인상 때문에 더욱 사람들에게 강한 인상을 준다. 선거는 커다란 승리를 거둔다. 우리는 전의 임원진을 모두 쓸어내고 마리오는 거의 혁명에 가까운 선언을 내놓는다. 나는 학생회 신문을 맡아서 고문서 속에서 흥미진진한 검열 스토리를 발굴해낸다. 다음 학년도 개학 때 늙은 총장이 물러나고 제2바티칸 성향이 매우 짙은 새 총장이 온다. 첫 번째 개혁(대 역사의 차원에서는 혁명!). 강의는 라틴어가 아니라 **고유한 언어**로 할 것. 다시 말해서 살아 있는 언어로 해야 한다는 것이다. 여러 언어에 능통한 교수들은 이탈리아어로 강의를 하고 작은 그룹 학습은 영어나 프랑스어로 하도록 권유받는다. 우리의 사회학 교수(이탈리아인)는 마침내 두 문장마다 한 번씩 새 단어를 지어내지 않고도 마르크스와 잉여가치를 설명할 수 있게 된다. 젊은 독일인인 우리의(탁월한) 철학 교수는 토마스 성인이 고안해낸(아리스토텔레스를 재가공하여) 개념들을 이용하지 않고도 마침내 칸트, 후설, 하이데거를 아주 자유롭게 논할 수 있게 된다. 우리 학생들로 말할 것 같으면, 이건 몇백 광년의 세월을 단숨에 건너뛰어 마침내 우리 시대로 귀환한 느낌이다.

그러나 새로운 총장 역시 학생회의 충동에 이끌려 모든 단위에서 대표들을 선출함으로써 대학생활의 민주화를 결정한다. 철학 학부의 선거를 조직하는 일을 맡은 나는 무슨 요술인지 출마를 권유받는다. 그리고 당선된다. 학부의 학우들과 학장 앞에서 선거공약 연설을 하던 때가 기억난다. 앞뒤 가릴 줄 모르는 젊은 얼치기가 그레고리오의 늙은 수염들을 향하여 시뻘건 포탄을 날리는 바주카포 공격 같은 연설. 그 신성한 강당의 궁륭 아래서 그같이 난폭한 발언을 한 번도 들어본 적이 없는 학장은 당혹감이 깊숙이 서린 눈으로 한 마디 말도 하지 못한 채 내 말에 귀를 기울였다. 만약 새로 부임한 총장이 바라는 것이 이런 것이라면 그는 어떻게 할 것인가?

여담이지만, 그 학장은 우주론 교수였다. 거창한 과학이론들과 철학적 문제들이 서로 마주치는 그곳 말이다. 그는 분명 매우 유능한 교수였다. 상대성 이론에 관한 그의 기막힌 강의가 생각난다. 내가 완전히 다 이해했다는 자신은 없지만 나를 완전히 케이오시킨 강의였다. 그런데 물리학이 전공인 바로 그 학장이 축성된 빵이 그 본질 자체에 있어서 분명 그리스도의 몸으로 변한다는 것을 과학적으로 증명할 수 있다고 단언하는 것이었다. 그의 말에 따르면 성체의 원자가 신의 몸의 원자로 변신한다는 것이었다. 나는 그에게 그 자신이 우리 앞에서 축성 전과 후의 성체를 화학적으로 분석해 보여주는 것이 어떻겠느냐고 넌지시 말해보았지만 그는 나의 도전에 응수하지 않았다. 그에게 있어서 그것은 과학적인 동시에 신학적인 진리였다. 즉 가톨릭교회가 교리로 표방하는 그 이론은 엄밀한 의미에서 실체의 변화를 전제로 하는 **화체化體**의 진리이다.

내가 이 이야기를 하는 것은 그것이 가톨릭교회의 마법적인 사상의 전형으로 보이기 때문이다. 그 당시에 이미 나는 그것을 더는 참고 견딜 수가 없는 상태였다. 마치 성찬식이 아브라카다브라 주문의 요술잔치나 되는지 그 성체가 그리스도의 몸이 된다는 것이다. 서로 나누는 식사의 의식 그 자체에서 그리스도의 존재 신호를 보지 않고 말이다. 성체 그 자체가 그리스도의 몸으로 변하기 때문에 그걸 입에 넣어 삼킬 때 신자는 그 세속적 이빨로 그걸 건드려서는 안 된다나. 그런 **현실적 존재**로서의 그 물신숭배를 일부러 만들어낼 필요가 어디 있단 말인가? 수세기 동안 사람들은 그렇게 생각하며 살아왔다. 이빨로 성체를 건드려도 안 되고 씹어서도 안 되고 부스러뜨려서도 안 된다! 반드시 그것을 입안에서 녹여 가지고 단번에 삼켜야 한다. 얼마나 많은 세대의 사람들이 성체를 배령하면서 그 가당치도 않은 재주를 부리려고 애를 쓰다가 목이 막힐 뻔했던가? 얼마나 많은 사람들이 저 견디지 못할 딜레마에 매달려 씨름을 하다가 그 자리에서 죽는 줄 알았던가? 성체가 입천장에 달라붙어도 그리스도의 몸에 손을 대는 것이 아니므로 손가락으로 그것을 뜯어낼 생각을 할 수 없으니 말이다. 실수로 성체가 성합 밖으로 미끄러져서 땅바닥에 떨어질 때의 그 거짓꾸밈이라니 그리스도의 몸이 축성한 그 자리에 세속적인 신발들이 접근할 수 있도록 하기 위하여 강신술과 다름없는 온갖 의식들이 총동원되는 것이다(나는 이것을 내 눈으로 직접 보았으므로 증언할 수 있다!). 그리고 첫 영성체 세 시간 전부터는 단단한 음식물을 삼키는 것을 금지하는 허례는 또한 어떠한가! 그러니 우리의 내장을 통과하는 하느님 아버지의 귀중한 몸이신 성체를 훌륭하게 맞아들이려면 우리의 식도와 위와 장을 완전히 다 비워두어야 한다는 것이었다. 그뿐이 아니다. 우리의 머리 저 위에는 끔찍한 다모클

레스의 칼이 매달려 있다. 죽어 마땅한 원죄를 다스리려고 죽어 마땅한! 영성체 전에 버터 바른 빵을 목구멍으로 넘겼다가 교회 문 밖을 나서는 순간 느닷없이 죽게 된다면 너는 곧장 지옥으로 떨어질 것이다! 내가 어렸을 때 트랑의 우리 집에서는 그럴 때에 대비하여 음식을 먹고도 치명적인 죄를 범하지 않는 양립불가의 두 가지를 타협시키는 비법을 발견해놓고 있었다. 브르타뉴 지방에 있는 생 말로 인근의 이 구석에는 크라클렝이라는 이름의 지역 특산물(이걸 감히 특산 음식이라곤 말할 수 없겠지만)이 하나 있었다. 그건 아무 맛도 없는 일종의 바싹 마른 비스킷 같은 것인데 아침 식사 때 그걸 사발 가득 담은 커피에 푹 담갔다가 먹는다. 그러면 기적처럼 크라클렝은 흐늘흐늘 물같이 변하는 것이어서 입에 넣으면 씹지 않아도 쉽게 삼킬 수가 있다. 이 경험적 발견의 신학적 파장이 어느 정도일지 여러분은 이제 충분히 짐작했을 것이다. 즉 미사 한 시간 전에 가벼운 마음으로 제 몫의 크라클렝을 태연히 입안에 넣으면 어렵지 않게 목구멍으로 미끄러져 들어가는 것이다. 이건 거의 액체에 가까운 것으로 어쨌든 고체는 아닌 게 확실하다. 커피 사발에 담근 크라클렝 혹은 위험부담 없는 성체배령, 바로 이것이 내게는 특허라도 받아두었어야 마땅할 하나의 슬로건이다.

◇◇

그러나 이야기가 딴 길로 새버렸다. 완전히 딴 이야기가 되어버렸다. 다시 로마로, 아메리카와 이탈리아 사이의, 철학공부라는 지적 행복과 커다란 이데올로기적 소란 사이의 그 축복받은 시절로 돌아가보자. 다시 로마로, 특히 로마에서 살아가는 행복으로, 저 1960년대 로마의 삶이 주는 저 감미로움과 흥분으로 돌아가보자. 우선 역사 속으로 빠져들어가 보자. 나는 진종일 고대 로마를 이리저리 더듬어 돌아다니면서 포럼, 콜로세움, 비아 아피아 안티카에서 해묵은 돌들에 몸을 맡긴 채 그 돌들이 내게 들려주는 소리에 귀를 기울였다. 다음으로는 바로크적인 로마. 신비적 충동과 관능이 한데 섞인 저 모든 화려한 교회들에는 양식의 한계를 폭발시켜버리는 온갖 소용돌이꼴 장식과 아라베스크 장식들이 넘쳐났다. 그다음으로는 오늘의 로마. 생생하게 살아서 진동하며 쾌락을 즐기는 로마, 게으른 로마. 저 말들과 몸짓들의 예술, 자신을 무대에 올려놓고 일상생활을 연극화하고, 분노와 열광을 무언극의 몸짓으로 표현하고, 그리고 말하고 걷는 것 같은 단순한 일도 행동하는 예술작품으로 변화시켜놓는 저 특유의 방식. 로마는 밀라노의 경제적 목적에서 멀리 떨어진 시골 도시지만 그곳은 이 세계의 수도요 행복의 수도이다. 나는 흔히 정오가 되면 콜레지오의 테라스에 올라가곤 한다. 그 시간이면 그리도 가까이에 있는 바다로부터 미풍이 불어와 내 가슴은 희열과 열광으로 가득 찬다. 나는 발아래 펼쳐진 도시를 바라본다. 나는 로마에 있는 것이다. 내가 무엇을 했기에 이런 행복을 누리는지 알 수가 없다.

오후에 나는 낮잠을 한숨 자고 나서(로마에서 계속 살아가려면 이것은 필수적인 의식이니……) 성경을 꺼내들고 자전거를 탄다. 들판이 나타날 때까지 교외 깊숙이 빠져들어 간다. 들과 숲은 아주 가까이 있다. 그 어느 한 곳에 자리를 잡고 몇 시간 동안 좋은 날씨와 풍경을 만끽하면서 시편, 예언서, 아가 같은 성서의 가장 아름다운 페이지들을 다시 읽었다. 나는 **주님께 감사**라는 이 단순한 말을 읽고 되풀이하는 것이 좋다.

로마에서 내가 좋아하는 장소는 이제 막 일반에 개방된 큰 공원 빌라 팜필리다. 그 공원은 콜레지오에서 아주 가까운 곳에 있어서 나는 오후가 끝나갈 무렵이면 걸어서 그곳으로 간다. 나는 풀밭에 앉아서 저녁의 부드러움이 나를 가득 채우는 것을 느끼면서 부부들, 어린아이들, 가족들을 바라본다. 삶의 걸음이 슬로 모션으로 느릿느릿 움직인다. 몸과 정신을 마비시키는 기이한 고즈넉함과 안식. 내가 나 자신과, 나의 어린 시절과, 나의 가족들과 만나는 시간이다. 나는 아버지를, 아버지의 죽음을, 아버지 어머니 사이의 싸움을, 아버지의 침묵을 아이들인 우리 모두의 침묵을 생각한다. 안식이 두려움과 섞이고 부드러움이 불안이 되는 시간이다. 커다란 나무들의 그림자가 풀 위의 햇빛을 지우고 빛이 부드럽게 내려온다. 나는 이 세상과 완전한 조화가 됨을 느끼면서도 동시에 선뜻한 느낌에 몸이 <u>으스스</u> 떨린다. 나는 행복하면서도 두렵다. 어머니, 나의 형제자매들, 그대들은 어디에서 무엇을 하고 있는가? 아버지, 아버지는 어디 계신가요? 빌라 팜필리의 기이한 부드러움이 내 가슴을 조인다. 이제 곧 밤이 될 것이다. 산보객들이 그림자로 변한다. 풀에서 강한 냄새가 올라온다. 나는 마치 부재를 거슬러 공기 속을 미<u>끄</u>러지는 유령처럼 콜레지오로 돌아온다. 미국 친구들을 다시 만나는 시간이다. 오늘 저녁 마이크는 기타를 꺼내서 노래를 부를 것이다. 〈위 쉘 오버컴〉. 그렇다, 우리는 어려움을 이겨낼 것이다.

나는 철학이라는 감미로움 속에 몸과 영혼이 푹 빠져 있는 학구적 생활을 하고 있다. 나는 뽑힌 자의 삶, 대표자의 삶을 살고 있다. 대학 당국에 요청하기 위하여 여러 나라(영국, 독일, 스페인, 브라질, 프랑스, 미국……)에서 온 학생들을 정기적으로 만나서 그들의 요구사항을 듣는 것이다. 이런 기회에 나는 주교들이 보낸 학생들로 구성된 프랑스의 신학교가 제2바티칸 공의회에 적대적인 교조주의자들의 진정한 소굴임을 발견한다. 나는 토론하고 협상하고 투쟁하는 것이 좋다. 개혁의 열기로 뜨거워진 이 진정한 교회혁신 운동 속에서 전반적인 소요에 가담하는 것이 나는 좋다.

우리가 혁명을 하고 있는 것은 아니지만 1968년 5월보다 일 년 전인 지금 이곳의 분위기는 어지간히도 동요하고 있다. 나는 이탈리아 좌파 및 극좌파와 더불어 베트남전에 반대하는 시위에 참가한다. 내 미국 친구들 중 몇몇은 불안한 기분으로 입대명령을 기다리고 있다. 그들은 내게 미국에서 모든 기독교 좌파와 마찬가지로 미국의 베트남전 참전에 반대하는 운동을 하면서 병역기피자들을 지지하는 신부들에 대한 이야기를 들려준다. 학생 시네 클럽 덕분에 나는 베르그만, 펠리니, 안토니오니, 고다르의 영화들을 실컷 본다. 이렇게 하여 나는 프랑스에서는 상영이 금지된 질로 폰테코르보의 영화 〈알제리 전투〉를 발견한다. 알제리 전쟁에 대한 최초의 영화다. 그 영화에 너무나도 큰 충격을 받은 나머지 나는 거기서 느끼는 모순된 감정을 정리해보기 위하여 긴 글을 쓴다. 차츰 내 마음속에서 한 가지 결심이 무르익어 간다. 나는 유니폼을 입는 군복무는 하지 않겠다, 해외 파견 공익요원인 **코오페랑**이 되겠다는 결심이 그것이다. 알제리에 가서 말이다. 청소년 시절 알제리 전쟁 이야기를 들었을 때의 추억들. 그리고 미국 친구들과 나눈 베트남전에 대한 토론이 한데 섞인다. 그리고 영화 〈알제리 전투〉에서 받은 감동도 한데 섞인다. 로마에서 공부하고 있는 학생으로서는 해외 파견 공익요원이 되어 알제리에 배속받는데 도움을 줄 수 있는 교섭상대를 찾기가 쉽지 않다. 그렇지만 나는 다방면으로 수소문하여 길을 찾는다. 나는 알제리로 가고 싶다. 나는 속죄하고 싶은 것이다. 좌파 천주교도로서.

◇ ◇

1967년 봄, 드골 장군이 로마조약 십 주년을 기념하기 위하여 로마를 국빈 방문한다. 그 기회에 로마에 체류하는 프랑스 가톨릭 공동체의 일원인 우리는 바티칸 주재 프랑스 대사관에 초대되어 그를 만나게 된다. 드골은 수상인 조르주 퐁피두, 외상인 모리스 쿠브 드 뮈르빌을 대동하고 왔다. 이 위대한 인물을 만나기 전에 나는 퐁피두와는 브르타뉴에 대하여(그는 이 지역과 연고가 있다), 쿠브 드 뮈르빌과는 신학에 대하여 이야기를 나눈다. 마침내 그 위대한 인물이 도착하여 참석자들 속을 한 바퀴 돌면서 우리 한 사람 한 사람과 악수를 한다. 나는 그날 우리가 주고받은 역사적 대화를 한 마디도 고치지 않고 그대로 여기에 옮겨보겠다.

그 : "그럼 당신은 여기 로마에서 무얼 하시죠?"

나 : "철학공부를 합니다. 대통령 각하."

그 : "운이 좋으시군요!"

나는 그가 내 옆 사람에게는 뭐라고 하는지 귀를 기울여
본다. 한 마디도 다르지 않은 똑같은 말이다. 나는 전에 이
미 그와 악수하는 영광을 가져본 적이 있다는 말은 감히 꺼
내지 못한다. 아주 오래전 일이다. 1958년 우리 마을 트랑
에서였다. 그때 막 대통령에 당선된 드골이 브르타뉴 지방
을 순방하게 된 것이다. 트랑의 좌파 시 당국은 어떻게 대
처해야 할 것인지 몰라 망설이고 있었다. 쿠데타에 의하여
권좌에 올라 공화국을 매장한 반동노선의 수장인 그를 무
시해야 옳을 것인가? 아니면 반대로 제도의 규범에 따라 예
절바른 시민으로서 그를 정중하게 영접할 것인가? 시청 간
부들이 의견수렴을 하고 있는 동안, 대로의 이곳저곳에서
애국 시민들이 내건 첫 현수막들이 나타나기 시작했다. **드
골 만세!** 그러자 시 당국은 대중의 열광적 환영에 반대하고
나설 수는 없다는 것을 깨달았다. 예정된 날 예정된 시간
이 되자 시민들이 어깨걸이 휘장을 찬 시장을 중심으로 교
회 앞 광장에 모였다. 우리 어머니는 자녀를 많이 둔 장한
어머니 메달을 달고 자랑스럽게 맨 앞줄에 나가 서 있었다.
나는 어머니 바로 옆에 서 있었다. 갑자기 박수 소리가 들
렸다. 앙트렝 가도 쪽에서 대통령의 행렬이 위대한 인물의
검은색 DS자동차 앞으로 구름떼 같은 오토바이들의 선도
를 받으며 도착하고 있었다. 결코 무시할 수 없는 한 가지
의문이 남았다. 위대한 인물은 과연 인구 팔백 명에 불과한

우리 트랑에 멈출 것인가? 사실 그 답을 아는 이는 아무도 없었다. 그는 멈춰 섰다. 머리 위로 그 긴 팔을 높이 쳐들고. 그리고 좌파 시장의 연설을 경청한 다음 이번에는 자신이 온통 **프랑스**니 **공화국**이니 하는 거창한 말들이 가득한 연설을 했다. 역사의 바람이 트랑에 불고 있었다. 그런데 바로 그 순간, 신사 숙녀 여러분, 그 위인이 내 손을 잡고 악수를 한 것이다. 그렇다, 분명 그렇게 했다. 그때 내 나이 열한 살이었다. 생 말로 쪽을 향하여, 해가 지는 쪽을 향하여 대통령의 행렬이 떠나는 모습을 바라보는 나는 눈이 부셨다. 정말이지 엄청난 날이었다.

1967년 그날, 바티칸 주재 프랑스 대사관에서 나는 그 위대한 인물에 대하여 더는 같은 시선을 던질 수 없었다. 나는 좌파로 선회했다. 나는 맹렬한 반 드골 파가 되어 있었다. 내 눈에 그는 늙었다. 아주 많이 늙었다. 그는 반쯤 귀가 먹은 느낌이다. 그는 엄숙하고 과장이 심하고 따분하다. 그는 자동차 뒤쪽에 놓인 장난감 사냥개처럼 머리를 끄덕거린다. 그는 공허하고 판에 박힌 연설을 한다. 지금도 똑똑히 기억나는 그 연설은 이런 결론으로 마무리된다.

"교회는 영원합니다, 프랑스는 멸망하지 않을 것입니다!"
나는 그 역도 가능합니다 하고 토를 달고 싶다. 그는 고개를 끄덕거리며 사라진다. 맙소사, 어지간히도 늙었구나. 그리고 우리와는 너무나도 멀다. 이리하여 바로 일 년 뒤인

1968년 5월에는······.

◇◇

드디어 로마의 생활도 끝났다(그런데 나는 이탈리아 친구들, 미국 친구들과의 축구시합에 대해서는 한마디도 언급하지 못했다는 것을 깨닫는다. 피렌체, 라벤나, 수비아코 여행에 대해서도 마찬가지다. 펠리니의 고장인 프레젠의 바다 이야기도······. 할 수 없지. 할 수 없지). 모든 정리가 다 끝났다. 나는 이제 알제리로 떠난다. 출발 직전 여름, 프랑스로 가서 트랑의 가족들을 다시 만난다. 형들 중 몇은 결혼을 했고 또 몇은 결혼을 할 예정이다. 아녜스는 벌써 병의 징후가 보인다. 영혼의 병, 정신의 병. 너무 흥분해 있고 너무 기가 죽어 있다. 나는 그들 모두를 사랑한다. 외국에서 삼 년을 보낸 뒤 알제리로 떠나기 전에 내가 그들에게 하고 싶은 말은 바로 그것이다. 그러나 물론 나는 그 말을 입밖에 내지 않는다.

그리고 또 나는 나의 또 다른 가족들과 재회한다. 생트 크롸의 작은 프랑스 공동체 말이다. 나는 푸른 멍이 들도록 단단히 한 대 얻어맞은 기분이다. 내가 다시 만난 그들은 편협하고 낡고 시대에 뒤떨어진 인상이다. 공의회의 폭풍이 내 머리를 단단히 변화시켜놓은 것이다. 내 미국 친구들도 마찬가지다. 그리고 또 정치, 참여의 욕구, 행동하고 싶은 열정…… 나는 캐나다에서의 수련생 시절 초기에 그랬던 것처럼 거칠게 질문을 던진다. 내가 대체 여기서 무엇을 하고 있는 것인가? 내가 살고 싶은 삶이 진정 이것인가? 나는 이제 수련생 시절처럼, 한심하게 플렌 푸제르 가도를 통해서 트랑의 집으로 돌아가서 어머니에게 저의 생각이 틀렸어요 하고 고백하게 될까봐 겁을 내고 있는 것은 아니었다. 간단히 말해서 나는 그 질문을 옆으로 비켜놓기로 한다. 나는 알제리로 떠난다. 그것이 내게 단 하나 중요한 일이다. 그 외에 나머지 일들은 두고 보면 된다. 시간이 있으니까.

그러나 한 마디 덧붙여둘 것이 있다. 로마에서 나는 우리 삼촌의 그림자와 마주쳤다. 아버지의 동생 말이다. 삼촌 자신도 그레고리오 대학교에서 공부를 하고 신부가 되었다. 나는 그 삼촌을 좋아했었다. 그는 재미있고 똑똑한 사람이었고 보기 드물게 머리가 좋았다. 그는 뛰어난 이야기꾼이었다. 우리 집안의 고향인 메이약 교구 신문에 갈로어로, 우리 지방 방언으로 콩트를 써서 발표했다. 풀, 나무, 꽃, 버섯 등 모르는 것이 없었다. 나는 그의 말에 귀를 기울이고 그와 이야기를 나누는 것을 좋아했다. 비록 문화적·정치적인 면에서 우리는 서로 너무나 다르긴 했지만. 삼촌은 정치적으로는 반동이었고 교회와 관련된 일에 있어서는 전통주의자였다. 우리 아버지가 그랬듯이…… 그는 무슨 운동이라면 질색이었고 움직이고 변화하는 것은 모두 다 싫어했던 것 같다. 일상생활에 있어서 그는 서두르는 법이 없이 한가하게 돌아다니며 빈둥거렸다. 그는 언제 어느 경우에나 한 번도 시간에 맞추어 오는 법이 없었다. 시간 가는 줄 모르고 앉아서 한잔 마시며 이야기를 나누었고 전에는 못 들어본 이야기를 들려주었다. 그는 시간에 늦는 것을 진짜 삶의 예술로 삼았다. 세상의 신화, 사상과 사회의 발전에 비하여 뒤떨어지는 것을 고의적으로 선택한 것 같았다. 결정적으로 그랬다. 그는 아주 마음먹고 늙은 불평분자로서의 인물 역을 하기로 마음먹은 것 같았다. 그렇지만 언제나 유머를 잃지 않았다. 뒷전에 물러나 앉아서. 삐딱하게. 생트 크롸 수도회의 회원이었지만 그는 멀찍이 거리를 두었다. 점점 더 멀리 거리를 두었다. 그와 내가 로마에서, 그곳 대학교에서 생활했던 것은 서로 아무런 관계가 없다. 그가 믿는 것은 언제나 변함없고 그 본래의 교리문답과 도그마와 화려한 의식과 사업에 충실한 교회였다. 그런데 내가 믿는 것은 공의회의 교회. 장차 새로이 창조해야 할 교회, 세계와 타종교들에 개방된 교회, 대혼란 상태의 교회였다. 그는 나를 조롱했다. 악의 없이. 나는 그의 말에 귀를 기울였다. 나는 그가 좋았다. 우리 아버지의 동생이었으니까.

그야말로 나는 우리 삼촌의 발자국이 찍힌 로마에 온 것이었다. 그런데 알제리에는 아버지의 그늘이 서려 있었다. 모로코로 군복무를 하기 위하여 떠났던 스물한 살의 그 청년. 오늘 내가 발견하여 읽는 그 모든 편지들. 크라프트 종이봉투에 담긴 그 편지들. 그의 부모와 여동생 로잘리에게 쓴 편지들. 그리고 동생 장에게 보낸 것들. 그는 동생이 한 번도 답장을 보내지 않는다고, 혹은 엄청나게 많은 시간이 지난 뒤에야 답장을 보낸다고 야단이다.

1967년 일단의 프랑스 해외협력 파견요원들은 알제로 가는 비행기에 탑승한다. 우리는 이야기를 나누며 자기소개를 한다. 그 과정에서 나는 내가 알제리를 자원한 유일한 인물임을 알게 되었다. 다른 사람들은 캐나다, 생 피에르 미클롱, 혹은 남아메리카 같은 지역들을 지원했었다. 그 어디든 다 지원했지만 유독 알제리만은 모두가 한결같이 피했다. 그런데 유독 나만 기어코 알제리로 가겠다고 우긴 까닭이 무엇인지 그들은 알고 싶어 했다. 나는 이런저런 평범한 이유들을 둘러댔다. 거짓말을 지어내서 대답을 대신했다. 진짜 이유는 차마 말할 수 없었다. 속죄와 보상에 대한 나의 일장 연설 말이다. 식민지 지배, 전쟁, 모욕적인 행위, 고문, 살인 등 우리가 알제리 사람들에게 저지른 모든 못된

짓들을 보상하고 싶은 마음. 젊은 청년인 내가 몸을 던져 그 대가를 지불하고 구체적으로 돕고 싶은 것이다. 그럴듯한 말로 때우고 말 것이 아니라. 스무 살 때는 이렇게 만사에 극도로 진지한 법이다. 긴 연설을 늘어놓을 수도 있겠지만 나는 아무 말도 하지 않는다. 비행기 안에서 설교를 할 수야 없지 않은가.

알제. 그 나라의 아름다움이 내 면전에서 폭발하는 느낌이다. 하얀 도시 알제, 항구, 그토록 푸른 하늘, 그토록 푸른 바다, 꽃향기, 해지는 저녁. 나는 시 꼭대기에 있는 엘 비아르에 숙소를 정한다. 아침마다 백색의 미궁 속에서 저 멀리 바다를 바라볼 때면 행복감에 목이 막힌다. 지난날, 오에이에스•가 기승을 부리던 시절, 엘 비아르의 저 집들 중 어디선가는 사람들을 고문했고 죽였다는 사실 또한 나는 잘 알고 있다. 바로 이곳에서. 불과 오 년 전에.

내 나이 스무 살, 나는 한 번도 남을 가르쳐본 경험이 없다. 그런데도 내가 이제 이 년 동안 하려는 것이 바로 그것이다. 아이들을 가르치는 교사. 그해 8월 한 달 동안 나는 그 직업의 기초를 배운다. 물론 다소의 불안감을 떨치지 못한다. 내게 정말로 교사의 소질이 있는 것일까, 혹시 웃음거리가 되는 것은 아닐까 하고 자문해본다. 그러나 나는 여

• OAS, 1961-1963년에 알제리의 독립을 반대한 비밀단체

기 8월의 엘 비아르의 찬란한 빛 속에서 이제 머지않아 뭔가 유익한 일을 하게 된다는 저 황홀한 기대에 젖어 있을 때만큼 행복하고 자유롭게 느껴본 적은 한 번도 없었던 것 같다. 알제를 벗어나 첫 번째 탈출을 감행한 것은 티파사에 가기 위해서였다. 알베르 카뮈와 그의 아름다운 산문 〈티파사에서의 결혼〉* 때문이었다. 바다 쪽으로 완만하게 경사진 로마시대의 폐허 한가운데 이르렀을 때의 도취감. 저 돌들의 황토빛과 바다의 푸른빛의 결혼. 전율을 이기지 못하여 숨이 컥 하고 막히는 느낌이다. 나는 돌들을 손으로 만져본다. 남방의 풀들에서 올라오는 그 냄새들을 가슴 깊숙이 들이마시며 눈을 감으니 낙원 같다. 이윽고 바닷가에 앉아 〈티파사에서의 결혼〉을 펼치고 지중해 사람 카뮈, 알제리 사람 카뮈의 그토록 아름답고 그토록 관능적인 문장들을 읽는다. 당시 이십 대의 청년이 썼던 그 글을. 거대한 평화가 나를 가득 채운다. 카뮈가 쓴 문장들의 음악이 요람처럼 나를 흔들어주는 가운데 돌들과 바다의 빛 속에서 세계와 나 사이에 느껴지는 내밀하고 강렬한 합일의 확신. 이곳이 내 집이다.

　마침내 내가 발령받은 임지가 어딘지 밝혀졌다. 티지-우주 위쪽, 주르주라 지방 그랑드 카빌리아의 작은 마을 제

---

* 알베르 카뮈의 시적 산문집 《결혼, 여름》에 실린 첫 번째 산문

마-사하리즈. 8월 말, 나는 미티자 지역의 경작지들과 첫 식민들의 오래된 농가들, 늘어선 유칼리나무들을 지나 장차 수십 번을 오고 갈 그 길로 들어선다. 그리고 드디어 카빌리아. 평원 속의 티지-우주. 군청 소재지인 아자즈가 쪽으로 주르주라를 향해 가는 오르막길. 제마-사하리즈는 메클라 언덕 저 너머 아슬아슬한 절벽들을 따라 수없이 굽이도는 작은 길 끝에 있다. 거기를 지나면 사막의 오솔길을 따라 주르주라 왕곡으로 빠져든다.

내가(도무지 자신이 서지 않는) 교직을 맡게 될 학교는 육십 년 전부터 이곳에 정착한 백인 신부들이 경영하는 교육기관이다. 그들이 맡고 있는 제일 중요한 일은 성인들이 학업수료증을 취득할 수 있도록 준비시키는 것이다. 이 산악지역에는 전쟁으로 학교에 다니지 못한 청소년들이 많이 있다. 그들이 현재 열다섯 살에서 스무 살 사이의 연령에 이르렀으니 기초교육을 다시 시작하지 않으면 안 된다. 그리하여 원하는 사람들은 바로 옆에 있는 아틀리에에서 열쇠제작이나 기계공작의 자격증을 딸 수 있도록 훈련시켜야 하는 것이다. 교사들은 모두 셋이다. 현지에서 거주하는 아틀리에 담당. 그리고 해외협력 파견요원인 우리 두 사람. 파리 교통공사의 설계사 출신의 내 동료는 과학 과목을 맡고 나는 역사 지리 및 프랑스 말을 맡는다. 마을 꼭대기에 있는 학교는 한가운데 장작을 때는 난로가 떡하니 버티고 있어서 트랑에 있는 내 어린 시절의 학교를 연상시킨다. 그러나 트랑은 여기에 비하면 사치 바로 그것이었다. 여기 학교는 시멘트 벽에 양철지붕을 씌운 건물이다. 양철지붕은 온통 구멍투성이다. 비만 왔다 하면(나는 그랑드 카빌리아에 비가 많이 내린다는 사실을 곧 알아차렸다) 교실 안에도 비가 온다. 아침부터 책상을 지붕에 구멍이 나지 않은 곳 아래로 옮겨놓아야 한다. 이건 몸을 덥게 하는 데 좋은 운동이다. 이 지역은 춥기까지 하니 말이다. 그랑드 카빌리아의 겨울은 캐나다의 그것보다 더 고약하다. 나는 제마-사하리즈에 있는 내 교실 안, 그 장작난로 곁에서보다 더 추위를 타본 적이 없다. 손과 발이 동상에 걸린다. 동상은 내 어린 시절을 상기시킨다. 그러나 이런 종류의 추억은 없는 편이 더 낫다.

우리 학생들은 무슨 재주로 추위를 안 타는지 알 수가 없다. 그들 중 다수는 산악지역에 살고 있는데 두건 달린 겉옷으로 몸을 감싼 채 맨발로 걸어 다닌다. 비가 오나 찬바람이 부나 그들은 매일 아침 나보다 훨씬 먼저 학교 마당에 와 있는 것이다. 그들의 배우고자 하는 욕구와 열정이 어찌나 대단한지 내가 그들의 기대에 미치지 못할까봐 두렵다. 그들은 나를 **쉬이크**라고 부른다. 선생님이라는 뜻이다. 나는 그들보다 그다지 나이가 많은 것도 아니다. 양철지붕을 덮은 교실에서 나를 쳐다보는 그들이 얼굴에는 더할 수 없는 믿음과 선의가 가득 차 있다. 처음에 나는 그들의 성과 이름을 제대로 발음하지 못하고 자꾸만 틀리거나 혼동을 일으켜서 웃음을 자아낸다. 그들은 내게 카빌리아 말을 가르쳐주고자 하지만 너무 어렵다. 글자 없이 말로만 사용하는 구어다. 나는 그저 몇 마디 말과 표현들만을 외워둔다. 그들의 나라를 식민지로 삼아 통치했고 그들에게 전쟁을 일으켰던 나라에서 온 내가, 몇 달 전만 해도 그 나라에 대해서 아무것도 몰랐던 프랑스인인 내가 그들에게 그들 자신의 나라 역사를 가르친다. 전쟁이 끝난 지 이제 겨우 오년. 그 지역에는 도처에 독립운동 하는 사람들의 은신처가 있었다. 내가 가르치는 학생들 중 몇몇은 그 은신처들 사이를 오가는 연락책을 맡았었다. 그런데 이제 그런 모든 것이 잊혀졌고 씻겨나갔다. 그들은 프랑스를 좋아한다고 내게 말한다. 그들은 자기들을 가르치는 선생님이 프랑스 사람이어서 좋단다. 나는 장차 카빌리아의 도처에서 똑같은 환대를 받고 똑같이 우정 어린 말을 듣게 될 것이다. 그런데 나는 처음에 잔뜩 경계하면서 적의와 반감을 살 각오를 한다. 그들은 내게 이 산중으로 오신 것을 환영합니다, 산악지역인 우리 고장에 오신 것을 환영합니다, 하고 말한다. 나는 그들에게 문법, 철자법을 가르치고 받아쓰기를 시키고 작문을 지도한다. 그들이 얼마나 열성적이고 성실한지 눈물이 날 지경이었다. 두건 달린 겉옷에 몸을 감싸고 산길을 걸어서 온 우리 학생들은 장작난로 주위에 촘촘히 붙어 서 있고 양철지붕에는 비 오는 소리. 나는 그들을 사랑한다. 나는 그들을 찬양한다.

받아쓰기, 작문, 문법과 철자 연습 이외에 프랑스말 과목에는 낭송이 있다. 모범적인 초보 교사로서 나는 교과목에 충실하여 그들에게 첫 낭송법을 가르치기로 한다. 라 퐁텐의 우화가 좋겠다. 그런데 나는 곧 그들의 기억력이 비상하다는 사실을 알아차린다. 그들은 내게 무엇이든 조금도 막히지 않고 다 암송해 보일 능력이 있다. 그러나 자기들이 이제 막 암송한 것이 정확하게 무슨 뜻인지, 어떤 내용인지를 물어보면 입을 꽉 다물고 대답을 못한다. 내가 보기에 그들에게 암송은 무엇보다도 기억력 훈련인 것 같다. 그들은 암송을 몹시 좋아한다. 그들은 이 분야에 있어서 세계 챔피언급이다. 그래서 내가 그들에게 물어본다. 자기가 낭송하는 것이 무슨 뜻인지 알지도 못한다면 기계처럼 되풀이만 한들 무슨 소용이 있단 말인가? 기억력의 세계 챔피언이 되는 것 이외에 그게 무슨 재미란 말인가? 여러분들이 낭송한 것은 시예요. 그러나 무턱대고 외우거나 암송하는 것을 그만두고 시에 관심을 가지기로 해요. 그러자 그들에게도 나에게도 새로운 문이 하나 열린다. 왜냐하면 시란 바로 그들의 세계, 그들의 모국어, 그들의 세계와의 관계이기 때문이다. 나는 곧 그들에게 스스로 시를 써볼 것을 권

한다. 그들은 각자 은밀한 마음속에서 천천히, 말없이, 카빌리아의 향수와 우수의 시를 쓴다. 흘러가는 시간, 잃어버린 시간. 다른 것, 다른 세계에 대한 막연한 욕망, 뿌리내림과 추방 사이에서의 저 망설임. 일자리를 얻기 위하여 아버지, 삼촌, 형제들이 프랑스로 떠나는 것을 보았던 그들. 나는 그 시들을 버리지 않고 간직했다. 여백에 정성스레 쓴 각자의 이름과 함께 나는 가끔 그 시들을 읽어본다. 불행과 희망, 고독과 우정을 말하고 있는 그토록 단순하고 그토록 수줍은 말들. 그 시에서는 카빌리아의 목소리가 들린다. 정령들과 바람과 비와 거대한 비밀들과 엄청난 희망들이 배어 있는 저 산악지방의 목소리가. 나는 그 시들을 소중하게 간직한다. 그 시들은 제마-사하리즈의 진실이요 내게 너무나도 많은 것을 가르쳐주고 깨우쳐준 얼굴들이며 풍경들이다. 바람이 몰아치는 학교 마당에서 시를, 말과 이미지의 열광을 말하면서 설명하고 뜻을 나누기 위하여 크게 몸짓을 하던 우리 학생들의 모습이 눈에 선하다. 그리고 무식한 나에게 시 모한드 모한드Si-Mohand Mohand의 시들을 낭송하여 들려주던 그들 카빌리아의 그 위대한 시인은 마을에서 마을로 돌아다니며 그의 말들을 씨앗처럼 뿌렸다. 대중들의 기억을 통해 전해지는 그 말들, 한 번도 글로 씌어진 적은 없지만 모든 사람들이 다 알고 있는 카빌리아 산악지방의 그 엄청난 시편들. 그제야 나는 왜 우리 학생들이 그토록 비상한 기억력을 가지게 되었는지를 깨닫는다. 그들은 다른 사람들이 그들에게 전해준 것, 시 모한드 모한드의 그 말들을 서로서로 전하는 그들 민족 특유의 문화를 간직하고 있는 것이다.

◇◇

나 역시 나대로 한구석에서 글을 쓴다. 수천수만의 청소년들처럼 나는 여러 해 전부터 낭만적이고 감상적인 여러 페이지들을 새카맣게 메우기 시작했던 것이다. 도취와 심정의 토로. 참을 수 없이 흘러나오는 말들의 도취. 그러나 이곳 카빌리아에서 세상은 좀 더욱 단호하고 더욱 강렬하다. 이곳 산악에서 인간들은 세상의 혹독함에 부대낀다. 자신의 궁극에까지, 말의 궁극에까지 가지 않으면 안 된다. 여기에서는 제마-사하리즈가 그 산정에 매달리듯 근원적인 것에 매달리지 않으면 안 된다. 존재하는 것은 오직 바람, 비, 추위, 겨울 산의 엄청난 침묵, 그리고 두건 달린 겉옷으로 몸을 감싸고 배우기 위하여 걸어서 오는 학생들뿐이다. 주르주라의 오솔길에는 지프와 트럭의 잔해, 땅에 새겨진 목숨을 건 싸움의 상처 같은 전쟁의 흔적들이 흩어져 있다. 보잘것없는 것으로 연명하면서 자신들의 언어와 문화를 위하여 가난하게 맨손으로, 그러나 자랑스럽게 부자처럼 싸우기를 그치지 않았던 저 산악의 주민들. 저녁에 내 방에서 학생들의 숙제를 고치고 수업준비를 마치고 나면 나는 글을 써보려고 노력한다. 밤이 되어 어두워지고 난방용 가스가 쉭쉭 휘파람 소리를 낸다. 유령들이 나타나는 시간. 트랑에서의 어린 시절, 내 형제자매들, 우리 부모님의 싸움, 아버지의 죽음 등 마치 내가 벌써 너무 늙어버리기라도 했다는 듯 너무나 많은 추억들이 되살아나는 시간이다. 내 나이 스무 살. 나는 카빌리아에 와 있다. 나는 이 모든 추억들, 여기 카빌리아에서 나를 찾아드는 이 모든 것들을 무엇에 쓸지 알 수가 없다. 그래서 글을 쓴다.

그리고 또 나는 내가 그렇게도 오고 싶어 했던 이 나라 알제리를 알아가기 시작한다. 주말이면 나는 알제로 가거나 아니면 어스름한 풍경 저 너머 주르주라 산맥 속으로 멀리 타고 오르는 험하고 메마른 소로들을 따라 카빌리아의 곳곳을 누비고 다닌다. 혹은 아자즈가, 야쿠렌 숲, 꿈속인 양 빠져드는 황금빛 키 큰 고사리풀 우거진 곳으로 가본다. 방학이 되면 나는 이 나라의 나머지 지역을 답사한다. 드높은 고원지대의 한복판에 묻힌 옛 로마 도시들의 폐허, 군사도시였던 팀가드, 또다시 알베르 카뮈와 마주치게 되는 제밀라, 〈티파사에서의 결혼〉과 더불어 나의 애독서인 저 기막힌 텍스트(〈제밀라의 바람〉). 나는 남쪽으로 내려간다. 비스크라, 투구르트, 우라르글라 같은 첫 오아시스 마을들. 그랑 에르그 지역, 수많은 궁릉들이 포진한 백색의 도시 엘 우에드, 걷고 또 걸어도 스스로의 발소리가 들리지 않는 도시. 므자브의 한가운데 있는 성스러운 도시 가르다이아. 더 남쪽에는 엘 골레아. 사막. 황토빛과 불과 돌의 사막. 너무나도 자주 꿈꾸었기에 거의 문학적 종교적 클리셰로, 신화로 변해버린 사막. 그 정도로 사로잡힌 마음이고 보면 말을 하는 것도 무서워진다. 그 무슨 신비 속에서 길을 잃지나 않을까 무서워진다. 오직 할 수 있는 것은 침묵뿐. 그리고 여기 사막 한가운데서만 들리는, 무슨 자력이 끌어당기는 것만 같은 이 순수한 백색의 침묵에 귀를 기울이는 것뿐.

그러나 사막은(또 하나의 클리셰) 또한 모험을 뜻하는 것이기도 하다. 이 분야라면 실망스러운 것은 아니었다. 어느날, 우리 프랑스 해외협력 파견요원들은 가르다이아의 한 카페에서 젊은 사람들과 이런저런 이야기를 나누다가 그들에게 축구시합을 하자고 제의하게 된다. 그들의 대답, 좋다. 썩 좋은 생각이다, 내일 오후 3시에 운동장으로 나오라, 신발, 운동복 등 모든 것은 우리가 준비한다, 이런 식이다. 다음날 오후 3시 정각, 우리는 편안한 마음으로 나간다. 그런데, 이게 웬일인가. 거기에는 매표구가 설치되어 있다. 유료입장인 것이다. 그들은 수천 명이 벌써 입장료를 지불하고 계단식 관람석에 앉아 있다. 그러고도 아직 늘어선 사람들의 줄이 길다. 정식 제복을 입은 경찰관들이 그들을 유도

하고 있다. 우리는 이게 꿈인가 생시인가 싶어 눈을 비빈다. 팔꿈치로 서로를 쿡쿡 친다. 그뿐이 아니다. 잔디밭에서는 벌써 시합이 벌어지고 있다. 지방의 소규모 팀끼리 붙는 오픈게임이다. 진짜 스타는 우리다. 눈치 빠른 독자라면 벌써 당시 우리가 깨닫게 된 사태가 어떤 것인지를 짐작했을 것이다. 우리가 탈의실에서 어렵사리 머리끝에서 발끝까지 무장을 하는 동안 밖에서는 온 사방에 대고 온갖 선전문구와 최상급의 수사를 다 동원하여 우리를 프랑스의 선발팀으로 소개하고 있다. 그렇다, 정말 그러고 있는 것이다. 그런데 우리의 기막힌 직업정신과 맞서겠다는 상대는 보잘것없는 아마추어, 즉 사하라 팀 제1진이라는 것이다.

필요할지 몰라 좀 더 정확히 설명해둘 것이 있다. 우리, 즉 현란한 프랑스 선발팀 선수들은 지난날 청소년시절에 누구나 그랬듯이 각자가 자란 시골구석 이름 없는 학교 팀에서 뛰어본 경력을 가지고 있다. 사소한 점이긴 하지만 밝혀둔다면 우리는 물론 단 한 번도 함께 호흡을 맞춰 뛰어본 적이 없다. 이곳 알제리에서의 연습경력은 제로다. 더군다나 독자 여러분이 상상이나 하고 있는지 모르겠지만 사하라의 날씨는 덥다. 그것도 매우 덥다. 그리고 잔디밭이 아니라 모래밭이다. 구태여 내 의견을 말하라면, 솔직히 말해서 함정에 걸려들었구나 하는 심정 바로 그것이다. 우리는 보나마나 자기들의 홈그라운드에서 뛰는 저 튼튼한 녀석들과 맞붙어 웃음거리만 되고 말 것이다. 게다가 저들은 시합을 할 줄 아는 선수들이다.

군중은 우리를 열렬하게 환영해준다. 마치 월드컵경기나 되는 것처럼. 대단한 스타들인 우리는 느긋하게 답례한다. 게임은 게임이니까. 이 많은 관람객들이 적어도 잠깐이나마 진짜인 줄로 믿는 게 좋으니까. 우리 중 한 사람이 골키퍼를 맡는다. 우리는 호의로 그를 안심시킨다. 자, 프랑스! 이제 시작이다! 그런데 만에 하나 그 망할 놈의 볼이 내 양다리 사이로 굴러든다면 난 어떻게 하죠, 하느님? 이 무슨 기적인지, 반칙과 반칙을 거듭하며 밀고 당기는 대혼란 속에서 우연히 우리 편 중 누군가가 볼을 상대편 골대 사이로 굴려넣는 데 성공한다. 1대 0. 믿을 수 없지만 부정할 수 없는 사실이다. 머지않아 반격. 1대 1. 두 번째 기적. 그것이 전반전의 스코어다. 왜 어떻게 그렇게 되었는지는 묻지 말라. 그 역사적인 기록의 세세한 점에 대한 나의 기억은 극도로 흐릿할 뿐이다. 관람객들은 대만족이다.

후반전. 함성, 패주, 후퇴. 물통을 뒤집어쓴 듯 땀이 쏟아진다. 근육은 당장이라도 부러질 듯이 뻣뻣하게 긴장하고 관절은 응고된 듯 움직이지 않는다. 그런데 상대편은 초원의 영양들처럼 펄쩍펄쩍 뛰는가 하면 페인트 모션에 이어 드리블. 그러니 보라! 7대 1. 정말이지 뜻밖의 스코어다. 관람객들은 미친 듯이 분노한다. 속임수가 있었다는 느낌을 받은 것이다. 그들은 휘파람을 불며 야유하고 고함을 질러 대고 욕설을 퍼붓는다. 솔직히 이 돌이킬 수 없는 잠시 동안 프랑스의 명예는 바닥까지 떨어졌다.

자, 이제 다 끝났다. 역사의 바람은 우리의 목덜미 위로 지나갔다. 뜨겁게. 우리는 기진맥진한 약골의 모습으로 탈의실 시멘트 바닥에 주저앉았다. 가르다이아 클럽은 대만족. 엄청난 수입을 올렸으니 말이다. 그들로서는 잘된 일이지. 그 이튿날 거리에서 조무래기들이 우리에게 손가락질했고 행인들은 멸시의 눈초리로 쳐다보았다. 우리는 담벼락에 딱 붙어서 고개도 돌리지 못한 채 걸었다. 다리를 절면서. 나의 잠깐 동안의 섬광 같았던 국제 축구경력은 이렇게 마감되었다. 더군다나 축구 영웅 지단의 고국에서.

그러나 나는 알제리에서 바다의 즐거움도 맛본다. 내 어린 시절 브르타뉴에서는 바다가 멀어서(적어도 20킬로미터는 되었다!) 거의 가는 법이 없었다. 바다에 가도 그저 파도나 대조大潮를 구경하는 것이 고작이었다. 카빌리아의 델리스에 있는 바위로 둘러싸인 작은 만에서 나는 지중해의 행복을 배웠다. 따뜻하고 맑은 물, 태양, 그냥 하릴없이 시간을 보내거나 물속에 뛰어들었다가 다시 나와 바위 위에서 물기를 말리면서 꿈에 젖은 채 가만히 누워 있다가 다시 물속에 뛰어드는 것. 이 고장은 제신의 축복을 받은 곳임을 안다.

◇◇

물론 부메디엔 대령이 철권을 휘두르는 독재정치의 나라이기도 하지만. 군대와 경찰이 도처에 깔려 있다. 특히 독립전쟁의 역사적 표상인 아이트 아메드에 호응하여 이제 막 봉기했던 카빌리아에서는 당연히 그렇다. 그 반항운동을 진압하기 위하여 부메디엔은 기갑부대를 파견했다. 아이트 아메드는 체포되었다가 탈옥했다. 그런 모든 것이 바로 어제의 일이었다. 그 지역 전체가 삼엄한 감시하에 있다. 매일같이 바리케이트가 쳐지고 검문검색이 실시된다. 툭하면 알제에서, 카빌리아에서 체포, 고문, 실종 소식이 들려온다. 유일한 정당인 민족해방전선FLN이 나라 전체를 장악하고 있다. 경제는 소비에트식이다. 티지-우주에서 우리는 자주 소련에서 온 해외파견요원들을 마주치지만 그들은 우리에게 말을 건네는 것이 금지되어 있다. 생산수단의 사회화, 농업을 희생시키고 대대적인 중공업 투자까지, 물론 나는 역사 지리 수업시간에 알제리의 경제 상태에 대하여 가르쳐야 한다…… 수업과목에 들어 있으므로.

1967년 12월 어느 날 나는 버스를 타고 알제에 간다. 몇 킬로미터를 가자 군대 바리케이트가 쳐져 있고 모든 승객이 다 차에서 내린다. 신분증 검사. 그러나 잠시 후 나는 평소와는 다른 어떤 일이 일어나고 있다는 것을 감지한다. 장

갑차들이 카빌리아 쪽으로 올라오고 있는 것이다. 길을 가는 동안 줄곧 군인들과 마주친다. 알제에 도착하여 설명을 듣게 된다. 총사령관 타라 즈비리가 쿠데타를 시도한다는 것이다. 부메디엔은 단호하다. 반란은 불과 며칠 만에 제거된다.

얼마 뒤 카빌리아가 안정을 되찾았다는 것을 보여주기 위해 부메디엔이 티지-우주로 온다. 각급 학교 학생들이 동원되어 대령-대통령을 환영한다. 새벽 5시에 나는 학생들을 인솔하여 버스를 타고 나간다. 학생들은 누구나 **"부메디엔 만세!"**를 외친다. 나는 처음의 그 초췌했던 모습의 대령과는 거리가 먼 혈색 좋은 그 인물을 보게 될 것이다.

◇◇

1968년 5월. 파리가 달아오르고 프랑스는 총파업에 들어간다. 나는 우리 학생들에게 졸업자격시험 준비를 시킨다. 그러나 내가 맡은 진짜 임무는 지금 어떤 일이 일어나고 있는지를 알제리 사람들에게 설명하는 것이다. 그들에게 드골은 구세주이므로 손을 대면 안 되는 성스러운 존재다. 그를 몰아대다니 프랑스 사람들이 어떻게 된 것이 아닌가? 이쯤 되면 귀먹은 사람들의 대화나 다름없다. 무엇보다도, 그토록 부유하고 번영하는 중인 프랑스에서 어떻게 모든 결실을 하루아침에 박살내놓겠다는 것인가? 당시 수많은 기억들 중에 이런 것이 생각난다. 나는 티지-우주에서 우리 학생들의 시험성적이 발표되기를 기다리는 동안 트랜지스터에 귀를 대고 있다. 드골 장군의 목소리가 들린다. (**"나는 물러나지 않습니다. 국회를 해산합니다……."**) 나는 학생들을 생각하며 가슴이 뛰는 것을 느낀다. 그들의 장래가 걸린 일인 것이다. 그러나 나는 파리에 가고 싶어 조바심이 난다. 내가 그토록 바랐던 일이 마침내 일어나고 있는 것이다…….

1968년 여름. 나는 대학입학 자격시험에 실패하여 9월 재시험을 준비하고 있는 학생들을 위하여 티지-우주에서 보충수업을 실시한다. 내가 가르치는 여러 과목 중에 철학이 있다. 현기증 나는 일이다. 나는 곧 내가 논술 주제로 부과한 자유라는 사르트르적 개념 앞에서 우리 학생들이 벽에 부딪친 느낌이라는 것을 깨닫는다. 별수 없다는 운명적 느낌에 젖어 있는 그들은 그 개념에 대하여 저항감을 느끼고 있기 때문에 내 의견을 받아들이지 못한다. 나는 그런 다른 관점을 이해하고 그것과 비교하여 생각하지 않으면 안 되는 것이다…….

내 머릿속에는 또 이런 수수께끼 같은 이미지도 남아 있다. 초겨울 어느 날 아침 나는 회교사원 앞 베마-사하리즈 광장에서 버스를 기다린다. 두건 달린 겉옷으로 몸을 감싼 어떤 남자가 눈이 튀어나오고 혼이 빠진 표정으로 요란한 몸짓을 하면서 고래고래 고함을 지르면서 욕설을 퍼붓고 있다. 프랑스에서라면 영락없이 미치광이로 보였을 것이다. 그렇다, 그는 미친 사람이었다. 그러나 아무도 그를 제지하지 않고 조롱하지도 않는다. 사람들은 그의 주위를 둘러싸고 서서 공손하게 그의 말에 귀를 기울인다. 내 옆에 서 있던 우리 학생 중 하나가 그의 말을 내게 통역해준다. 라마단의 시작인 것이다. 그 남자는 번갈아 경고와 질책을 내쏟으면서 기도한다. 그는 미친 사람이지만 그를 통해서 무엇인가가 말을 하고 있다고 학생이 설명한다. 날은 춥고 밖은 아직 완전히 밝지 않고 흐릿하다. 우리는 그곳에 떨면서 서서 그 미친 사람이 내뱉는 소리와 기도에 귀를 기울인다. 나는 홀린 느낌이면서 무섭다.

◇◇

삼십 년이 지난 지금도 내 마음속에 남아 있는 그 이미지들, 그 말들, 그 감각들은 오랜 지워지지 않는 향수를 자아낸다. 텔레비전에서 도시들, 마을들의 이름을 들으면 금방 모든 것이 되살아난다. 색깔들, 냄새들, 얼굴들. 오늘날 알제리를 갈가리 찢어놓고 있는 살육과 살인은 그냥 지도 위의 점들로만 느껴지는 것이 아니다. 기억이 떠오르고 상상이 되고 눈에 선해지는 것이다. 나는 자주 알제리 꿈을 꾼다. 내가 사방팔방으로 누비고 다녔던 주르주라의 작은 골목길과 오솔길. 그 길들이 꿈속에서는 트랑에 있는 내 어린 시절의 길들, 우리 형제자매들이 다 함께 얼굴에 바람을 받으며 잃어버린 보물들과 잊어버린 비밀들을 찾아 헤매고 다녔던 트랑의 그 작은 길들과 서로 만난다. 다만 다른 것이 있다면 가끔 내 꿈속의 카빌리아의 길에서는 어린아이들의 죽음과 피와 외치는 소리들과 만나게 된다는 점이다.

물론 나는 **보상하고 싶다**는 스무 살 청년의 그 단호한 순진함을 잃은 지 오래다. 그 후 나는 알제리에 대하여 끊임없이 읽었고 배웠고 조사했다. 나는 그 독립전쟁과 관련하여 양쪽이 저지른 무수한 잔학함과 살육행위들을 알게 되었다. 그리고 알제리 진영 내부에서도 대립하는 각 파들 사이의 피비린내 나는 사생결단. 나는 때로 오늘날의 폭력사태는 어쩌면 알제리에서 별로 언급하는 법이 없는 당시의 그 폭력과 무관하지 않으리라는 생각을 해본다.

나는 프랑스에 와서 살고 일하고 싶어 했던 우리 학생들의 꿈을 기억한다. 그들의 아버지들, 할아버지들, 혹은 삼촌들이나 사촌들처럼 말이다. 프랑스라고 해서 이민자들에게 무슨 천국 같은 곳은 아니라고 누누이 말해봐야 소용이 없었다. 그래도 그들은 떠날 것이니까. 그건 틀림없는 사실이었다. 여러 해가 지난 후, 어느 날 저녁 파리의 한 카페에서

한 남자가 내게 말을 걸어왔다. 그가 말했다. "실례합니다, 혹시 알렝 선생님 아니십니까?" 그는 나의 옛 학생들 중 한 명이었다. 그는 택시 기사가 되어 있었다. 그의 아내와 아이들은 카빌리아에 살고 있다고 했다. 그는 여름이면 돌아가 그들을 만난다는 것이었다. 우리는 한참 동안 서로의 얼굴을 바라보고 있었다. 우리에게는 그 많은 공통의 이야기들이 있었던 것이다. 장작난로. 추운 날 비 내리는 학교 마당, 시 모한드 모한드의 시들…….

나는 이 년에 걸친 알제리에서의 해외협력 파견요원 생활을 다 마치지 못했다. 1968년 가을, 나는 병이 들었다. 나는 제마-사하리즈 학교를 떠나 제대하기 전 알제에서 몇 달을 지내지 않으면 안 되었다. 12월 말, 나는 파리로 왔다. 내게는 완전히 미지의 도시였다. 포도 위를 울리는 발소리들이 첫 기억으로 남아 있다. 겨울의 추위 속에서 알 수 없는 어딘가를 향해서 정신없이 그토록 빠르게 걷는 수많은 사람들. 카빌리아 산악지방에서 고요하고 느릿느릿한 생활을 하고 난 뒤 포도에 부딪치는 그 요란한 발소리에 나는 현기증이 난다. 그러나 그 리듬은 내 몸과 마음을 잡아끈다. 나는 거의 오 년의 세월 동안 떨어져 있던 프랑스로 돌아온 것이다. 나는 귀환의 열병, 시작의 열광에 사로잡힌다. 나는 열정과 용기를 비축해두었다. 나는 마음이 바쁘다. 나는 준비가 된 것이다.

무슨 준비가 되었단 말인가? 알제리에서의 막간이 끝나고 돌아온 파리에서 우선 나를 맞아준 곳은 생트 크롸 수도회. 나는 파리의 작은 공동체에 합류한다. 세브르 가에 있는 사제용 건물에 모인 몇몇 학생들이 전부다. 늙은이 냄새와 왁스 냄새가 배어 있는 그 건물. 나는 다사스 거리에 있는 가톨릭 대학에서 신학강의를 듣는다. 신학기가 이미 시작된 뒤였으므로 나는 우선 첫 학기 과목을 따라잡아야 하고 여러 가지 시험을 통과해야 한다. 나는 1968년 12월, 파리의 라텡 거리 한복판에서 대학생활을 한다고 생각하니 기분이 좋다. 보잘것없는 시골 촌놈이 퀘벡에서, 로마에서, 카빌리아에서 그렇게 여러 해를 보내고 나서, 한 번도 발을 들여놓은 적 없는 파리에 와서 지내다니 가슴이 뛴다. 그토록 기다리고 원했던 1968년 5월이었는데 나는 그것을 알제리에서 트랜지스터에 귀를 갖다 붙이고 체험하지 않았던가. 그래서 나는 생 미셸 대로로, 게 뤼삭 거리로, 소르본느로, 오데옹으로 걸어 다니면서 그때의 자취를 찾아보려 하고 코를 쿵쿵대면서 공기의 냄새를 맡고 꿈을 꾸면서 내가 설 자리를 찾는다. 하여간, 5월의 정신이 바람을 불어넣지 않은 곳이 한 군데 있다면 그건 바로 세브르 거리에 있는 생트 크롸다. 그들에게 그것은 잠시 열었다가 닫아버린 한갓 괄호에 지나지 않는다. 하마터면 드골이 물러나버릴 뻔했지만 남아 있다. 그가 선거에서 승리했으니 끝난 것이다. 어찌 되었건 그들에게 우선 중요한 것은 공동체의 생활, 미사, 기도, 신학공부인 것이다. 사정이 그러한데 레몽, 너는 지금 여기서 뭘 하고 있는 거냐? 그 점은 나 역시 알고 싶은 것이다. 날이 갈수록 점점 더. 그것은 또한 좀 우회적인 방식으로 그들이 나에게 묻고 있는 점이기도 하다. 나는 로마에서 그토록 많은 것을 배웠는데. 그리고 또 저기 제마-사하리즈의 산중에서 학생들과 함께 또한 많은 것을 배웠는데. 너무나 많은 욕구, 너무나 많은 욕심. 진지하게 물어본다. 나의 **소명**이라는 것에서 이제 무엇이 남았나? 나는 어린 시절의 꿈(선교사가 되어 중국으로 가겠다!) 혹은 청소년기의 꿈(파카 점퍼를 걸친 채 오토바이를 타고 다니는 노동자 신부가 되리라!)을 꿀 나이는 지났다. 나는 기독교 신자요 가톨

릭 신자다. 나에게는 신앙이 있다. 나는 성서공부를 좋아하
고 신학을 좋아한다. 그런데 그다음에는? 도무지 알 수가
없다.

나는 언제나 우연을 믿었다. 그런데 그 우연이 다사스 거
리에 있는 가톨릭 대학에 다시 한 번 찾아왔다. 나는 곧 윤
리신학, 성서해석 혹은 성서 그리스어 강의가 있는 대강당
강의실에서 한 공모자인 동시에 형제를 만난 것이다. 사회
적으로 보면 우리는 극과 극이다. 올리비에는 이름에 'de'
자가 붙고 아이들은 부모에게 존댓말을 쓰는 이름 난 가문
출신이다. 성城도 있고 포도밭도 있고 단단한 전통에 필요
한 모든 것이 갖추어져 있다. 나는 그가 자기 집안에 대하
여 하는 말을 들으면서 트랑에 있는 빌라르무아 백작과 백
작부인 같은 성주들을 머릿속에 떠올렸다. 교회에 가면 그
들만의 지정석이 있고 그들 소유의 잘난 성이 있는. 우리
어머니는 그곳에서 가정부로 일한다. 그러나 올리비에는
집안 형제들 가운데서 바로 미운 오리새끼인 것이다. 그는
재미있고 열광적이며 너그럽고, 얌전한 계집아이들 놀이에
뛰어든 야단스런 강아지, 즉 불청객인 것이다. 우리 두 사람
이 가까워진 것은 형제 많은 집안 출신이라는 점 외에 교회
에서건 다른 곳에서건 새로운 것을 만들어내고 인습을 타
파하며 모든 것을 발칵 뒤집어놓고 싶은 똑같은 욕구 때문
이었다. 그는 자기 사촌 프레데릭 주변의 친구들 한 무리를

내게 소개해준다. 모두가 파리 6구의 부르주아 가정 출신으로 한결같이 제멋대로들이다. 그들은 낭테르 대학과 라텡가 사이를 분주히 오가면서 1968년 5월을 직접 경험했다. 그들은 학교에 대하여, 학교에서 바꾸어야 할 것에 대하여 책을 한 권 썼다. 그들은 커다란 아파트에서 생활하는 것에 길든 젊은 부르주아 특유의 자유분방함을 지녔다. 그 무엇 하나 믿어 의심치 않는, 모든 것이 실제로 가능하다고 믿는 이상주의자들 특유의 배짱도 지녔다. 그렇다고 그들이 정치적인 의미에서의 극좌파는 아니다. 그들은 당시 도처에서 생겨나고 있었던 그 어떤 소집단에도 소속되어 있지 않다. 그들은 마오도 아니고 트로츠키도 아니다. 그저 모든 것을 자기들 식으로 뒤섞어놓고 싶은 가톨릭 청년들일 뿐이다. 그래서 나는 그들 가운데 섞여 있으면 본능적으로 마음이 편한 것이다. 그러면서도 한편으로는 나는 그들의 이야기나 계층에서 까마득히 먼 곳에 떨어져 있다는 느낌이 들긴 하지만. 내가 어떤 세계로부터 왔는지 그들은 상상조차 하지 못한다. 벽지에 붙어 겨우 버티고 서 있는 트랑의 우리 집, 복도 저 끝에 있는 화장실, 펌프에 가서 길어 와야 하는 물, 추위, 동상, 서로 포개지듯 다닥다닥 붙어 자야 하는 형제들, 부족한 돈, 월말이면 "엄마가 돈은 내일 갚는대요" 하고 변명하며 상점에 가서 물건을 사는 것. 나는 그들 속에서도 외계인 같은 존재다. 그러나 나는 속으로 생각한

다. 운이 좋은 쪽은 나다. 오히려 저들이 안됐다. 나는 궁벽
하지만 자유로운 작은 마을에서 사물들과 풀들과 짐승들과
세상과 그토록 가까이하며 사는 행운을, 은총을 누려온 것
이다. 나는 그들 가운데서도 자유롭다. 나는 그들 가운데 한
사람이고 그들과 함께 있다. 그러나 이 분위기 때문에 자유
롭다. 여기, 파리 6구 한복판에서 모든 것을 새로 만들고자
하는 이 젊은 부르주아들과 섞이면서 나는 일종의 이국 풍
정을 유감없이 맛본다.

  그들은 나를 자기네의 소굴, 사령부로 데리고 간다. 위풍
당당한 생 쉴피스 성당 밑 지하실에 차려놓은 지하예배당
이다. 이곳에 일요일이면 흥미진진한 교구민들이 모여들
어 이상한 미사를 올린다. **바티칸 II**라고 이름 붙인 이 지하
실은 저기 지상의 공식적인 교회, 로마 교황의 가톨릭교회
에 이의를 제기하는 사람들의 만남의 장소다. 그 지하실에
서는 새롭게 창안하고 조합하고 초기 원시교회의 순수함을
회복하려고 노력한다. 사랑의 이름으로, 박애의 이름으로,
그리스도의 이름으로 관습을 타파하기 위하여 모인 기독교
도들이다. 나는 날이 갈수록 점점 숨이 막히는 저 주글주글
한 순응주의적 생트 크롸 공동체에 있을 때보다 연약하지
만 살아 숨 쉬고 열정적인 그 카타콤 교회에 가 있을 때 훨
씬 더 마음이 편하다. 생 쉴피스의 지하에서 겁 모르는 한
신부를 중심으로 거행하는 그 바티칸 II 미사는 스스로 의

식을 만들어 노래하고 기도하고 대화하는 즉흥적 미사다. 이것이야말로 그리스도의 존재 증거인 자유롭고 즐겁고 자발적인 사랑의 진정한 양식이라고 하겠다. 그레고리오 대학교에서 우리 우주론 교수가 역설하던 **현실적 존재**, 원자 대 원자라는 마술적 **화체**化體로서의 물신숭배와는 천리만리 떨어져 있는 세계다. 물론 공식적 교회에 의하여 허용되고 있는 이 실험은 이내 면밀한 관찰의 대상이 된다. 여러 달에 걸친 토론을 거치고 나서 이 모든 것은 결국 좋지 않게 끝나고 말 것이다. 지하공간이 회수되고 나중에는 결정적으로 폐쇄되고 만 것이다.

◇◇

그동안 나는 통일사회당이라는 또 다른 하나의 모임에 가담한다. 알제리에서 돌아온 이후 줄곧 그쪽에 마음이 쏠려 온통 몸이 근질거렸다. 구체적으로 현실에 참여하여 발을 적시고 싶다는 열망. 6월, 드골 파가 승리했다고는 하지만 1968년 5월이 아예 죽어서 파묻혀버릴 수는 없는 일이다. 다양한 사상들이 전파되고 도처에 생각들이 들끓고 사회 전체가 삐거덕거리는가 하면 소집단들이 심지에 불을 붙여 사방으로 불이 번지고 폭발한다. 나 혼자 포도에 서서 바라보기만 하면서 박수하거나 토를 달고 있을 수는 없다.

나도 거기에 끼고 싶다. 관객이 아니라 배우가 되겠다는 것이다. 기폭제는 1969년 4월 국민투표에서 **반대** 쪽의 승리다. 드골은 **찬성** 표를 던져라, 그렇지 않으면 나는 물러나겠다!라고 하면서 우리에게 양자택일을 요구했다. 너무나 멋진 기회였다. 사람들은 그 말을 있는 그대로 믿었다. 그래서 **반대** 표를 던졌다. 그는 물러났다. 드골이여 안녕! 후회도 회한도 없다. 우리는 분명 드골에게 신세 진 것이 많다. 우선 그는 자기 자신의 진영에 대하여 알제리의 독립을 밀어붙였다. 그러나 십 년이나 되었으니 이젠 그만 됐다. 더는 안 되겠다. 부자연스럽고 경직되고 소심한 이 프랑스에서 이젠 숨이 막힌다. 구명견 같은 얼굴로 텔레비전에 나와서 가마우지같이 거창한 몸짓을 하는 드골을 보면 이젠 웃음도 나오지 않는다. 그는 물러나는 것이 좋겠다. 가란 말이다. 속 시원하게. 투표하는 날 저녁, 나는 세브르 가 숙소의 텔레비전에서 투표 결과를 지켜본다. 그렇지. **반대**하는 쪽이 이겼다. 그렇지만 거기 생트 크롸의 동료들 속에 파묻힌 채 텔레비전만 쳐다보고 있을 내가 아니다. 그들은 결과에 대하여 잘해봐야 무덤덤한 반응이고 최악의 경우에는 실의에 빠진 표정인 것이다. 일은 밖에서 벌어지고 있다. 거리에서, 라탱 가에서 말이다. 나는 생 미셸 대로로 나가서 다른 사람들과 함께 **드골이여 안녕!**을 외친다. 나는 1968년 5월 사태 뒤에 버클리에서 일부러 찾아온 어떤 미국 학생과 친해진다. 경찰이 거리에 쫙 깔려 있다. 당시 내무장관인 레몽 마르슬랭은 좌파의 음모설을 굳게 믿고 있다. 그는 입만 벌리면 몽둥이를 휘둘러 강력 진압할 것을 역설한다. 그래서 경찰은 돌진한다. 밀어붙이고 때려잡는다. 캘리포니아에서 온 대학생은 포석을 뽑아 던진다. 그 때문에 우리는 즉시 주목 대상이 된다. 검은 제복들이 달려든다. 총공격 난무하는 방망이들. 내가 맛보는 첫 방망이 세례. 바보 같고 멍청하고 유치한 생각일지는 모르지만 이제야 비로소 내가 프랑스로 돌아왔다는 실감이 난다. 마치 내 여권에 고무도장이 쾅 찍히는 느낌이다. 마르슬랭의 경찰이 내 귀국을 환영하고 있는 것이다. 그로 인하여 나는 의욕과 힘과 분노를 맛본다. 이제 달려 나가서 몸을 던질 때다. 참여할 때가 왔다.

어디에? 물론 공산당은 아니다. 모든 형태의 공산주의에 대한 나의 알레르기는 뿌리가 깊다(**"사회주의"** 국가인 알제리에 가서 체류한 나의 경험도 그걸 치유해주지 못했다). 완전히 화석화되고 명사들 위주가 되어버린 공인 사회당은 더더욱 아니다. 마오에 대해서는 말할 필요도 없다(마오이즘과 홍위병에 어떻게 열광할 수 있단 말인가? 나로서는 도저히 이해할 수 없는 세계). 내 눈에는 온통 교조적 섹트주의 같아 보이는 트로츠키스트도 안 된다. 남은 것은 통일사회당뿐이다. 좌파의 스페인 여인숙 같은 곳에 옛 공산당 출신, 마오, 트로츠키 출신들이 모여 있다. 그리고 좌파 기독교도의 무시하지 못할 일단도 섞여 있다. 그들은 다른 사람들과 더불어 제2의 좌파를 새로이 만들어낼 것이다. 나는 그 같은 동거 형태가 마음에 든다. 너무 편협하지도 않고 파당적이지도 않으면서 역동성과 창의성이 가득한 아직 젊은 당. 지성과 열정이 매혹적인 지도자 미셸 로카르를 중심으로 하여 모였다. 그는 차기 대통령 선거에 출마할 것이다. 드골이 물러났으니 사실상 그를 대신할 사람이 있어야 한다. 내가 통일 사회당과 처음으로 접촉한 과정은 바로 이러하다. 즉 대통령 선거운동이 그것이다. 나는 우선은 한갓 동조자에 불과하다. 원래 법칙이 그러하다. 당원증을 받기 전에 관찰하고 관찰당하는 것이다. 나는 집회에 나가고 처음으로 유인물 배포에 참여한다. 혁명적인 내용의 요설에는 웃음이 난다. 그렇지만 로카르의 엄격하고 예언적인 연설의 고양된 목소리가 마음에 든다. 나는 전투적인 분위기와 깃발과 슬로건이 좋다. 우리는 삶에 변화를 가져올 수 있다는 것을 굳게 믿는 이 모든 **동지들** 한가운데에 섞여 지내는 것이 좋다.

　대통령 선거의 2차 투표에서의 선택은 비장하다. 성당의 성수처럼 미지근한 중도파 수도참사회원 알렝 포에르냐 아니면 화가 빅토르 바자렐리를 좋아한다는 한 가지 이유로 자신이 현대적이라고 믿고 있는 《마담 보바리》의 오메 같은 부르주아 조르주 퐁피두냐 아니냐의 양자택일인 것이다. 통일사회당은 백지투표를 던질 것을 호소한다. 나로서도 달리 다른 선택이 없다. 결국 퐁피두가 당선된다. 내게 그는 흐뭇해 하는 무능의 상징이다. 그러면서 한편으로는 마르슬랭을 앞세워 몽둥이로 치고 부수는 인물이다. 그보다 몇 달 전, 닉슨은 미국 대통령에 당선되었다. 퐁피두와 닉슨이 사령탑에 올랐다. 이만하면 혁명까지는 아니라 하더라도 적어도 현상유지에 반대해야 할 충분한 이유가 된다. 자, 일을 시작하자!

그러는 동안에도 세브르 가에 있는 생트 크롸의 생활은 여전히 계속된다. 다사스 가에서의 신학공부도 마찬가지. 머릿속에 내 결정이 무르익어 간다. 조만간 생트 크롸를 떠나 내 **소명**이라고 믿었던 이 생활을 포기하겠다는 것이 그것이다. 소명이라는 그 생각은 함정이다. 지난날 디낭의 기숙학교에서 배운 바에 따르면 그것은 하느님을 받들기 위하여 **부름**을 받았다는 것을 의미한다. 그것은 은총인 동시에 특전이다(하느님이 알아보시고 불러주시는 그 빛나는 행운이 아무에게나 오는 것은 아니다). 그것은 또한 의무인 동시에 구속이다. 하느님이 너를 불렀으니 너는 거절할 수 없는 것이다. 선택의 여지가 없다. 그것은 한 어린아이의 머릿속에 각인되어 오래도록 남게 되는 종류의 것이다. 특히 당시의 나처럼 꼼꼼하고 성실한 경우에는 더욱 그렇다. 명령자는 바로 으뜸이신 하느님이라는 생각 속에서 성장했는데 어찌

하느님의 뜻을 거부하겠는가? 소명의 생각은 어떻게 오는가? 그것은 어떻게 싹트는가? 나는 정직하게 그것을 믿었다. 하느님께서 **선택**해주셨으니 나는 끝까지 가고자 했다. 성실하기 위하여. 그러나 이제 끝났다. 나는 그런 결정론을 버렸다. 나는 나의 자유를 되찾았다. 이건 나의 삶이 걸린 문제다. 선택은 내가 한다. 나의 삶은 내가 만들어나간다. 나는 이 길로 갈 수 있는 데까지 최대한 멀리 나가보았다. 이제 나는 이것이 나의 길이 아니라는 것을 안다. 나는 여기 생트 크롸를 떠날 생각이다. 아직 언제 떠날지는 알 수 없다. 우선 신학과목 시험을 통과해야 한다. 이번 여름에 깊이 생각해보고 이야기할 작정이다. 그리고 결정하겠다.

나는 시험을 치고 나서 브르타뉴로, 트랑으로 우리 가족에게로 자동차를 타고 떠난다. 모르타뉴에서 얼마 떨어지지 않은 어느 가파른 커브길. 눈을 떠보니 병원이다. 머리가죽이 벗겨지고 척추에 골절상. 파티는 끝났다. 내 몸이 겪는 고통의 여름. 그리고 나 자신으로부터의 부재. 목숨을 부지하고 견디는 일이 남았다. 세상이 무너져 내린다. 깊이 생각하고 결정을 내린다는 것은 나의 능력 밖이다. 사실 삶이 나를 대신해서 결정을 내린 것이다. 이 사고가 나를 전혀 다른 세상으로 던져놓은 것이다. 이것이 눈앞의 현실이다. 몽유병자나 자동인형같이 된 나는 이미 정상이 아니다. 나는 다른 세상에 와 있는 것이다. 삶이 딱 소리를 내며 부러져버렸다. 사고가 나기 전의 삶과 후의 삶은 완전히 다른 것이다. 생트 크롸, 나의 소명, 이런 것은 이제 다 지워져버렸다. 죽은 것이다. 끝난 것이다. 그건 더는 존재하지 않는다. 내가 아직 사라지지 않고 이렇게 존재한다는 것이 기적이다. 나를 지탱해주는 유일한 것은 내가 존재한다는 사실이다. 한 발, 다시 한 발, 하루가 지나가고 다시 또 하루. 내 나이 스물두 살. 삶은 전진한다.

9월에 나는 파리로 돌아온다. 세브르 가. 나는 우리 공동체에 이제 그만 떠나겠다는 나의 결정을 통고한다. 아무도 놀라지 않는다. 아무도 나를 붙잡지 않는다. 자, 이제 다 끝났다. 안도감. 해방이다. 그러나 동시에 불안감으로 가슴이 메었다. 생트 크롸를 떠나는 것은 내가 그토록 자주 머릿속에 그려본 일이긴 하지만 그것은 캄캄한 어둠 속으로 몸을 던지는 것이나 마찬가지다. 사고로 다친 몸이 다 회복된 것은 결코 아니다. 몸은 부서지고 머릿속은 텅 비었다. 이제부터 무엇을 할지 막막하다. 물론 수중에는 돈 한 푼 없다. 일을 찾지 않으면 안 된다. 그리고 거처도 구해야 한다. 견습 사제 경력, 철학과 신학을 공부한 것이 고작인데 무슨 직장을 기대할 수 있겠는가? 대책을 강구할 때까지 생트 크롸에서 몇 주일 더 묵을 수는 있다. 나는 구인광고들을 뒤져본다. 한 군데가 내게 적당해 보인다. 가톨릭 신문 그룹인 〈바이야르 프레스〉에서 정기구독자 카드정리를 위해서 사람을 구하고 있다. 카드정리, 이게 바로 내 첫 일자리가 될 것 같다. 첫날의 첫 번째 충격. 기자 및 간부용 엘리베이터와 평직원 엘리베이터가 나누어져 있었다. 두 번째 충격. 안으로 들어가니 엄청나게 큰 방에 수십 명의 여자 타이피스트들이 학교에서처럼 앞뒤로 줄 맞추어 앉아 있고 그들 앞쪽에는 그 모든 사람들을 한눈에 감시할 수 있는 부장 수녀가 책상 뒤쪽에 앉아 있었다. 나는 저 안쪽에 다른 카드정리 담당자들과 함께 자리를 지정받는다. 하루 종일 하는 일이라곤 정기구독자들의 주소를 확인하고 필요한 경우에는 주소를 수정한 다음 분류하는 일이 전부다. 드문 경우이긴 하지만 때로는 수정작업이 제대로 이루어졌는지 확인해야 한다. 사무실에서 일하는 직원들의 생활이란 원래 그런 것이어서 수정 확인만으로 하루가 다 가는 경우도 있다. 학교에서도 그렇듯이 여기서도 잡담을 하면 안 된다. 그러나 물론 우리는 잡담을 한다. 구인광고를 보고 모집되어 와서 카드정리 작업을 하는 우리는 솔직히 말해서 정규직 직원이라고 할 수 없다. 평생 여기서 썩지는 않으리라는 것을 스스로 잘 알고 있다. 아니 적어도 그렇게 되지 않기를 바란다. 그런데 그중에 학비를 벌기 위하여 파트타임으로 카드정리

일을 하는 여학생이 둘 있다. 여학생들과 카드정리 직원들은 금방 서로 친해진다. 여학생들이 우리를 자기네 집으로 초대하여 아페리티프를 한 잔씩 대접한다. 그녀들은 도서관 직원으로 일하는 제3의 다른 세입자와 함께 조그만 아파트에 살고 있다.

나도 드디어 클리쉬 광장 뒤쪽에 있는 방 한 칸을 빌릴 수 있게 되었다. 주인은 혼자 사는 나이 많은 분으로 자기 집에 누군가 사람이 있어야 안심이 되는 모양이다. 작은 아파트의 방 하나를 빌려 쓰는 처지라 시끄럽게 굴면 안 된다. 하루 여덟 시간 동안 〈바이야르 프레스〉에서 카드정리, 그리고 클리쉬 광장 뒤, 나이 많은 노인이 빌려준 작은 방 한 칸, 이것이 나의 생활이다. 나는 한 번도 이렇게까지 외롭게 지내본 적이 없는 것 같다. 공동체에서, 혹은 카빌리아의 제마-사하리즈 학교에서 보낸 그 많은 세월. 그리고 그 전에는 물론 가족들과 함께. 트랑에 있는 우리 가족. 지금 나는 혼자다. 나는 부서진 몸으로 몸부림친다. 미래는 시커멓게 뚫린 구멍 같다. 다행하게도 나는 생 쉴피스의 패거리인 올리비에, 프레데릭, 그 밖의 여러 사람들과 다시 만난다. 우리는 일요일이면 교회 지하에 있는 바티칸 II 지하예배당에 모여서 별로 가톨릭답지 않은 우리의 미사를 올린다. 결국 쫓겨날 때까지, 그리고 또 이 사람 저 사람 집에 모여 끝도 없이 책이며 디스크며 필름에 대하여 토론을 벌인다. 퐁피두와 마르슬랭에 대하여. 닉슨에 대하여, 베트남전에 대하여. 다행으로 나는 통일사회당에서 일보 전진했다. 단순한 동조자의 입장에서 당원이 된 것이다. 나는 세브르가에 살 때 만났던 통일사회당 초기 멤버들이 속한 지부, 즉 제7구 지부에 소속되었다. 완곡하게 말해서 7구는 민중적인 기질이나 혁명적인 열정으로 명성이 자자한 지부는 못 된다. 그 거리는 정부 부처, 대사관, 군사학교, 남의 눈에 띄지 않고 연금으로 생활하는 부르주아 동네. 나는 이런 곳에서 활동하고 노동자들의 이익을 옹호하는 것이다. 하기야 그래서 안 될 것은 없지 않은가? 잘사는 부르주아 동네 한복판에서 반대의견을 내세우는 것도 모양이 나쁘지 않다고 본다. 우리 지부의 위원장은 스페인 공화파 가족 출신으로 유네스코에서 일한다. 은행원(극좌파)도 한 사람 있다. 심지어 인쇄소에서 일하는 노동자도 있다. 이 지부는 결의나 동의를 위한 투표 혹은 대의원회 개최 시 통일사회당 지역기구로부터 자주 협조요청을 받는 지부다. 트로츠키스트 계열이 리드하던 파리연맹 지도부는 이제 막 마오이스트 계열의 손으로 넘어갔다. 우리 7구 지부는 트로츠키스트도 아니고 마오이스트도 아니다. 우리는 극좌파적 양념이 약간 들어간 사회민주당 계열이라고 할 수 있다(아주 희귀한 종류라는 것을 나도 인정한다). 그렇기 때문에 사방에서 우리를 구슬리고자 열을 올리는 것이다. 우리의 향배에 따라 다수 표가 이쪽저쪽으로 쏠릴 수 있기 때문이다. 어쨌든 통일사회당에서는 결코 심심한 날이 없다. 이건 분명한 사실이다. 끊임없이 토론하고 논쟁하고 싸우고 데모하고 얻어맞는다. 우리는 대중교통 이용자들(아침 6시 지하철에 유인물 살포), 우체국 파업, 수형자들, 경찰의 탄압을 받는 사람들, 스스로의 권리를 쟁취하기 위하여 투쟁하는 여성들, 기업의 노동자 대표들을 옹호한다. 우리는 팔레스타인을 위하여 싸우는 사람들을 만난다. 베트남전에 반대하는 미국인들을 만난다. 몇 달이 지나 나는 지부의 위원장에 선출될 예정이다. 대의원회의의 열기, 위원직을 위한 싸움, 밤늦도록 계속되는 담판……, 이 모든 일들이 내 몫이 되는 것이다. 그러나 이야기의 순서가 바뀌었다.

어쨌든 이렇게 하여 나는 그 캄캄한 어둠에서 벗어날 수 있었다. 생 쉴피스의 패거리와 통일사회당 덕분이다. 그리고 〈바이야르 프레스〉에서 카드정리를 하는 두 여학생 집에 가서 아페리티프를 마시는 일이 잦아지다 보니 그들의 공동세입자인 도서관 직원 여자와 더 잘 아는 사이가 되었다. 차츰, 내가 만나러 가는 사람이 그 누구보다도 먼저 두여학생인 것도 아니고 오직 두 여학생만도 아닌 상황이 되었다. 나는 그들의 공동세입자인 도서관 여직원을 만나러 가는 것이었다. 그녀의 푸른 눈. 그녀는 아름답다. 그녀는 부드럽다. 그녀는 생기가 있다. 그녀는 진실하다. 그녀의 이름은 안느다.

어느 날, 책상 저 너머에 앉아서 우리를 감시하는 카드정
리 작업반 반장 수녀가 우리를 소집한다. 이제 우리의 할
일이 끝났다는 것, 우리는 확인, 수정, 수정확인 등 모든 일
을 끝마쳤다는 것을 미리 알려주려는 것이다. 따라서 회사
에서는 이제 더는 우리를 필요로 하지 않으니 알아서 하라
는 것이다. 요컨대 우리는 잘린 것이다. 그 즉각적인 결과는
나의 경우, 더는 월급을(쥐꼬리만 한 것일지언정) 받지 못하
게 되니 더는 방세를 낼 수가 없다는 사실로 나타난다. 생
쉴피스의 친구들이 급한 대로 도움을 주겠단다. 몇 달 동안
나는 남의 아파트 한쪽 구석이나 비어 있는 하녀 방에서 기
거한다. 여기저기서 되는대로 구하는 몇 푼의 돈으로 근근
이 살아보려고 애를 쓴다. 나는 **누벨 프롱티에르** 여행사에
서 잠시 일한다. 그 무렵 이 회사는 **참여적** 혹은 **색다른** 여
행을 그럭저럭 조직하는 것이 고작인 아주 조그만 여행사
였다. 회사의 사장인 자크 마이요는 나의 생 쉴피스 친구들
중 한 명의 친구다. 나는 수중에 돈 몇 푼이 생기면 즉시 영
화관으로 달려간다. 나는 걸신들린 사람처럼 영화에 미쳐
있다. 나는 끼니를 거르면 걸렀지 영화 없이는 살 수가 없
다. 생 쉴피스 친구들끼리 우리는 잡지를 만들어낸다. 제목
은 〈어쩌면Peut-être〉이다. 모두가 다 어떤 방식으로든 필자가
된다. 시, 엽기 꽁트, 단편소설, 초현실주의적인 표류…….

우리 잡지에는 이 모든 것이 다 있다. 얼마 안 되는 실력으로 이걸 편집하느라고 엄청난 시간을 바친다. 한결같은 열정과 광기로 2호를 낸다. 그리고 거기서 중단. 그리고 딴 일에 손을 댄다. 1970년대 초, 파리에서는 심심해질 틈이 없다. 미팅, 데모, 영화, 시, 이런 것에 파묻혀 삶이 마술 같다. 나는 자주 라스파이유 가에 있는 미국 센터에 가곤 한다. 로마의 콜레지오 디 산타 크로체에 있을 때처럼 미국 문화, 음악, 문학, 정치에 대한 관심을 계속 유지하고 싶은 것이다.

그리고 나는 내 오랜 친구들 중의 하나인 이브를 다시 만난다. 디낭의 기숙사 시절에 알게 된 친구다. 그는 나보다 일 년 선배다. 소명의식을 불러일으키기 위하여 시골마을을 이리저리 돌아다니는 모집 담당인 조제프 신부가 만약 이 학교에 입학하게 된다면 몽 생 미셸 구경을 시켜준다는 결정적인 구실로 그를 디낭의 생트 크롸로 오도록 설득했던 것이다. 당시 이브는 열 살이었다. 그는 눈이 똥그래져 가지고 디낭으로 왔다. 그리고 과연 몽 생 미셸 구경을 했다. 때로 소명이란 이런 식인 것이다. 우리는 디낭에서 함께 공부했다. 그리고 우리는 함께 캐나다로 갔다. 그리고 로마로. 그러나 이브는 철학에 대하여 크게 마음이 끌리는 편이 아니었다. 특히 라틴어가 그랬다. 멋지게(그리고 고의적으로) 시험에 낙방하고서 그는 프랑스로 돌아왔다. 나는 로마에 온 지 이 년째 되던 해와 알제리에서 해외협력 파견요원

생활을 하는 동안 그와의 연락이 끊어져버렸다. 그런데 마침내 파리에서 다시 만난 것이다. 그 역시 생트 크롸 공동체를 떠나 있었다. 그도 나처럼 여기저기서 그럭저럭 일거리를 얻어 지내고 있다. 생트 크롸에서 멀리, 우리는 이 강박적인 세월의 소용돌이 속에서 다시 만난 것이다. 그 역시 미국, 이탈리아 영화에 열광하고 있다. 우리는 저 위대한 시대의 탐정소설을 정신없이 읽어댄다. 하메트, 챈들러, 구디스, 톰슨, 윌리엄즈…… 우리에게는 두 사람의 우상이 있다. 잭 케루악과 J. D. 셀린저다. 우리는 금방 떨어질 수 없는 단짝이 된다. 그리고 우리는 둘 다 영화잡지에 글을 기고하기 시작한다. 이 시절에는 모든 것이 손쉬워 보인다. 어떤 한 사람을 알게 되면 그가 아는 또 한 사람, 그 사람이 아는 또 한 사람, 그가 아는 또 한 사람을 알게 된다. 그리하여 결국은 어떤 영화평에서 그의 이름을 보게 되는 것이다. 물론 원고료는 못 받는다. 원고료를 달라고 할 생각조차 하지 않는다. 그래도 신이 나니까. 그런 것은 나중에 두고 보기로 한다.

통일사회당에서 나는 제7예술과 혁명 사이의 개인적인 종합을 시도한다. 즉 나는 영화그룹에 가담한다. 거기서 사람들은 부르주아 영화를 보다 더 효과적으로 비판하기 위하여 참여적 운동권 영화에 대하여 깊이 성찰해보는 것이다. 나의 입장이 좀 난처해졌다. 왜냐하면 나는 참여적인 영화를 옹호하지만 부르주아 영화도 좋아하는 편이기 때문이다. 적어도 일부 부르주아 영화는 좋은 편이다. 나는 모순들이 발전적이고 고무적일 수 있다는 사실을 배운 바 있다. 나는 모순의 이론에 대해서는 실력이 만만치 않은 편이다. 우리는 운동권 동지들을 위한 교육 무대를 조직한다. 나는 연출, 구성, 몽타주 같은 영화 읽기 강의를 해달라는 제안을 받는다. 이른바 부르주아 영화의 조작을 고발하기 위한 강의다. 그런데 사실은(남들이 보면 하나같이 경악할 일이지만) 영화에 대한 내 엄청난 사랑의 고백을 위한 강의라고 해야 옳다. 그게 부르주아 영화든 아니든.

◇◇

자동차 사고가 난 뒤 성탄절 때, 트랑에 가서 머무는 짧은 기간 동안 나는 어머니에게 생트 크롸를 떠났다는 말을 했다. 이제 신부가 될 생각이 없다고 말이다. 어머니는 생각에 잠긴 듯 나를 한참 쳐다보았다. 어머니의 마음속 꿈의 한 조각이 지워지고 있다는 것을 느낄 수 있었다. 어머니는 당신의 아들 중 하나가 종교적 소명을 갖는다는 생각에 마음이 흐뭇했었던 같다. 우리 가족의 마음속에 교회란 그토록 큰 무게를 지닌 것이었고 그만큼 우리 가족의 역사와 동질적인 것이었으니. 모든 생활에 교회의 삶과 그 리듬이 깃

들어 있었다. 그러나 그 풀 수 없는 매듭이 어머니의 마음 속에서 어느샌가 조금씩 느슨해졌다. 자식인 우리들의 마음속에서처럼. 어머니가 생각에 잠긴 듯 나를 물끄러미 건너다보는 동안 나는 어머니의 마음속에서 내가 신부가 되는 것을 보고 싶은 꿈이 한 세계, 즉 어머니의 세계와 어린 시절의 종언으로 옮아가고 있는 것을 느꼈다. 나도 시대가 변했다는 걸 알고 있어, 하고 믿음과 당혹 사이에서 흔들리고 있는 그 시선은 말하고 있었다. 이윽고 어머니가 말했다. 네 마음대로 하렴, 네가 하고 싶은 대로 해. 그러나 나는 어떤 방식으로건 어머니를 안심시켜야 한다는 것을 알아차렸다. 나는 어머니에게 생 쉴피스 패거리에 대하여, 바티칸 II 지하예배당에 대하여 이야기했다. 그리고 우리는 다른 것을, 신앙을 다른 방식으로 표현하는 방법을 창안해내려고 노력 중이라고 말했다. 나는 어머니가 트랑의 집 부엌에서 행주에 손을 닦는 것을 바라보았다. 그 모든 행복과 그 모든 불행이 가득 고여 있는 그 집에서, 아버지가 돌아가신 뒤 어머니 혼자서. 자식들인 우리가 지금 어떤 삶을 선택하고 있는지를, 우리가 지금 어떤 가족으로 변해가고 있는지를 스스로 묻고 있는 어머니. 트랑의 부엌에서 불안하면서도 믿음이 가득한 어머니.

그러나 이제 이 이야기의 도중에 아주 잠깐 마주쳤던 한 인물을 다시 등장시킬 때가 되었다. 정확하게 206페이지에서 말이다. 독자들은 아마 그 인물을 잊어버렸을지도 모르겠다. 그렇지만 나는 독자들이 참고 기다리면 다시 이야기를 꺼낼 때가 올 것이라고, 그냥 잠시 언급하고 잊어버리지는 않겠다고 예고한 바 있다. 내가 이야기하려는 인물은…… 물론 밥 딜런이다. 나는 여기서 잠시 동안의 하프타임이 필요함을 느낀다. 예방적인 동시에 회고적인 목적의 하프타임 말이다. 독자여, 혹시 밥 딜런이라면 꼴도 보기 싫다거나 심지어 그런 인물에 대해서는 전혀 관심이 없다고 한다면 부디 이제부터 이어지는 여러 페이지들은 획 하니 건너뛰어 그 뒤쪽으로 넘어가주기 바란다. 나는 그대를 짜

증나게 하고 그나마 남은 인내심을 잃게 하지나 않을까 두렵다. 나는 밥 딜런 이야기를 꺼내기만 하면 그만 균형 감각이 없어진다. 나는 더불어 상대할 수 없는 사람이 되어버리는 것이다. 나는 이 잠깐 동안의 휴식을 이용하여 내가 여러 해 전부터 밥 딜런 이야기를 가지고 넌덜머리나게 하고 물리게 만든 모든 사람들에게 용서를 구하고자 한다. 내가 나의 가까운 친구들, 또는 내게 아무런 폐도 끼친 일이 없는 막연한 지기들로 하여금 딜런에 대한 나의 광적인 사랑을 참아내지 않으면 안 되게 만든 것이, 혹은 그보다 더한 경우, 내 우상의 이런저런 노래를 당장에 귀 기울여 듣도록 강요한 것이 무릇 몇 번이었던가? 그렇지 않으면, 이 대가의 재능이 지닌 방대한 넓이를 짐작이나마 할 수 있도록 요령 있게(?) 골라낸 일련의 노래들을 들려주면서 그 사이사이에 유식하면서도 참기 어려운 해설을 수다스레 삽입하여 질리게 만든 것이 또한 몇 번이었던가? 부끄럽다. 정말 부끄럽다. 그렇지만 나는 후회도 회한도 없이 그렇게 했다. 나는 밥 딜런을 가지고 만인을 골치 아프게 했다. 그런데 나는 이제 그 짓을 또 시작하려는 것이다. 내게는 아무런 변명도 없다. 내가 과거에 한 일에 대해서나 이제부터 하려는 일에 대해서 아무 할 말이 없다. 구태여 말을 하라고 한다면 나는 급성 딜런 사모증에 걸린 환자라고 할 수밖에. 그것이 과연 정상 참작의 대상이 될지 어떨지 자신이 없다. 그러나 벌써 말이 길어졌다. 이제 시작이다. 어쩔 수가 없다.

그러니까 206페이지에서 나는 앞서 로마의 콜레지오 디 산타 크로체에서 어떻게 하여 어느 날 내 미국 친구들과 더불어 처음으로 밥 딜런을 듣게 되었는지를 이야기한 바 있다. 또 매우 로큰롤풍의 딜런이 백 퍼센트 포크송이었던 지난날의 진짜 딜런을 배반했다는 사실을 그 미국 친구들이 어떤 가시 돋친 어조로 설명했는지도 말했다. 그 결과 나는 그전의 딜런을, 그리고 그다음 중간의 딜런을, 그리고 그 뒤의 딜런을 듣기 시작했다는 말을 했다. 결과는 이렇다. 1965년 그날 이후 나는 밤이나 낮이나 딜런의 노래 속에 완전히 빠져버렸다. 이건 거의 과장이 아니다. 로마에서도 딜런, 알제리에서도 딜런(나는 그 귀중한 앨범들을 판매하는 알제의 하나밖에 없는 음반 가게를 싹쓸이했다) 프랑스에 돌아와서는 그 어느 때보다도 더 딜런에게 빠져들었다. 나는 공식판, 해적판 합하여 완벽한 디스코테크를 만들었다. 나 같은 종류의 약간 맛이 간 작자들에게 알려진 이상하고 필시 불법인 경로를 통해서 나는 오스트리아의 빈으로부터 실패한 녹음, 실패한 앨범, 몰래 녹음한 콘서트 같은 말할 수 없이 귀중한 보물들을 받았다. 진짜 노다지였다. 나는 모든 기사와 논문을 읽었고 모든 사진을 수집했다. 나는 1965년 딜런의 영국 순회공연에 대한 펜베이커의 영화 〈돈 룩 백

Don't look back〉의 불어 버전과 영어 버전을 헤아릴 수도 없이 여러 번 반복해서 보았다. 딜런이 쓴 유일한 소설 《테런 튤라》는 종이에 타자로 쳐서 묶은 해적판을 구해 가지고 있다. 나는 딜런의 노래 하나하나를 듣고 또 들었다(앞에서 말했듯이 다른 사람들에게도 들려주었다⋯⋯). 나는 생 쉴피스의 패거리들에게, 통일사회당 친구들에게, 〈바이야르 프레스〉 카드정리 담당들에게, 내 형제자매에게, 안느에게, 그리고 모든 사람들에게 끊임없이 딜런 이야기를 했다. 노래 가사를 가지고 못살게 굴었다고 나를 경찰에 고발할 생각을 한 사람은 아무도 없다. 그 점 나는 이 자리를 빌려 공식적으로, 집단적으로, 감사드리고 싶다. 정말 참을성이 많은 사람들이다!

그러던 중 어느 날 나는 이런 생각을 하게 되었다. 오직 친구들과 주위의 아는 사람들만 못살게 굴지 말고 밥 딜런에 대한 책을 한 권 써서 수천수만 명의 알지 못하는 독자들을 한꺼번에 못살게 굴 생각을 왜 안 하지? 때는 1970년. 내가 그 많은 음반 보따리를 떠메고 생 쉴피스 친구들 집으로 동가식서가숙하던 시절이다. 한꺼번에 두 가지 행운이 찾아와 사태가 급변하게 된다. 첫째 나는 공짜 거처를 하나 얻는다. 어느 날 미국 센터에서 "무료로 방을 사용하는 대신 우리 집 아들아이를 돌봐줄 미국 대학생을 찾습니다"라는 구인광고를 본 것이다. 나는 대학생도 아니고 미국인도 아니다. 그렇긴 하지만 즉시 전화를 건다. 기적적으로 내가 첫 번째 지원자다. 면담 약속이 되었다. 15구에 있는 크고 호화로운 아파트에서 어떤 젊은 여자가 자기는 이혼녀로, 하는 일이 매우 바쁜데 일곱 살 먹은 아들을 자신의 친정 부모에게 맡겨두고 있는 처지라고(그녀의 아버지는 큰 기업체를 운영하는데 그 아파트도 아버지의 것이다) 설명한다. 그래서 학교공부가 끝나는 시간에 가서 아들아이를 데리고 와서 숙제하는 것을 도와주고 학교에 가지 않는 수요일 오후에는 밖에 나가서 아이를 데리고 다녀줄 미국 대학생을 찾는다는 것이다. 그렇지만 댁은 미국인이 아닌 것 같은데요? 물론 아니죠, 하고 내가 대답한다. 그렇지만 저는 에콜 프라티크 데 오트제튀드에 적을 둔 학생으로(부끄러운 거짓말) 지금 유명한 미국 시인에 대한 학위논문을 준비 중입니다(두 번째 거짓말이지만 나는 감히 정상 참작을 요구하는 바이다. 나는 분명 미국의 한 위대한 시인에 대한 책을 한 권 집필할 생각이다. 이 시인이 누군지는 짐작이 갈 터……). 그 여자가 나를 쳐다보더니 잠시 주저한다. 이윽고 내게 말한다. 좋아요. 이리 오세요. 방을 안내하겠어요. 방은 지붕 밑 8층에 있다. 침대 하나, 책상 하나, 세면대 하나(찬물밖에 나오지 않는다). 나로서는 좋다. 우리는 아파트로 다시 내려온다. 부유한 사업가인 그녀의 아버지가 왔다. 그녀가 그를 내게 소개한다. 그가 안경 너머로 나를 유심히 바라본다. 그는 내게 두 가지 충고를 한다. 첫째, 아파트로 와서 우리 손자를 데려가고 데려오는 경우 이외에는 엘리베이터를 사용하면 안 된다. 당신의 방으로 올라갈 때는 외부에 있는 뒷 계단을 이용하기 바란다(비가 올 때는 한심하겠군). 〈바이야르 프레스〉가 눈에 선하다. 기자용과 일반직원용으로 두 대의 엘리베이터가 따로 있었지. 두 번째 충고. 지붕 밑 8층에는 스페인 출신 하녀의 방도 있다. 그 스페인 하녀와 말썽이 나는 것을 원치 않는다. 무슨 말인지 알아들었소? 네, 알아들었습니다.

이리하여 파리 15구 라크르텔 거리에서의 내 생활이 시작된다. 빛나는 미래가 기대되는 생활이다. 나는 방세를 내지 않을 뿐만 아니라 내 손에 돈이 들어오게 되어 있는 것이다. 이것이 두 번째의 기적적인 사건. 내가 입은 자동차 사고에 대한 위로금으로 보험회사가 내게 약간의 돈을 지불한 것이다. 엄청난 금액은 아니다(나중에서야 나는 내가 속았다는 사실을 알게 된다). 그러나 몇 달을 견디기에는 충분한 액수다. 그만하면 나의 위대한 저서의 집필에만 몰두할 수 있다. 미국의 가장 위대한 생존시인인 로버트 짐머만, 일명 밥 딜런에 관한 저서 말이다. 내 책의 출발점은 간단한 것이니, 대체 그의 노래들은 무엇을 말하고 있는 것인가, 라는 질문이 그것이다. 내가 읽은 모든 글에서는 오직 그의 음악, 그가 포크송에서 록으로 옮겨간 과정, 그의 영향, 그의 음악가들 같은 문제뿐이다. 그리고 프랑스의 경우 그의 노래의 내용에 관해서는 언제나 클리셰 수준에서 벗어나지 못하고 있다. 인종차별, 무장에 혈안이 된 국가들, 전쟁, 가난 등에 맞서 투쟁하는 참여가수라는 것이다. 이런 모든 것이 틀린 것은 아니다. 그러나 이로 인하여 집요한 오해가 시작되는 것이다. 딜런은 참여적인 가수 이상이다. 아니 참여라 하더라도 훨씬 더 복잡하고 훨씬 더 은밀한 다른 전선들에서 싸우는 전방위 참여예술가다(보라, 난 이미 시작했다, 이제 멈출 수가 없게 되었다. 미리 말해두지 않았는가……).

나는 우선 그의 노래를 하나도 빠뜨리지 않고 옮겨 적는 일부터 시작한다. 두 미국 친구들의 도움이 컸다. 그들은 확성기에 귀를 갖다 붙이고 수많은 시간을 보낸다. 그들에게 대대손손 축복이 있기를! 과연 그 당시에는 그의 노래의 가사를 담은 책은 존재하지 않았다. 그다음으로 나는, 물론 두 공범자들의 도움을 받아, 가사를 번역하는 일에 착수한다. 기가 막힌 여행이다. 그 사업가의 손자의 공부를 도와주고 함께 돌아다니는 일에 매이지 않은 시간이면 나는 밤낮 없이 귀를 기울여 듣고 번역하고 쓴다. 내 방의 벽에다 딜런의 커다란 포스터를 붙여놓았다. 책상 위, 침대 위, 방바닥, 어디에나 메모, 인용문 토막 발췌문이 빼곡하니 기록된 종잇조각들이 널려 있다. 나는 완전히 딜런광이 되었다. 나른한 목소리로 하모니카를 부는 그 어린 사내의 꿈과 악몽과 탐험 속으로 빠져들고 만 것이다. 나는 미네소타에서 태어났다. 나는 한겨울에 뉴욕으로 와서 그리니치 빌리지의 카페를 전전하며 노래를 부른다. 나는 병원에 입원하고 있는 우디 거드리를 찾아가서 만났다. 나는 흑인들을 지지하기 위하여 남부로 갔다. 나는 조앤 바에즈와 피터와 폴과 매리와 함께 노래했다. 나는 내면과 성서와 예언과 신비의 세계로 난 길을 따라갔다. 나는 언어를 폭발시켰다. 나는 광란하는 어휘에 고압의 전기를 흘려 넣었다. 나는 나 자신의 극한, 악의 극한까지 갔다. 나는 캄캄한 밤의 끝까지 깊숙이 내려가 보았다. 나는 오토바이 사고를 당했다. 천우신조인지 그 사고로 인하여 나는 멈추고 깊이 생각할 수 있었고 변할 수 있었다.

아, 보시다시피, 딜런은 곧 나 자신인 것이다. 교통사고, 그건 나도 당했다. 그래서 나의 인생은 변했다. 이것이 바로 라크르텔 가의 작은 지붕 밑 방에서 내가 처한 상황이다. 광란의 소용돌이 그 자체이지만 행복의 소용돌이 그 자체이기도 하다. 나는 병자처럼 내 낡은 테파즈 축음기에 귀를 기울인다. 나는 병자처럼 글을 쓴다. 어느 날, 내가 그 사업가의 손자를 데리고 불로뉴 숲의 동물원에 갔다가 돌아오니 그 집주인이 나를 이상한 눈으로 물끄러미 쳐다본다. 일전 저녁에 그가 8층으로 올라가 보았더니 마치 누가 고양이 목이라도 조이는 듯한 이상한 음악소리가 들렸다는 것이다. 그는 말없이 복도에 서 있다가 필시 스페인 출신 하녀가 무슨 야만인 같은 자기네 고향 음악을 듣고 있는 모양이라고 혼자 결론을 내렸다. 엉큼하게 나는 아무 대답도 하지 않는다. 나는 위대한 미국 시인에 대한 공부를 하고 있다. 음악이라고요? 음악이라니, 어디서 무슨 음악을 들었나요? 또 하루는 아주 위험천만한 일을 당할 뻔한다. 문제의 사업가가 만면에 웃음을 지으며 자기가 아는 분이라면서 에콜 프라티크 데 오트제튀드의 여교수 한 사람을 내게 소개한다. 나는 박사논문을 쓰기 위하여 그 학교에서 강의를 듣고 있는 것으로 되어 있는 것이다. 아뿔싸! 나의 진짜 신분이 밝혀질지도 모르는 위기다! 천만다행으로 나는 예방조치를 해놓은 바 있다. 친구들을 통해서 그 학교의 강의내용, 교수진, 시험제도 등에 대하여 알아둔 것이다. 나는 프로답게 넘겨짚는다. 고명하신 교수께서는 영문을 몰라 쩔쩔맨다. 살았다.

딜런은 우리 시대의 랭보다. 전기가 통하는 랭보다. 그 점 나는 확신한다. 나는 타자他者다. 이것이 그가 내세우는 말의 키다. 그는 자신의 모습을 감추고 도망치고 손아귀에 잡히지 않게 빠져나간다. 그는 언제나 딴 곳에 가 있고 언제나 멀리 가 있다. 결코 사람들이 짐작하는 그곳에 있는 법이 없다. 유대인인 동시에 기독교인이다. 예언자인 동시에 그리스도다. 그는 언제나 추적을 따돌림으로써 자신의 왕국을 지키고 자유를 보호한다. 사랑에 있어서도 마찬가지

다. 이것이 내가 안느에게 들려주는 이야기다. 그녀는 라크
르텔 가 8층으로 자주 찾아온다.

◇◇

내 책이 끝났다. 나는 다른 갤럭시에서 막 도착한 귀신같
다. 기지개를 켜고 머리를 털며 정신을 차려 주위의 세상을
향해 아주 새로운 눈을 뜬다. 마치 긴긴 여러 달 동안 세상
구경을 한 번도 못해본 사람처럼. 책을 다 썼으니 이제 출
판을 하도록 해보아야겠다. 생 쉴피스 친구들이 한 가지 아
이디어를 내놓는다. 자기들이 1968년 5월 이후, 학교제도
에 대한 그들의 책을 펴낸 바 있는 출판사를 찾아가보라는
것이다. 그곳은 사회문제들을 다루는 사회과학 서적들을
주로 낸 출판사다. 록 음악은 그 출판사의 전문이라고 하기
어렵다. 하지만 그게 무슨 상관인가? 하긴 상관없는 일 같
다. 나는 내 원고를 보낸다. 그리고 기다린다. 그렇게 기다
리는 사이에 보험회사의 선물인 내 노다지가 바닥난다. 나
는 자잘한 일거리를 얻는다. 몇 달 만의 계약이다. 성인직업
교육협회의 조사업무다. 하는 일이란 여러 노동조합 본부
에 찾아가서 직업교육에 대하여 제공하는 모든 정보를 수
집해오는 것이다. 그 일 덕분에 나는 여러 큰 노동조합들의
속내를 들여다볼 수 있었고 여러 사람을 알게 되었다. 다른

조사원 동료들과 더불어 우리는 보고서를 작성한다. 여러 해가 지난 뒤 또 다른 조사원이 우리의 보고서에 대한 보고서를 작성했을 것으로 짐작된다.

특히 1971년 그해, 한동안 통일사회당 제7구 위원장이었던 나는 결정적인 행동을 하게 된다. 구청장 선거에 출마하게 된 것이다. 즉 당내 경선에서 후보자로 뽑힌 것이다. 다시 한 번 말하지만 나는 당시 파리 7구에서 당원으로 활동한다. 그 구의 구청장은 오래전부터 요지부동인 에두아르 프레데릭-뒤퐁이다. 그는 우파 경향의 국회의원이기도 해서 매번 일차 투표에서 스탈린적인 스코어로 당선된다. 그러니 나의 입후보가 가미카제식의 미친 짓임은 말할 것도 없다. 그러나 상관없다. 싸워보는 것 자체가 중요한 것이다. 노래에도 나오듯이 이건 시작일 뿐……. 좌파운동의 절정인 그 1971년에 통일사회당은 극좌파의 꽃인 **노동자 투쟁**과 공동전선을 편다는 역사적인 결정을 내렸다. 당시 우리들의 상호관계는 기껏 마르슬랭 휘하의 경찰들의 몽둥이에 함께 얻어터지는 정도에 그치고 있다. 물론 그것만 해도 연대의식을 느끼게 하는 것은 사실이다. 그러나 서로를 소상하게 안다거나 자주 교섭이 있다고 말하기는 이르다. 연합전선을 펴기로 할 때의 의도는 일반 여론을 향하여(그리고 부차적으로 퐁피두 정권을 향하여) 극좌파도 분열을 극복하고 힘을 합하여 함께 노동자의 이익을 옹호할 수 있다는 것을 보여주자는 데 있다. 이리하여 우리는 **파리를 노동자에게**라는 이름으로 공동후보자를 낸다. 양쪽 기구의 합의는 통일사회당과 노동자 양자가 일대일 통합(물론 정치적으로)을 약정하고 있다. 그래서 입후보자 대표 자격으로 나는 노동자 투쟁이 지명한 후보들을 만나는 임무를 맡는다. 이러고 보니 나는 단번에 지하생활의 신분으로 전락하는 느낌이다. 나는 20구 낯선 동네 한구석에 처박혀 있는 어떤 카페 뒷방에서 끊임없이 입구 쪽에 신경을 쓰면서 가짜 신분증을 소지한(노동자 투쟁에서는 신분위장이 원칙이다) 운동권 인사들과 만날 약속이 되어 있다. 간혹 경찰이 들이닥쳐서 우리를 체포하기도 한다는 것이다. 이런 식으로 지하 레지스탕 노릇을 하는 것이 그들에게는 스릴이 있는 모양이다. 내겐 오히려 이런 것이 우습게만 보인다. 그러나 어쨌건 좋다. 결국 공동입후보 명단작성이 합의된다. 그러나 나는 노동자 투쟁 쪽 공동입후보자들이 누구인지조차 알지 못한다. 그러면서도 함께 선거운동을 하는 것이다. 한밤에 벽보를 붙이고 지하철 정거장 입구나 병원 출구에서 유인물을 나누어주고…… 당시 골치 아픈 상대는 마르슬랭의 경찰만이 아니다. 옥시당의 파시스트들도 만만치 않다. 어느 날 저녁 6시경, 에콜 밀리테르 지하철 정거장에서 우리는 머리를 빡빡 민 괴한들의 습격을 받는다. 달려와서 우리를 구해준 것이 누구였겠는가? 고급 직물 양복과 주름치마를 입은 7구의 신사숙녀들이다. 여차하면 그들은 우리에게 한 표를 던질지도 모른다. 일차 투표일 저녁 나는 저 요지부동의 에두아르 프레데릭-뒤퐁의 공식 경쟁자 자격으로 7구 구청에 와 있다. 그는 당당하게 나를 찾아와서 악수를 청한다. 물론 그는 군중이 환호하는 가운데 일차 투표에서 재당선된다. 우리 **'파리를 노동자에게'** 진영은 5퍼센트를 건진다. 진정한 승리다.

◇◇

그게 같은 해였는지는 잘 기억나지 않지만 그 극좌파 시절에 대한 또 다른 일 한 가지가 머리에 떠오른다. 우리 통일사회당은 모든 극좌파 운동들과 더불어 스포츠 궁전에서 마르슬랭의 허가를 받아 개최하기로 되어 있는 옥시당의 집회를 저지하기 위한 대대적인 시위를 결정한다. 그리하여 우리는 그 파시스트 집회를 저지하기로 굳게 결의하고 탄탄한 어깨동무로 전열을 가다듬어 르페브르 대로로 돌진한다. 물론 나의 열정과 분노는 하늘을 찌를 듯하다. 그러나 머릿속 한구석에서 나는 만약 머리를 **빡빡** 민 그 사나운 놈들이 기다리고 있는 스포츠 궁전 안으로 우리가 밀고 들어가게 되면 대 살육전이 벌어질게 분명하다는 생각을 하고 있다. 르페브르 대로 저 아래, 베르사유 시문에서는 기동타격대가 손에 곤봉을 움켜쥐고 우리를 기다리고 있다. 그때 문득, 시위대의 전방에서 그 역시 헬멧을 쓴 공산주의 연맹 행동대가 불쑥 나타난다. 그들이 손에 쳐들고 있는 것은 몽둥이가 아니라 화염병이다. 처음 날아간 화염병이 목표를 명중, 즉시 경찰버스 한 대에 불이 붙고 군중이 비명을 지르고 불꽃이 활활 타오르는 가운데 기동타격대가 물러난다. 헬멧을 쓴 행동대가 앞으로 달려 나가고 우리가 뒤에서 밀어붙이니 옥시당의 살인자들이 돌격준비, 이제 머지않아 대 살육이 벌어질 판이다. 그러나 기동타격대가 다시 전열을 가다듬고 지원군을 보강하여 스포츠 궁전 입구를 봉쇄한 채 우리를 뒤로 물러나도록 밀어붙인다. 이런 말을 하면 안 되겠지만 나는 겨우 살았다는 듯 안도의 한숨을 내쉰다. 경찰이 우리를 공격하는 것에 만족을 느낀 것은 이번이 처음이다. 그러지 않았다가는 그 미친 옥시당 놈들과의 대 살육전은 불을 보듯 뻔한 것이다. 나의 안도감도 한순간, 그날 밤새도록 기동타격대는 15구 거리로, 심지어 아파트 마당 안까지 우리를 추격하여 머리가 긴 사람만 보면 몽둥이를 휘두른다. 두근거리며 온통 겁을 집어먹은 채 밤새도록 도망을 다니자니 등 뒤에서는 큼직한 군화 발소리가 그치지 않는다. 지금도 그 시절과 관계된 꿈속에서는 마르슬랭의 기동타격대가 아파트 마당에서, 계단에서, 복도에서 우리에게 몽둥이를 휘두르는 것이다.

그러나 나는 벌써 또 다른 모험에 뛰어들었다. 올리비에, 프레데릭 그리고 다른 몇몇 생 쉴피스 친구들과 더불어 우리는 행동에 옮기기로 결정했다. 교회 지하실에서의 미사는 이제 끝이다. 교회당국이 중지를 명령한 것이다. 하여간 공식적이든 비공식적이든 우리는 가톨릭교회에서 멀어져가고 있다. 그 모든 교의, 그 모든 예배, 그 모든 설교, 언제나 변함없이 반추되는 그 모든 감언이설을 이제 더는 견딜 수가 없다. 우리가 바라는 것은 뭔가 다른 것을 우리끼리 창안해내는 것이다. 당시 유행은 아르데슈 지방, 라르자크 혹은 다른 곳에서 공동체 생활을 하는 것이다. 자연으로 돌아가기, 염소치기, 현미식 같은 것 말이다. 우리의 생각은 꼭 그런 것은 아니다. 우선 우리는 파리에 살고 있고 계속해서 파리에 남아 있을 것이다. 우리 중 그 어느 누구도 양치기나 윤작 농사나 앙고라 토끼치기의 소명을 가진 사람은 없다. 우리는 사회에서 도피하고 싶지 않다. 우리는 사회를 안으로부터 변화시키고 싶다(저마다 나름대로의 유토피아가 있는 법). 무엇보다 우리는 우리 자신을 안으로부터 변화시키고 싶다. 우리의 전통적인 사고방식에서 벗어나고 싶은 것이다. 가서 다른 것을 보고 싶다. 가령 동방 쪽으로. 우리는 다 같이 생각해보고 토론해보고 함께 살아보고 싶다. 공동으로 일상생활의 실험을 해보고 싶다. 삶 전체를 변화시키기 전에 우리 자신의 삶을 변화시켜보고 싶다. 기적이 일어났다. 14구의 물렝 베르 가의 안마당 저 안쪽 구석에 있는 조그만 집 하나를 세내게 된 것이다. 그리고 모든 사람이 다 함께 거처하기에는 너무 작은 집이므로 거기서 세 블록 떨어진 곳에 일종의 별관으로 일층 방 두 개짜리 아파트 하나를 세냈다. 나로서는 마침 잘된 일이다. 라크르텔 가의 부자 사업가가 이제 더는 내가 자기네 손자를 돌봐주지 않아도 된다고 통고한 것이다. 그러니 미안하지만 8층에 있는 하녀 방을 좀 비워달라는 것이다. 나는 즉시 물렝 베르의 집으로 이사한다. 나는 이제 막 파리 교외에 시청각 교사 일자리 하나를 얻었다. R8 자동차 트렁크에 큼지막한 비디오테이프 녹화기 한 대, 큼지막한 비디오카메라 한 대, 16밀리미터 영사기, 그리고 여러 통의 필름들을 싣고(나는 지금 선사시대 이야기를 하고 있는 중이다) 이 학교 저 학교로 돌아다닌다. 유치원에서 고등학교 졸업반에 이르기까지 각급 학교들을 돌아다니며 당시의 거창한 표현을 빌리자면 **이미지를 판독**하는 법과 이미지를 제작하는 법을 가르친다. 영화 상영, 토론, 비디오나 8밀리미터 영화제작 실습. 이런 기재들을 떠메고 이 도시 저 도시를 돌아다니면서 매번 수준이 다른 학생들을 만나는 그 일은 힘겨운 직업이다. 그러나 나는 그게 너무나 좋은 것이다. 나는 영상이 좋다. 나는 영상에 대하여 토론하는 것이 좋다. 영상을 창조하는 것이 좋다. 특히 유치원 아이들과. 나는 그 아이들에게 만화영화를 틀어주고 그 영화를 바탕으로 그림을 그리게 한 다음 그 그림들의 슬라이드 사진을 찍는다. 그리고 그걸 바탕으로 이야기와 이미지와 소리를 만들어낸다. 어쨌건 일자리와 월급이 생겨서 다행이다. 물렝 베르의 집세를 낼 수 있으니 더욱 그럴듯한 것이다. 한편 다른 친구들은 그냥 자질구레한 아르바이트를 한다. 지금까지 내가 그랬듯이.

◇◇

그러면 밥 딜런에 대한 내 책은? 천만에, 절대로 잊은 것이 아니다. 그의 음반을 듣는 일도 그만둔 것이 아니다. 만나는 사람마다 붙잡고 딜런에 대한 내 고심참담의 이야기를 물리도록 쏟아놓는 버릇도 물론 변함이 없다. 그런데, 그쪽의 소식은 양호한 편이다. 출판사에서 그 책을 읽었고 흥미를 느껴서 출판하기로 한 것이다. 출판사는 아주 낙관적이다. 1971년에 아무도 언급하지 않고 있는(물론 입만 벌리면 그 이야기인 나만 빼고……) 유일한 인물이 있다면 그는 단연 밥 딜런이기 때문이다. 사고를 당한 후 그는 행방불명 상태로 되어 있다. 아예 죽은 것이다. 그러다가 미쳐서 광란하며 그토록 충격적인 인상을 주던 시대와는 완전히 동떨어진 음반들을 내놓았다. 기껏 그에 대하여 언급할 때도 사람들은 그를 명분을 저버린 배신자, 아니면 노골적인 반동으로 취급한다. 최악의 경우, 그는 끝장난 인물, 점잖게 낡아버린 인물로 간주된다. 승무원, 화물 모두와 함께 침몰. 난파. 시인이요 가수였던 밥 딜런, 여기 잠들다. 소문은 이렇다. 물론 내가 책에서 주장하는 것은 그와 정반대다. 딜런은 여전히 우리를 놀라게 하고 있습니다, 여러분! 이제 시작에 불과합니다! 이 책을 읽어보면 분명히 알 수 있습니다!

그러는 한편, 나는 시집 한 권을 완성한다. 캐나다, 로마, 알제리에서 보내는 여러 해에 걸쳐 나는 거의 강박적으로 엄청난 양의 시를 쓴다. 그중 십분의 구는 쓰레기통에 버려야 마땅한 것들이다. 그 나머지는 자기도취, 자기만족 그리고 과도한 심정토로로 점철된 것. 그래도 어쨌건 나는 그 시들이 좋다. 그리하여 그 시가 마음에 든다는(적어도 말로는 그랬다) 출판사도 하나 찾았다. 만사가 탈 없이 진행된다면 두 권의 책이 동시에 나올 예정이다. 나는 신이 나고 거의 병적인 기아상태가 되어 R8 자동차의 핸들을 잡고 파리 교외의 길을 달리며 〈블로잉 인 더 윈드〉나 〈미스터 탬버린 맨〉을 목이 터져라 불러댄다. 생트 크롸를 떠난 것도, 클리쉬 광장 뒤쪽 그 영감네 방구석에서 고독을 씹던 시절도 먼 옛날. 까마득 먼 옛날. 나는 지금 친구들과 물렝 베르에 살고 있고 현미밥을 먹으면서 미친놈처럼 밤늦도록 토론을 한다. 그리고 내 책 두 권이 이제 곧 출판되어 나올 것이다.

과연 두 권의 책이 동시에 나온다. 내 시집은 오직 친구들만이 호의로 사준다. 그러나 밥 딜런에 대한 내 저서의 경우 이게 꿈인가 생신가 싶을 정도다. 나는 그 책을 라크르텔 가의 손바닥만 한 방 안에서 사업가의 손자를 봐주면서 썼다. 나는 언론계에도 출판계에도 아는 사람이 없다. 그래도 그런 것은 전혀 상관하지 않았다. 나는 그 책을 그냥 쓰고 싶어서 썼다. 그 책이 세상에 나와야겠기에, 나는 딜런 애호병의 중증환자이기에 썼다. 그뿐이다. 그런데, 그런데 말이다, 어느 날 저녁 한쪽 손에는 영사기를, 다른 한쪽 손에는 카메라를 들고 교외의 어떤 학교에서 일을 하고 돌아오니 올리비에 녀석이 내달리며 소리친다. 저기 말야, 미셸랑슬로가 너를 찾아. 전화가 왔는데 급한 일이래. 오늘 저녁

〈캠퍼스〉에서 기다리고 있으니 오라는 거야 미셸 랑슬로가! 〈캠퍼스〉에서! 오늘 저녁에! 하마터면 나는 손에 들고 있는 장비 일체를 땅에 떨어뜨릴 뻔했다. 〈캠퍼스〉라면 그 무렵 몇 해 동안 록, 문학, 사상 등 당시 세인들 가운데 요동치고 요동치게 하는 모든 것에 관심을 가진 모든 사람들에게 가장 인기를 모으고 있는 방송프로다. 그건 우리의 프로, 또 다른 문화의 프로 바로 그것이다. 미셸 랑슬로는 그 방송의 선구자. 물론 나는 그와 아는 사이가 아니다. 그러나 우리 출판사 사장은 그를 안다. 그뿐 아니라 그는 랑슬로에게 내 책의 서문을 써달라고 부탁했다. 랑슬로는 서문을 한 번도 쓴 적이 없으니 이 책이라고 해서 새삼스레 서문을 써줄 까닭은 없는 일이라고 대답했다. 우리 출판사 사장은 그 답장을 내 책에 일종의 안티 서문으로 사용했으니…… 그랬더니 랑슬로가 나를 초대한단다. 〈캠퍼스〉 프로에 말이다. 그것도 오늘 저녁 당장 **유럽1** 방송. 나는 **유럽1** 방송국이 어디 있는지도, 지금이 몇 시인지도 알지 못한다. 그리고 〈캠퍼스〉가 몇 시 프로그램인지도 알지 못한다. 길게 생각할 것 없어, 하고 올리비에가 말한다. 어서 달려가! 나는 달린다. 나는 맞는 주소에, 제 시간에 도착한다. 한 치도 어긋나지 않는 시간이다. 즉시 스튜디오로 안내된다. 나는 땀을 뻘뻘 흘린다. 얼굴이 벌게져서 벌벌 떤다. 미셸 랑슬로가 마치 전문가를 대하듯이, 마치 자타가 인정하는 밥 딜런의 최고권위자를 대하듯이 내게 말을 건다. 나는 사기꾼입니다, 난 얼치기예요, 아는 게 아무것도 없어요, 난 그저 라크르텔 가의 작은 방에서 내 테파즈 축음기로 음반을 들으면서, 집주인 사업가는 스페인 노래인 줄만 아는 그 노래를 들으면서 이걸 그냥 혼자서 썼어요, 이렇게 말하고 싶다. 나는 더듬거리고 빼먹는다. 뒤죽박죽으로 이야기를 늘어놓는다. 내가 무슨 말을 하고 있는지도 잘 모른 채. 생각해보시라, 여러분, 나는 지금 〈캠퍼스〉 프로그램에 나와서 밥 딜런에 대하여 생방송으로 말하고 있는 것이다! 이제는 죽어도 좋다. 하긴, 지금 당장은 아니고.

얼마 후, 두 번째 쇼크. 어느 날 신문가판대 앞을 지나다가 〈르 몽드〉지 1면을 본다. 그 아래쪽 오른편 칸에 이런 제목이 실려 있다. '밥 딜런의 길' 그리고 그 뒤의 어떤 면에 기사 본문이 실려 있으니 참조하라고 되어 있다. 《밥 딜런의 길》, 이건 내 책의 제목이다(신통한 제목이 못 된다, 출판사에서 단 것이니……). 내 책이 〈르 몽드〉지의 1면에 나다니! 나는 병 걸린 사람처럼 달려가 신문을 집어 든다. 틀림없다. 신문에서 말하는 건 분명 나다. 내 말은, 즉 밥 딜런이란 말이다. 그리고 덤으로 내 이야기도 나온 것이다. 내 책 이야기도 나온 것이다. 머리가 빙빙 돌며 어지럽다. 나는 꿈을 꾸는 듯, 포도 위에 못 박혀 서 있다. 〈캠퍼스〉와 〈르 몽드〉라. 이젠 정말 죽어도 좋다…….

◇◇

　물렝 베르 가에서 우리는 날마다 혁명이 한창이다. 우리는 함께 살면서 다른 것을, 자기 자신, 자신의 몸, 자신의 머리, 자신의 마음과 일치하는 다른 사고방식, 다른 존재방식을 창조해내고자 했다. 내게 가톨릭교는 그것의 도그마, 규칙, 성적 강박에 사로잡힌 듯한 윤리, 금지, 타협, 고통에 의한 정화 이데올로기 등 제도에 꽁꽁 묶여 운신이 어려워진 아주 낡은 것으로만 여겨졌다. 그리고 그 모든 역사의 무게, 그 부채, 무기와 강제권을 통해서 권력을 행사하고 칼의 힘으로 정복하고 개종시키고 저항하는 자들은 무참히 살해하는 현세적 권력으로서의 교회. 그리고 기독교의 반유대주의, 교회의 심장부에 찍힌 그 검은 반점, 교회가 가르치고 전파하는 유대인 증오. 그런 교회가 어떻게 아직도 우리에게 그리스도의 이름으로 무상의 기쁨을 말할 수 있겠는가? 물론 거대한 자유의 바람인 바티칸 II가 있었다. 그러나 제도는 너무나 강한 것. 우리를 불쌍히 여겨 달라고 간원하고 빌어야 하는 신을 중심으로 한 저 모든 신학은, 저 모든 희생의 신화는 무엇을 의미하는 것인가? 라틴어로 미사를 올리던 시절에는 아직도 기억나거니와 성로신공 때 이렇게 탄원했다. **"당신의 백성들을 용서하여 주옵소서. 세상 끝나는 날까지 저희에게 분노하지 마시옵소서."** 그리고 이렇게 노래했다! "무릎을 꿇어라, 모두가 찬송하라!" 오늘날까지도 마치 복수의 손을 거두어주시기를 빌어야 한다는 듯 미사는 하나님의 불쌍히 여기심에 대한 호소가 넘쳐난다. 사람들은 **"불쌍히 여기소서"**를 되풀이하고 똑같은 소리를 늘어놓지만 그게 무슨 뜻인지도 알지 못한다. 밑도 끝도 없는 같은 소리를 무슨 신기한 공식이나 되는 듯이 내뱉고 또 내뱉는다. 공의회 이후의 교회, 현대 교회 역시 그 나름의 부적 같은 공식, 어디나 쓸 수 있는 용어들을 만들어내었는데 나는 이제 그런 것은 듣기만 해도 달려가 때려 부수고 싶어진다. 의식이니 공식이니 하는 것을 이제는 견딜 수가 없다. 견디고 싶지 않다. 로마에서건 어디서건, 그 뾰족하고 높은 모자, 그 사목 지팡이, 그 모든 장식들과 더불어 주교님들이 다 같이 모여 치르는 그 카니발. 교황과 그 화려한 근위병들과 신하들과 외교관들과 텔레비전이 우주 중계하는 성 바오로 광장의 쇼는 물론 말할 것도 없고. 그게 예수와 그의 가난, 단순함과 무슨 상관인가? 그런 교회라면 없어지는 것이 좋다. 그렇게만 된다면 더 바랄 것이 없을 것이다.

물렝 베르 가의 우리는 그런 이야기에서 벗어나서 다른 세계관, 다른 실천들에 도전해보고 싶고 또 그럴 필요가 있는 것이다. 우리는 철학과 정신의 분야뿐만 아니라 음식에 있어서까지 우리의 믿음, 사상에 대한 토론을 시간 가는 줄 모르고 계속한다. 그 시절은 또한 몸, 명상과 정신통일의 새로운 기법을 재발견하는 시대다. 그 시절은 동방의 부름을 받은 시대다. 우리 중 몇 명은 인도여행을 결심한다. 그들은 어느 아슈람(명상기도원)에 가서 여러 달을 보내면서 마음의 평화를 발견하고는 완전히 딴 사람이 되어 돌아온다. 한편 내가 발견한 것은 선불교다. 단 몇 마디 말로 세상의 내밀한 존재, 우리 삶의 내면을 포착하는 저 섬광 같은 순간의 시, 하이쿠를 통해서 선의 경지에 도달한다. 존재와 사물과 생명의 박동에 덥석 물리듯 몸을 맡긴다. 사찰이니 규칙이니 여러 가지 유파니 하는 불교의 제도적인 면에 대해서는 전혀 관심이 없다. 나는 때묻지 않은 불교, 원시불교, 중세시대의 미친 중들을 좋아한다. 그들은 거의 부조리에 가까울 정도의 유머를 소화하고 있는 완벽한 하이쿠의 대가들이다. 답이 발견된, 그러면서도 여전히 아리송한 수수께끼처럼 아름답고 결정적인 하이쿠 말이다. 나는 또한 선불교 사상과 접하기 위하여 일본까지 찾아간 한 독일 철학자의 그 텍스트 또한 좋아한다. 그가 배우고자 하는 마음을 털어놓자 전통적인 선 예술을 실천함으로써만 앎에 도달할 수 있다는 대답을 듣는다. 그는 활쏘기를 택한다. 그는 여러 해 동안 스승의 지도하에 과녁을 잊어버리고 아무런 생각도 하지 않으며 겨냥하고 일체의 결과를 포기함으로써 스스로 화살, 몸짓, 운동이 되는 것을 배운다. 그의 저서, 《활쏘기의 무사도에 있어서의 선》은 그 시절 내가 항상 휴대

하고 다니는 성서였다. 케루악, 긴즈버그, 그들의 친구로 그 자신이 일본에 가서 사는 개리 스나이더에게서 재발견하는 것 역시 선의 행복이다. 그것은 하나의 실천적인 철학이다. 자아와 세계 사이의 일치. 자신을 비워서 세계를 받아들이는 것.

그렇다고 해서 내가 스스로를 불교도로 규정하지는 않는다. 앞으로도 그렇게 규정할 생각이 없다. 나는 불교에서 살아가는 데 도움이 되고 보다 더 행복해지는 데, 혹은 덜 불행해지는 데 도움이 되는 것을 취할 뿐이다. 그러나 불교가 무엇인가를 말하는 수고는 불교도에게, 진짜 불교도에게 맡겨두겠다. 사실 나는 거기에서 천리만리 떨어져 있음을 느낀다. 솔직히 말해서 요즈음 한창 유행하는 티베트 불교나 달라이 라마 숭배는 심지어 두드러기가 날 정도다. 사실 나는 완전히, 치유 불가능한 유대 그리스도 절충교도다. 나는 성서를 너무 많이 읽어서 그 속에서 마음이 편해진다. 불교는 고통을 없애고자 한다. 그러나 나의 세계관에서 보면 고통이란 없어지는 것이 아니다. 성서는 비극적이고 무시무시하다. 희망으로, 희망의 노래로, 희망의 기도로 가득 차 있다. 나는 아무도 본 적이 없어 전혀 아는 바 없는 저 수수께끼 같은 신 앞에서 인간의 의미에 대하여 끊임없이 질문을 던지는 저 민족의 역사를 통하여 내가 유대인임을, 에누리 없는 유대인임을 느낀다. 기독교에서는 신이 인간이 되었으므로, 우리 가운데 한 인간이 되었으므로, 그리고 신이 모든 인간들처럼 죽었으므로, 나는 내가 기독교인임을, 에누리 없는 기독교인임을 느낀다. 나는 신이 죽음에 이를 정도로 인간인 것이 좋다. 인간들의 운명을 끝까지 받아들임으로써 인간이 된 신의 고통과 죽음의 그 신비가 나는 좋다. 죽음이 있기 때문에 삶은 비극적이다. 신은 우리와 더불어 죽기 위하여 스스로 인간이 된 것이다.

◇◇

설교는 이 정도로 그치자. 그리고 물렝 베르 거리로 되돌아와 보자. 그런데 실제로 우리의 공동체가 존재한다는 소문이 결국 퍼져나가고 말았다. 시골에 있거나 산속에 있는 공동체라면 흔하다. 신문 잡지에 보면 지지하는 어조, 비꼬는 어조, 심지어 매우 우려하는 어조(말세라는 것이다!) 등으로 수많은 페이지들을 그것에 할애하고 있다. 그런데 파리 한복판에 공동체라, 이쯤 되면 벌써 그리 흔한 것이 아니다. 특히 우리의 그것처럼 극좌파, 퐁피두 정권하의 상업주의 일변도인 사회의 비판, 그리고 철학적 정신적 탐구를 결합한 것은 더욱 그렇다. 어느 날 〈파리마치〉의 기자 한 사람이 문을 두드린다. 그가 냄새를 맡은 것이다. "파리에서도……" 우리는 정중하게 그러나 단호하게 그를 내쫓는다.

반면에 우리에 대한 소문을 듣고 비교적 긴 기간 동안 몸을 의탁하고자 찾아오는 모든 사람들은 군소리 없이 받아들인다. 그리하여 우리는 여러 달에 걸쳐 아주 특이한 인사들을 재워주게 된다. 그들과의 동거는 그럭저럭 견딜 만하다. 생후 몇 달 된 아이를 데리고 로제르 지방에서 올라온 그 부부의 경우가 그랬다. 그들은 채식주의자에다가 지독한 바이오식품 애호가다. 우리도 현미밥을 굳세게 고집하는 터이긴 하지만 그렇다고 해서 좋은 포도주나 양질의 고기를 마다하지는 않는다. 바데 레트로사타나스(물러가라 사탄아)! 이걸 보자 이 충격적 바이오식품 애호가들은 소리친다. 그들은 파리 거리로 갓난아기를 데리고 나가는 것을 한사코 거부한다. 이 몹쓸 도시의 몹쓸 세균들이 묻어 올까봐 겁이 난다는 것이다. 우리의 참을성은 얼마나 대단했던가. 그리고 얼마나 친절히 대해주었던가! 그리고 또 헌병들에게 쫓기고 있는 탈영병도 한 사람 있다. 그는 스웨덴으로 가서 여러 해를 보내고 우리 의견 같은 것은 물어보지도 않고 턱 하니 우리 집에 와서 자리 잡는다. 그는 우리 집에 와서 자고 먹는 것이 당연하다고 생각하는 모양이다. 우리가 당연하다고 생각하지 못하게 된 것이 있다면 그가 어느 날 집 안에 있는 돈을 몽땅 다 훔쳐가지고 사라져버린 사건이다. 얼마 뒤 우리는 신문을 통해서 그의 소식을 듣게 된다. 즉 그는 탈영병들에게 가해진 부당한 대접에 세인의 주의를 환기시키기 위하여 어떤 종탑 꼭대기에 올라가서 몸을 묶고 매달린 것이다.

그러나 이렇게 들락날락하는 사람들 가운데 생 쉴피스 친구들과 그 주변의 일고여덟 사람으로 이루어진 기본 그룹은 남아 있다. 인도 여행자들이 아슈람으로 떠날 때 다른 친구들, 그 친구들의 친구들 가운데서 새로운 회원들을 호선했다. 가령 이브의 경우가 그렇다. 재정적인 면은 좀 부침이 심한 상태다. 그러나 체험의 차원에서는 정신없고 풍요로운 면이 있다. 우리는 아래층 큰 방 방바닥에 둘러앉아서 새벽이 되도록 장시간 토론을 벌인다. 통일사회당과 하이쿠에 대하여, 여성해방과 바이오식품 소비조합에 대하여, 복음서와 미국 영화에 대하여, 선에 있어서 다도의 역할과 이민자들의 권리에 대하여. 물론 밥 딜런에 대한 이야기도 빠질 수 없다. 아침이 되면 나는 내 녹음기, 카메라, 영사기를 R8 자동차에 싣고 떠난다. 완전히 딴 곳에 정신이 팔려 순전히 직감으로만 운전하는 날도 있다. 이 반 저 반으로 돌아다니며 자신도 무슨 소리를 하는지 모른 채 영화해설을 하는 날도 있다 영화상영을 할 때 이 필름 저 필름을 서로 혼동하여 엉뚱한 것을 보여줄 때도 있다. 공동체 생활이란 정말 흥미진진하다. 그러나 피곤하기도 하다. 흥미진진하면서 피곤하다.

그리고 몸이 편찮으신 어머니가 수술을 받는다. 어머니는 별것 아닌 수술이란다. 대단찮은 위궤양이라는 것이다. 실제로 어머니 자신에게 사실을 숨기고 있는 의사가 우리에게 귀뜀해준 바로는 암이 온몸에 다 퍼진 것이다. 그저 몇 달을 더 사실 수 있다고 한다. 나의 어머니가 이제 곧 죽는다. 이런 모든 이야기는 이미 말했고 글로 썼다. 그 얘기를 또 되풀이할 생각은 없다. 돌아가시기 전날 어머니와 주고받았던 말들을 나는 마음속에 간직하고 있다. 어머니의 삶에 대한 사랑을 행복에 대한 사랑을 나는 간직하고 있다. 그리고 죽음에 대한 두려움을. 모든 죽음에 대한. 그 이상 더 말하고 싶지 않다. 어머니의 죽음과 더불어 무엇인가가 끝나버렸다는 것밖에는. 젊음이 말이다. 나의 젊음이. 우리는 트랑에 있는 집을 판다. 가족은 이제 전과 같지 않다. 그 시절은, 우리가 트랑에 살던 그 시절은 끝났다. 아버지가 돌아가셨고 어머니가 돌아가셨고 집이 팔렸다. 나 역시 한 시대에서 다른 시대로 건너간다. 나는 이제 트랑에 살고 있지 않고 생트 크롸에 머물지 않는다. 그리고 나는 물렝 베르를 떠난다. 물렝 베르에 살던 사람들 각자는 저마다의 시절을, 저마다의 시간을 마감하고 결국은 떠나버린다. 자신의 내면에서 작업이 끝났다. 다른 더 바쁜 일들이 생겼고 다른 욕구가 생겼다. 이제 나는 내 삶을 만들어가야 한다. 내가 사랑하는 안느, 나를 사랑하는 안느와 함께. 이렇게 행복을 꿈꾸었던 한 젊은이가 지나갔다. 생생하게 살아 있고 싶어 했던 한 젊은이가 살아서. 그러니 이젠 어서, 어서. 삶이 전진한다.

어느 날 나는 딜런을 만났다. 1978년, 그가 파리에서 가진 일련의 콘서트 때였다. 내가 무대에 선 그를 본 것은 그것이 처음이었다. 그 주일 그가 가진 콘서트는 하나도 빼지 않고 다 보았다. 그리고 그 뒤에도 좋은 것이건 나쁜 것이건 거의 빼지 않고 다 보았다. 나는 그가 어떤 호텔에 묵는지 알아냈다. 나는 리셉션 카운터에다가 내 책을 맡기고 그에게 전해달라고 부탁했다. 그리고 거기에 이런 편지를 넣어두었다. 이것이 내가 쓴 책입니다. 저를 만나고 싶다면 전화해주십시오. 그렇다, 분명 나는 그렇게 썼다. 그다음 날 아침 그의 매니저가 내게 전화를 걸어왔다. 딜런이 오늘 저녁 공연 후 그의 의상실에서 나를 기다린다는 것이다. 됐다. 과연, 딜런이 문득 색안경 뒤로 표정을 감춘 채 나타났다. 그는 얼굴 가득 웃음 지으며 나를 만나게 되어 말할 수 없이 기쁘다고 했다. 나는 〈캠퍼스〉 프로에 나가서 미셸 랑슬로의 마이크 앞에서 그랬듯이 말을 더듬거렸다. 아뇨, 오히려 제가⋯⋯ 저로서는, 저로 말할 것 같으면⋯⋯ 우리는 한 시간 정도 이야기를 나누었다. 노래에 대하여. 삶과 죽음에 대하여. 뱀에 대해서도 이야기했던 것으로 기억된다. 꿈속에 나타나는 뱀의 역할과 의미에 대하여. 전기가 오를 것 같은, 그리고 색안경 너머 미소 가득한 얼굴로 건너다보는 그 키 작은 사람 밥 딜런과 한 시간. 밖에 나오자 팡텡 시문께의 어둠 속에서 나는 몸을 떨면서 혼자 웃었다. 나는 이제 막 미국의 가장 위대한 시인을 만나고 온 것이다. 나는 이제 막 밥 딜런과 이야기를 나누었던 것이다. 이 모든 것을 가슴 깊숙한 곳에 고이 간직해두라. 그리고 라크르텔 거리의 시절을 기억하라.

◇◇

그 주일에 있었던 딜런의 콘서트들 중 어느 한 번은 아네스가 있었다. 나의 누이 아네스, 여러 해 전부터 병이 나서, 점점 더 드문 경우이긴 하지만, 한동안 좀 괜찮은 것 같아 보이는가 하면 그만 정신병원 신세를 지는 것이 잦아지는 아네스. 아네스도 딜런을 좋아했다. 물론 내 잘못으로 그렇게 되었다. 그 당시 입원해 있던 렌느 부근의 병원에서 콘서트를 보려고 일부러 오겠다는 것이었다. 그녀는 같은 병원에 입원하고 있는 어떤 친구와 같이 기차를 타고 왔다. 딜런이 노래하는 것을 보려고 병원에서 나와 가지고 기차를 타고 파리까지 올 생각을 하다니 미친 짓이다. 그것이 어쩌면 그녀가 맛본 마지막 행복이었는지도 모른다. 그 이튿날 아침, 나는 친구와 함께 떠나는 그녀를 역으로 가서 배웅했다. 아녜스는 미소를 지으며 내게 고맙다고 했다. 그게 내가 그녀를 마지막으로 본 몇 번 안 되는 기회였다. 그녀와 진정으로 이야기를 나누어본 기회였다. 별로 많은 말은 못했고 제대로 말하지도 못했지만. 그 이듬해 그녀는 자살했다. 그래서 딜런을 생각할 때면 아녜스가 생각난다. 기뻐하던 그녀가 생각난다. 그녀의 죽음이 생각난다. 나는 〈이츠 올 오버 나우 베이비 블루〉를 듣는다. 그러면 눈물이 난다.

나는 모든 편지를 크라프트 종이봉투에 다시 넣는다. 나의 아버지가 모로코에서 쓴 편지들. 자기 집에서, 가족들의 농장에서 그리도 멀리 떨어져 지내고 있는 스물한 살의 그 청년. 내가 아는 아버지는 늘 집에 없거나 술을 마셨다. 집에 돌아오면 저녁마다 집 안에 싸움이 벌어졌다. 나는 생김새가 아버지를 닮았단다. 생전에 아버지를 알던 사람들, 친구들, 친척들은 나를 보면 내가 그를 닮았다고 말한다. 그들은 내가 내 어린 시절, 우리 가족, 아버지, 어머니 이야기를 쓴 지난 번 내 책을 읽은 사람들이다. 나는 그 책 덕분에 그들을 만나게 된다. 그들은 그 책을 읽고 나와 그 얘기를 하고 싶어 한다. 그들은 내게 아버지 얘기를 하고 싶어 한다. 그들은 말한다, 아! 네가 그 사람 젊었을 때 모습을 못 봐서 그렇지! 그 사람 참 재미있고 열정적이고 싸움꾼이었지, 하고 그들은 말한다. 아버지는 농업노동조합에서 활동했다. 정치적으로 아이디어가 많았어. 아버지가 너희 어머니 앙젤을 만난 것도 사실 어떤 정치 집회 때였어, 하고 마들렌 고모가 내게 알려준다. 우리 아버지 어머니가 태어난 곳에서 지척인 콩부르의 어떤 조그만 서점으로 그들은 트랑에서, 혹은 또 다른 곳에서 수십 명씩 함께 찾아와 부모님 얘기를 한다. 늘어선 줄의 맨 앞사람이 내 책을 펼치고 어느 대목인가를 손가락으로 가리킨다. 자네는 나를 못 알아보겠지만, 여기 이 페이지에서 내 얘기를 하고 있어. 자, 여기야, 보라고. 그렇다, 나는 그의 이야기를 한다. 트랑의 대장장이 기 롱뎅이다. 그가 손에 들고 있는 책이 떨린다. 그가 눈물을 흘린다. 삼십 년 전에 보고는 다시 못 보았던 사람이다. 그뿐만 아니라 그 손바닥만 한 서점에 찾아와 있는 모든 사람들이 다 그렇다. 푸주간의 블렝 부인, 식료품점의 부와젱 부부. 그리고 다른 모든 사람들. 여덟이나 열 살 정도 되었을 때 찍은 같은 반 학생들 사진을 가지고 온 옛 학우들까지. 그들은 하나같이 내게 하고 싶은 말, 들려주고 싶은 이야기가 너무나도 많다. 그때 이후…… 넌 너희 아버지한테 모질게 말했어, 아버지를 잘 알고 있었고 좋아했던 사람들이 내게 말한다. 네가 몰라서 그렇지…… 그렇다. 내가 알기만 했더라면…… 그들이 나를 물끄러미 바라본다. 또 다시 말한다. 넌 어쩌면 아버지를 그리도 닮았냐. 나는 그들이 하는 말에 귀를 기울인다. 나는 충분한 시간을 가지고 그들의 말에 차례차례 귀를 기울이려고 노력한다. 내 목구멍에서 말이 잘 나오지 않는다. 나는 아버지를 놓쳐버렸다. 나는 아버지를 그들처럼 알고 지내지 못했다. 그런데 이제 나는 속으로 생각한다. 아버지는 나를 사랑했을 거야. 그렇다, 아버지는 나를 사랑했던 것이 분명하다. 그렇게 생각하니 그 모든 사람들 속에서 마음이 아주 편안해진다.

콩부르에 있는 그 조그만 서점에는 트랑에 있는 우리 집의 새 주인들도 왔다. 그곳에 와서 영구히 자리 잡은 두 사람의 영국인이었다. 그들은 친절하게도 내가 원한다면 그 집을 다시 와서 보라고 했다. 아니다. 나는 그 집을, 우리 집을 다시 보고 싶지 않다. 그럴 수가 없다. 그 안으로 들어가면 내 속이 까맣게 타버릴 것이다. 너무 많은 추억들 때문에. 너무 많은 행복, 너무 많은 죽음들 때문에. 그렇지만 나는 트랑에 다시 가보았다. 나는 맞은편 포도에 서서 빨리, 슬그머니 도둑처럼 그 집을 바라보았다. 머물지 말고 얼른, 얼른, 보고 가야지. 길의 다른 쪽 네거리에는 푸엥슈발 양이 자기 집 창문 밖으로 몸을 내밀고 내다보고 있었다. 나는 갑작스레 과거로 회귀한 느낌이었다. 나는 자기 집 창밖으로 내다보고 있는 푸엥슈발 양을, 혹은 그의 언니를 어린 시절 이래 줄곧 보았던 것만 같다. 나는 그녀에게로 다가갔다. 그리고 이야기를 나누기 시작했다. 마치 조금 전에 헤어졌던 사람들처럼. 마치 잠시 동안 중단했던 대화를 계속하듯이. 그러나 삼십 년도 더 되는 먼 옛날이다. 그런데 푸엥슈발 양이 지금도 여전히 창밖을 내다보고 있는 것이다. 그녀가 내게 말한다. 그런데 말이지, 우리가 너희 마당을 샀는데 알고 있어? 원한다면 열쇠를 가지고 와서 열어줄 테니 들어가 봐. 마당에 다시 들어가 본다고. 마당을 다시 본다고. 심장이 펄떡펄떡 마구 뛴다. 놀이를 하던 마당, 암탉들과 토끼들의 마당. 수천수만 시간의 행복을 맛보게 해준 그 마당. 어서 묻는 말에 대답을 해야지. 안 될 것도 없잖아? 좋아요, 들어가 보지요, 하고 내가 그녀에게 대답한다. 구멍에 넣은 열쇠가 돌아가는 소리. 문이 열린다. 자, 들어왔다. 아이들의 깔깔대는 웃음소리, 우리 어린아이들이 서로 주고받은 부드러운 목소리가 나를 맞는다. 그 웃음소리, 지난날의 그 떠들썩한 목소리를 들으며 나는 마당 문턱에 얼어붙은 듯 멈춰 선다. 수많은 여름들, 방학들의 햇빛이 내게 끼얹듯이 밀려든다. 아, 이건 너무 세다. 너무 강하다, 앞으로 나가야지, 어떻게 좀 해야지, 무슨 말이든 해야지. 푸엥슈발 양이 먼저 말을 한다. 자기네 집 정원과 우리 마당을 어떻게 서로 합치게 되었는지를 내게 보여주고 싶단다. 그 둘을 합쳐서 자기 집 암탉들과 토끼들이 뛰어노는 큼직한 정원을 어떻게 만들어놓았는지를. 나는 미소를 짓고 그것참 잘 생각했다고 말하고 싶다. 그러나 모든 것이, 눈에 선한 모든 것이 번개처럼 되살아난다. 먼지와 햇빛 가득한 그 속에서의 우리의 놀이. 어머니의 목소리. 어서 여기서 나가야겠다. 고마워요, 푸엥슈발 양 정말 고마워요. 그럼 또 만나요. 그럼요.

◇◇

몇 달 뒤, 나는 전쟁 직후 내가 태어난 모르탱에 가보았다. 모르탱과 오브리스의 작은 집 숲 가장자리의 밭 한가운데 가족 모두가 함께 살았던 방 한 칸짜리 집. 모르탱은 1944년 8월에 거의 모두가 파괴되었다. 우리 집 식구들은 양쪽의 포화 속에 갇혀 있다가 기적적으로 목숨을 구하여 걸어서 브르타뉴의 콩부르로, 메이약으로 떠나야 했었다. 모르탱에서 나의 대부가 흑백 사진 한 장을 내게 건넨다. 일단의 어른들과 체육복에 베레모를 쓰고 나란히 앉아 있는 아이들의 사진. 모르탱의 체육 음악(그리고 가톨릭) 모임 에탕다르다. 1941년에 찍은 사진. 아버지는 맨 뒷줄의 저 높은 곳에 있다. 당시 그의 나이 서른두 살 에탕다르에서 그는 나팔을 분다. 트랑에서, 여러 해 뒤, 부모님이 서로 싸우던 시절, 우리 어린아이들이 다락방에서 그 나팔을 다시 찾아낸다. 그러나 나는 아버지가 그걸 부는 것을 한 번

도 본 적이 없다. 아버지를 알아보겠니? 나의 대부가 묻는
다. 네, 알아보겠어요. 너희 아버지는 당시에 운동을 아주
잘했고 독실한 가톨릭 신자였지. 쉰세 살에 죽는 날까지. 보
세요, 하고 나는 사진을 향해 말한다. 사람은 변하는 거예
요. 변할 수 있는 거예요. 난 아버지를 닮았어요, 정말이에
요. 그렇지만 동시에 제겐 아버지의 세계가 이리도 멀군요.
너무나 멀어요.

   나의 대부와 함께—나는 어렸을 때 모르탱에 있는 그의
집에 가서 방학을 보내곤 했다—우리는 오브리스로 간다.
그 조그만 집이 이제는 없어졌다는 것을, 그 집이 헐려버
렸다는 것을 나는 알고 있다. 그러나 나는 그 자취라도 보
고 싶다. 그 집의 추억을. 대부가 어떤 농가 옆에 차를 세운
다. 그 집은 그의 처가의 농가였다. 1950년대에 나는 그 집
에 와서 놀곤 했었다. 길 건너편에는 숲 가장자리의 밭. 거
기다. 바로 거기였다. 우리는 차에서 내린다. 비가 오고 있
다. 부드럽고 따뜻한 이슬비. 우리는 비탈을 건너뛰어 젖은
풀 속에 발을 딛는다. 우리가 밭에 도착하는 바로 그 순간,
숲에서 암사슴 두 마리가 불쑥 나타나더니 바로 집이 있었
던 그 자리에 잠시 멈추어 선다. 정확하게 집이 있었던 바
로 그 자리다. 그놈들이 바르르 떨면서 우리를 쳐다본다. 그
러고는 빗속으로 저만큼 달아나버린다. 달려라, 달려라, 삶
이 전진한다.

폭풍 같은 성장과 구도의 길

블라디보스토크에서 시베리아 횡단열차에 올라 18일만에야 도착한 모스크바. 거기서 다시 꼬박 하룻밤을 기차간에서 보내며 상트페테르부르크까지 올라갔다가 닷새 만에 서울로 돌아가는 비행기를 타기 위하여 되돌아온 모스크바. 그 중앙우체국 건너편, 자동차 없는 어느 한적한 거리의 벤치에 앉아 이 글을 쓴다. 7월 18일. 빛 밝은 오전 11시. 벤치의 건너편 왼쪽 구석에는 키 크고 깡말라 후리후리한 안톤 체호프의 까만 청동상이 바라보인다. 건물 한구석에 엉거주춤 서 있는 그의 모습이 적적하여 오히려 정답다.

서울로 돌아가기 위하여 비행장으로 떠나기까지 아직도 내 앞에는 무엇으로 채워야 할지 알 수 없어 막막하기만 한 여덟 시간이 벌판처럼 펼쳐져 있다. 나는 원래 관광에는 별

다른 취미가 없다. 알아듣지도 못하는 러시아말에 이제 내 귀는 지쳤다. 내 머릿속에는 지금도 몇 날 며칠 동안 시베리아 벌판을 지칠 줄 모르고 달리던 기차의 덜컥대는 소리의 여운이 길게 남아 있다. 그래서 나는 그 긴 여운의 꼬리를 붙잡고 지나가던 바람이 가끔씩 찾아와서 옷깃을 슬쩍 건드리며 지나가곤 하는 이 한가한 벤치에 와 앉았다. 무엇을 할까……. 가방에 넣어 가지고 왔으면서도 한 번도 펼쳐 보지 않았던 시집《물속까지 잎사귀가 피어 있다》를 펼쳐 놓고 오래 읽는다.

어머니는 겨울밤이면 무덤 같은

밥그릇을 아랫목에 파묻어두었습니다

내 어린 발은

따뜻한 무덤을 향해

자꾸만 뻗어나가곤 하였습니다

그러면 어머니는 배고픔보다 간절한 것이

기다림이라는 듯이

달그락달그락 하는 밥그릇을

더 아랫목 깊숙이 파묻었습니다

오랜만에 마주친 모국어 활자들이 나를 활처럼 팽팽하게 당겼다 놓는다. 나는 문득 멀리 튄다. 나는 전혀 딴생각의 숲 속으로 날아가서 콱 꼽힌다. 어제 상트페테르부르크에서 우연히 오래 닫혀 있던 이메일을 열어보니 소설《한 젊은이가 지나갔다》의 번역 원고를 서둘러 마무리하여 넘기고 떠난 나에게 출판사는 그 사이에 책의 출판 작업을 거의 끝내고 '역자 해설'이 바쁘다는 독촉 메일을 반복하여 배달해놓고 있었던 것이다.

정면으로 건너다보이는 카페 겸 피제리아 '아카데미아'의 테라스에서는 테이블 사이로 눈이 맑은 금발의 러시아 아가씨가 지붕 위의 비둘기처럼 자박자박 돌아다니며 세팅을 하고 있다. 저 여급 아가씨는 며칠 전 자신이 체호프의 동상 앞에 선 내 사진을 찍어준 것을 까마득히 잊었을 것이다. 그리고 내가 상트페테르부르크를 돌아 다시 이 벤치를 찾아와 앉아 자기를 느긋이 바라보고 있다는 사실도 까마득히 모르고 있을 것이다. 그때 내 사진기를 받아들고 사각형의 구도 속에 나와 체호프를 적절하게 배치하여 담기 위하여 카메라를 가로세로로 거듭 옮겨 잡아보면서 거리를 가늠하던 그 투명하고 순진한 표정을 나는 아직도 기억한다. 며칠 전, 상트페테르부르크로 떠나기에 앞서 우연히 한 카페에서 아침 식사 후 바로 옆에 있는 중앙우체국에서 편지를 부치고 나서 그 길 건너의 차 없는 길을 거닐게 되었다. 상쾌한 이른 아침이었다. 길가의 건물 앞에 어떤 사람의 엉거주춤한 전신상이 보였다. 가까이 다가가보니 내가 늘 좋아했던 체호프의 것이었다. 살아 있는 체호프였더라면 그렇게 선선히 다가가지 못했으리라. 나는 한참을 그 옆에 서 있다가 이웃 카페에서 일하는 젊고 아름다운 여자에게 그 앞에 선 나의 사진을 찍어달라고 부탁했었다.

물론 나는 저 아가씨를 다시 보기 위하여 며칠 뒤 이곳으로 다시 돌아온 것은 아니다. 그저 길을 걷다가 시간을 보내기 위하여 다시 이 차 없는 거리의 한적함과 고즈넉한 아침나절의 벤치에 마음이 끌려 이 자리에 와 앉은 것뿐이다. 그리고 기왕이면 체호프의 키 크고 적적한 모습이 바라보이는 쪽의 벤치를 택했는데 문득 그 금발의 아가씨가 시야에 나타난 것이다. 그러나 나는 햇빛이 너무 뜨거워져서 카페에 등을 돌린 쪽으로 옮겨 앉지 않으면 안 되겠다.

그렇다. 내가 이 하염없이 남은 시간을 채우기 위하여 해보기로 한 '딴생각'이란 나 자신도 모르게 등을 떠밀고 있는 '숙제', 즉 '역자 해설'에 대한 것이다. 알렝 레몽의 첫 소설 《하루하루가 작별의 나날》을 우연히 서점에서 조우하여 손에 잡은 것은 몇 년 전 어느 여름날, 파리에 가서 머물다가 귀국길의 비행기를 타려던 바로 그날이었다. 비행기 안에서 읽을까 하여 서점에서 산 그 책을 꾸려놓은 짐을 깔고 앉아서 단숨에 다 읽어버리고, 그때의 마음 흔들림을 잊지 못해 서울에 돌아와 곧 번역을 했다. 그것이 계기가 되어 나는 같은 저자의 두 번째 소설이며 동시에 지난번 소설과 어느 면 쌍을 이루는 《한 젊은이가 지나갔다》를 본의 아니게 또 번역하게 되었다. 《한 젊은이가 지나갔다》의 번역에 정신없이 매달렸던 6월과 지금 모스크바 체호프의 동상 앞에 앉아 있는 7월 하순 사이에는 광대한 시베리아의 자작나무 숲과 스텝을 뚫고 밤낮없이 달리는 열차의 바퀴 소리와 마음속의 누군가를 부르는 듯한 낮고 긴 기적 소리, 그리고 선잠에서 발을 내려놓은 낯선 도시들의 안개와 비린내가 가로놓여 있다.

프랑스 북쪽 브르타뉴와 노르망디가 서로 접하는 어느 외지고 가난한 시골, 자식 많은 가난한 집에서 태어나 어린 시절을 보낸 한 소년이 숙식을 해결하는 방편으로 들어간 어느 가톨릭 교단의 기숙학교. 그곳을 출발점으로 하여 끊임없는 의문, 이름 모를 갈망과 더불어 집요하게 매달리게 된 신과 세계의 문제, 그 해답을 찾아 헤맨 캐나다 유학생활, 또다시 로마의 신학대학에서 보낸 몇 해, 그에 이어 군복무 대신 역사의 '속죄'를 위하여 자원하여 찾아간 알제리의 사막 카빌리아 땅, 그리고 드디어 1968년 5월. 그 푸르른 혁명이 회오리처럼 휩쓸고 지나간 파리에서 어린 시절과 젊은 날이 송두리째 의지하고 있던 신의 집을 박차고 나와 마침내 홀로서기까지의 길고 숨찬 행로. 이것이 바로 《한 젊은이가 지나갔다》라고 표현한 폭풍 같은 성장과 구도의 길이다.

나를 매혹한 것은 소설을 구성하는 이야기보다 삶의 진실에 대한 의문과 진정한 삶에 대한 갈망에 사로잡혀 분류처럼 세차게 달려온 그 젊은이의 내면적 에너지였다. 그 에너지가 나를 밤낮없이 그 책의 번역에 집중적으로 매달리게 했다. 소설 속에는 가시적으로 만날 수 있는 장소들과 인물들과 사건들 못지않게 이제는 과거가 되어버린 자신의 젊은 시절을 숨 가쁜 현실로 소생시키는 작가의 내면적 불덩어리와 호흡이 깃들어 있다. 그 뜨거움과 가쁜 숨소리는 저 삶의 중심에서 타오르는 열정의 에너지다. 번역자로서의 나는 무엇보다도 그 가쁜 숨소리와 가슴속에서 타오르고 있는 불길의 힘과 속도를 고스란히 살려내려고 노력하지 않으면 안 되었다. 그래서 나는 일단 번역을 시작하자마자 거의 밤낮을 쉬지 않고 빠른 속도로 달렸다. 원문의 의미 못지않게 나 자신의 내면에서 솟구쳐오르는 어떤 뜨거운 힘과 속도가 방해받지 않도록 뒤돌아보지 않은 채 계속하여 달렸다. 그리고 마침내 원고의 마지막 구두점을 찍고 났을 때 나는 그저 한두 번 다시 읽어보면서 오직 텍스트를 추진하는 에너지와 속도감을 더욱 생생하게 살릴 수 있도록 극히 몇 군데만을 잘라내거나 손질한 다음 원고를 넘겨버렸다. 나는 지금까지 어떤 텍스트를 이토록 빠른 속도로, 거의 미칠 듯한 추진력에 떠밀리며 번역해본 적이 없다. 사실 이 번역에는 의미상의 차이가 있는 곳도 있을 것이고 자신도 모르게 스스로 추가하거나 삭제한 대목도 없지 않을 것이다. 하는 수 없다. 그 모든 것에 앞서 나는 열정의 힘과 속도를 옮겨놓아 보고자 했을 뿐이다.

원고가 완성되어 출판사로 넘어가자 비로소 나의 여름이 시작되었다. 나는 급히 짐을 꾸리고 내 젊은 날의 작은 꿈을 실현하기 위하여 블라디보스토크로 떠났다. 다음 행선지인 하바로브스크로 가는 기차에 올랐을 때 내 머릿속에서 알렝 레몽의 젊은 날의 이야기는 하얗게 증발하고 없었다. 그리고 끝없는 자작나무 숲과 초원이 기차의 덜컹거리는 바퀴 소리를 따라 춤추기 시작했다. 그러나 모스크바의 어느 길거리 벤치에 와 앉아 있는 지금 나의 내면에는 알렝 레몽으로 하여금 자신의 젊은 날을 재생시키며 차츰차츰 속도를 빨리하며 달려가게 했던 그것은 잡을 수 없는 에너지와 시베리아를 뚫고 밤과 낮을 가르며 달리던 기차 바퀴 소리가 한데 겹쳐져 하나가 되면서 그것은 기차가 아니라, 그것은 한 사람의 과거가 아니라, 우리가 '젊음'이라고 말할 때, 우리가 참으로 '삶'이라고 말할 때, 그 중심에서 분출하는 뜨거운 그 무엇으로 변하여, 그러나 이제는 그 뜨거움이 피운 한 송이 환한 아침 꽃이 되어 떠오르는 것이다.

그런데 왜 여기쯤에서 앞서 펼쳤던 시집의 기이하고 그만 외면하고 싶은 한 대목이 떠오르는 것일까?

나는 병든 어머니를 화장실에서 훔쳐보며 수음을 하였고
절정에 도달하는 순간 재빨리 늙어버렸다.

나는 다시 생각해본다. 이런 소설은 어느 먼 재빨리 늙어
버리는 우리 삶의 한 지점에서 절정의 불길을 바라보는 한
시선을 보여주는 것은 아닐까? 과연 이따위 글이 작품의
'해설'이라고 할 수 있을까 하고 당연한 의문을 갖게 될 독
자는 '해설' 따위는 아예 접어두고 소설의 저 중심에서 지
금도 타오르고 있는 삶에의 열정을 직접 맞닥뜨릴 일이다.
그러면 나도 슬슬 벤치에서 일어나 간단히 점심을 때우고
비행장으로 떠날 준비를 해야겠다.

돌아보니 투명한 피부의 금발 아가씨는 어느새 사라지고
테라스의 빈 테이블보가 바람에 펄럭거린다. 그럼 그것은
낯선 도시의 한복판에서 본 낮꿈이었던가?

2003년 7월 어느 날
모스크바의 체호프 동상 앞 벤치에서
김화영